庫

# 歌の終わりは海

Song End Sea

森 博嗣

講談社

# 目次

*Song End Sea*

*by*

*MORI Hiroshi*

*2021*

*PAPERBACK VERSION*

*2024*

# Song End Sea

# 歌の終わりは海

MORI Hiroshi
森博嗣

この問いは敬虔《けいけん》さを欠くと思える。革命という語に生命をも含めたすべてをささげた高潔で純粋な人びとが存在するがゆえに。しかし、概念の価値はその概念が流させた血の量で測れると主張できるのは、祭司たちだけである。偽りの仮象に欺かれてヘレネの幻影をめぐって十年も戦った、詩人ホメロスのギリシア勢やトロイア勢とおなじく、革命家たちもまた益なくおのれの血を流したのではないと、だれにわかるだろう。

（自由と社会的抑圧／シモーヌ・ヴェイユ）

登場人物

大日向《おびなた》　慎太郎《しんたろう》 ---------------------- 作詞家

大日向《おびなた》　沙絵子《さえこ》 ---------------------------姉

大日向《おびなた》　聖美《きよみ》 -----------------------------妻

大日向《おびなた》　星一郎《せいいちろう》 -------------------------息子

弓長《ゆみなが》　瑠璃《るり》 -------------------------- 作詞家

村石《むらいし》　浩和《ひろかず》 ------------------------------社長

草鹿《くさか》　徳之《のりゆき》 ----------------------マネージャ

西之園《にしのその》　萌絵《もえ》 ---------------------- 准教授

雨宮《あめみや》　純《じゅん》------------------- ジャーナリスト

加部谷《かべや》　恵美《めぐみ》 ---------------------------所員

小川《おがわ》　令子《れいこ》 ------------------------------所長

鷹知《たかち》　祐一朗《ゆういちろう》 ---------------------------探偵

# プロローグ

　しかしながら、革命的な理想になんらかの意味を与えることはできよう。可能な展望としてではなく、すくなくとも実現可能な社会的変革の理論上の臨界《リミット》として。われわれが革命に求めるのは、社会的抑圧の廃絶である。しかし、この観念がなんらかの意義を有するには、社会が個人に加える抑圧と、個人的恣意《しい》を社会秩序に服させることを、心して区別せねばならない。社会というものは、それが存続するかぎり個人の生活をかなり窮屈な限定の内部に封じこめ、社会自身の規律を個人にも課するだろう。

姉さんの思い出は、綺麗《きれい》なものばかりだ、本当に。
私を育ててくれたのは、母ではなく姉だった。家は貧乏で、父は病気で死にかけていた。母は昼も夜も仕事に出て、ほとんど家にいなかった。姉は学校へも行かず、子守をしつつ、家事をすべて引き受けていた。姉は母と同じくらい背が高く、母の着物をそのまま着ることが多かったから、知らない人が、私たちを母子だと見間違えることもあった。そういうことが理解できるようになったのは、私が小学校に上がった頃だっただろう。今でも、その当時の記憶が鮮明で、私の人生の始まりといっても良い。

私と姉は、五歳違いである。私が中学に上がる頃、父が死んだ。そして、その三年後に母も亡くなった。父は長く病人だったけれど、母はあっけなかった。風邪をこじらせて病院へ行き、そのまま入院して、二週間で死んでしまった。姉と私は、入院が長引いた場合の母の治療代を、どうやって捻出《ねんしゅつ》するかを相談していたのだが、その必要はなくなった。

私たちは、二人だけになった。どちらも働くことができたから、アパートの家賃も待ってもらう事態にはならず、毎月納めることができるようになった。そのことで大家に褒められたくらいだった。貧乏のどん底みたいなそれまでの生活から、ようやく抜け出したように感じて、将来にも希望的な幻想を抱いたりもした。両親が死んだことで、やっと人並みの幸せが訪れたのだから、皮肉なことにはちがいないのだが、今にして思えば、そのときまでの大部分の苦労を引き受けていたのは、まちがいなく、姉だったのだ。だから私は、これからは男である自分が、姉を幸せにするために頑張らなければならない、と思い始めた。自分は大人になった、と認識したのも、その頃だったと思う。

あのアパートには、いつまで住んでいたんだっけ？

そう、そのまえは、スクラップの車の中で寝ていたこともあった。まだ母が生きていたときに、父と住んでいた家を追い出され、廃品置き場で暮らしていた。私は、そこから学校へ通っていた。あんな生活がよくもできたものだ。

姉さんはいつも明るくて、母を励《はげ》まし、私にも優しかった。宿題を教えてくれた。明かりがないから、街灯のある道路まで出ていって、電信柱の下でアスファルトに座って文字を書いた。私は不満しかなかったけれど、姉さんを困らせるようなことだけはしなかった。不満の怒りは、母に向かっていたと思う。

でも、その母も死んでしまったから、そのあとは、姉に当たることがたびたびあった。あまり詳しくは覚えていない。というよりも、忘れたい暗い過去だ。

姉は食堂で働き、私はレコード店のバイトと新聞配達をした。二人での生活には不自由がなかった。食べたいものを食べられたし、ときどき酒も飲めるようになった。

もっと儲《もう》かる仕事に就きたいと考え、バイト先の店長の紹介で、私は東京へ出ていくことになった。

系列のレコード店だった。意外なことに、そこの店員ではなく、レコード会社の営業部の正社員として就職した。なにか取り柄があったわけでもない。当時は、とにかく人手不足で、どの会社も社員を増やしたかった。すべてがどんどん成長していたし、経済も上向きだった。都会では、つぎつぎと新しい店がオープンし、物価も地価も上がる一方だった。

私は、たまたま音楽が好きだったけれど、自分の家で音楽を聴けるような経済的余裕はなかった。子供の頃には、家にテレビがなかったから、ラジオを聴いていた。このラジオは、廃品同様のものを譲ってもらった。音楽は、すべてこのラジオからだった。学校へもろくに通っていない私が、こうして仕事に就くことができたのは、単なる偶然であるし、また仕事を選ぶような機会もなかった。

正社員になって、会社の独身寮で暮らしていたが、そこへは寝に帰るだけで、日中はポスタの束《たば》を抱《かか》えてレコード店を訪《たず》ねて回り、夜は店長の接待か、会社の同僚と飲み会だった。テレビも買ったし、ステレオも買ったのに、それらを見たり聴いたりするのは、日曜日の午後くらいだった。

寮を出て、会社からは遠くなったものの、郊外のアパートに引っ越した頃、姉が上京してきた。大きめの旅行鞄《かばん》だけの荷物だった。勤めていた食堂が倒産して、東京で職を探すから、しばらく泊めてほしい、という理由だった。翌日にも、彼女は仕事を見つけてきて、翌々日から働きに出た。就職先は町工場で、私の会社よりもずっと近い。こうして、また姉弟二人の生活が始まった。

姉は美人だし、人当たりも良い。どこでも働ける。だいぶ経《た》ってから、私の勤め先に電話がかかってきた。姉の居場所を知らないか、という内容だった。相手の名前を聞いたはずだが、覚えていない。ただ、以前の食堂の人間だった。それで、姉が働いていた工場へ電話してみると、姉は、その食堂は今も営業していると話した。店が潰《つぶ》れたというのは嘘《うそ》だったようだ。そういう簡単な嘘を笑顔で語れるのが、彼女らしい。私に心配させないように、と考えてのことだったのだろう。なにか、揉《も》め事《ごと》があって辞めたものと想像したけれど、電話の相手は怒っているようなふうではなく、上品で丁寧な言葉遣いだった。私は、咄嗟《とっさ》に姉のことは知らない振りをした。また、姉にも理由をきかなかった。少なくとも、故郷を離れようというだけの決意はあったはずだからだ。

姉は貯金も持っていたし、借金を抱えているようなこともなかった。それに倣《なら》い、私も真面目《まじめ》に働いて、貯金を増やしていった。こういうところは、お互いに似ているようだ。私が三十歳になった頃、彼女と相談して、一軒家に引っ越すことになった。私は、結婚するつもりはなかったし、どうやら姉も同じだった。その確認をしてから、日曜日に不動産屋へ行き、借家を探した。

小さな庭のある、こぢんまりとした古い家だったけれど、私も姉もここだ、と意見が一致した。その家にずっと住むつもりでいたが、そうはならなかった。

私の会社で、著名な作詞家の付き人を探していた。前任者が病気になったためだった。上司が、私の姉はどうかと言ってきた。その上司は以前に一度、酔って私の家に来たことがあって、姉と話をして、気に入ったというのである。誰でも、姉のことは気に入るだろう、と私は思って、本気にしなかったのだが、翌日にも言われたので、いちおう姉に話してみることにした。

給料の条件が、町工場の仕事よりもずっと良かったので、姉はすぐに承諾した。そういう仕事をしてみたかった、と言った。これは、実際そのとおりだった。姉は、すぐにこの業界に馴染《なじ》み、有能さを発揮した。今まで、こういった仕事をしたことがない、と話しても、誰も信じないほどだった。

私も、この頃にキャリアアップした。違う仕事をするようになったのだ。今まで考えてもいなかった分野だった。

私は、数年まえから会社の広報部に配属されていた。最初の頃に、キャッチコピィを考える役目があって、今考えれば、それが始まりだったといえる。まだ、いわゆるコピィという言葉もなかった時代で、単に「宣伝文句」といっていた。自分にそんな才能があると感じたことはない。姉は若い頃から詩を書いていたので、ときどき彼女に相談して、最終的な文言を決めていた。

姉が付き人を務めていたのは、作詞家の弓長瑠璃《ゆみながるり》だった。私は、弓長のことをよくは知らなかったのだが、会社の社長とも懇意《こんい》のようだったし、なによりも日本の歌謡界では相当なビッグネームだった。

初めて弓長に会ったときに、私はびっくりしてしまった。あるレストランだった。姉が私のことを話したらしく、呼ばれて一緒に食事をすることになった。ほかに、社長がいたし、広報部の部長も同席した。私には断る機会も立場もなかった。

驚いたのは、弓長瑠璃が男性だったことだ。名前から、女性だと思い込んでいた。姉からは、プライベートな話は一切なかった。仕事のことだから話してはいけないという判断だった、とのちほど彼女から聞いた。これは、もっともなことである。

弓長は、姉よりも二十歳くらい歳上だ。社長や部長も、だいたい同じくらいの年代で、私は恐縮して、食事の味もよくわからないほど緊張していた。

それから五年もしないうちに、私は作詞の仕事をするようになった。弓長から「やってみないか」と持ちかけられたのがきっかけだった。曲はなく、さきに詞を作る。だから、自由にやれ、と言われた。小学校で詩を書いたことが一度か二度あっただけで、未体験のことだった。そして、最後は姉にチェックをしてもらった。

弓長は褒めてくれた。彼の作詞ということで、私の詞の一部が使われたこともあった。そんなときには、驚くような大金のお礼をもらった。私は、仕事のつもりではなかったのだが、何度か経験するうちに、また次の依頼が来ないか、と期待するようになっていた。

広報部の仕事では、中間管理職になったので、デスクにいるか、会議をしていることが多かったから、詞を考える時間はいくらでもあった。案外、自分には向いている仕事ではないか、と思えるようにもなった。

なによりも、言葉を選ぶことが楽しかった。突然閃《ひらめ》くような言葉を信じるようにもなった。考えて出てくるものではない。通勤の電車の中とか、誰かの話し言葉とか、そんなきっかけで、飛び込んでくる。頭に浮かぶというより、飛び込んでくるのだ。

その感覚が、エキサイティングだった。良い言葉を思いついたときには、これだ、とわかる。鳥肌が立つ。この話を姉にしたところ、彼女も同じことを感じる、と微笑《ほほえ》んだのを覚えている。

「私、音楽っていうのは、作曲が八割以上で、作詞はほんの添えものだと思っていたけれど、弓長さんのお手伝いをするようになって、完全に覆《くつがえ》ったよ」と姉は話した。

弓長自身が、これに近いことをよく話していた。「言葉には魂がある。人を感動させるものは、結局は言葉なんだ。人が信じるものも、人が崇《あが》めるものも、言葉なんだ。人間の人間たる条件は、言葉を発することにある。つまり、人間は言葉でできているんだ」と。

当時の私は、このとき彼を神だと感じた。神が私に命を与えてくれたような感動が訪れた。自分は、神に選ばれたという喜びも感じることができた。

その後のことは、あまりよく覚えていない。無我夢中で仕事をしてきた。取り憑《つ》かれたように詞を書いた。詞を書いているときは、自分が自分でないような気分になれる。こんな興奮を感じたことは過去に一度もなかった。生まれ変わったような気分を幾度も繰り返し味わった。

聖書と同じで、最初に言葉があった。

ただ、言葉があるだけだった。

不思議なことに、曲になっても、歌や演奏を聴いても、私には言葉だけだった。そしてそれらは、人間の声が発する言葉ではない。人間の心から滲《にじ》み出《で》る言葉たちだった。

こうして、私は作詞家になった。いつからなったのかわからないし、いつなりたいと思ったかも、よく覚えていない。成り行きというのか、知らない間になっていた。人生というのは、こんなものなのだろうか。

今でも、私は最終チェックを姉にお願いしている。これは、なんというのか、私たちの仕来《しきた》りのようなものだ。姉のＯＫが出ないかぎり、私は自分の詞を公開しない、と決めている。

その後、私は結婚をして、子供にも恵まれた。大きな家に移り、そこで家族と、そして姉も一緒に暮らしている。こんな豊かで幸せな生活が、人生の後半に待っていたなんて、若いときの自分に教えてやりたいほどだ。もう少しの辛抱だから、頑張って生きなさい、と……。

四十代が絶頂期といっても良かった。その後は、完全に惰性《だせい》になった。だらだらと仕事をこなし、まあまあの収入で満足している。そんな時期になって、遅れて「名声」というものがついてくるものだ、ともわかった。世の中から、そんな目で見られるようになっていた。

悪い気はしなかったけれど、しかし、そういう立場を私は望んでいない。最初から、その種の欲望はなかったのだ。ただ、安定した生活、少しでも楽をできるようにと、仕事を続けてきたにすぎない。

私と姉が育った土地は、海からは遠い山間部だった。いつも周囲に高い山脈が見える土地だった。近くの山には樹々がある。樹の種類によって微妙に色が違っているのがわかる。秋になれば、さらにその違いが鮮明になり、カラフルともいえる綺麗な景色になる。一方、遠くの峰々は、そんな山ではない。もっと高く、そして空と同じ色をしている。冬になると白くなるけれど、それは雪だと理解しているから、不思議には見えない。ただ色が青から白に変わるという現象だ。それくらい、遠い。だから、空と山脈は、ほとんど同じ存在だった。

きっと海も、そうなんだろうな、と想像していた。

東京に出てきて、私は何度も海を見にいった。その半分は、姉と一緒だった。

東京は、みるみるビルが高くなって、景色は見えなくなってしまった。それでも、海は昔のままだ。山脈のように、遠くの海が好きだ。ただ、山はずいぶん遠くのものが見えるのに、海は遠くが見えない。見渡せる水平線は僅《わず》かに数十キロなのだ。遠くの海は、その水平線の向こうで、低く隠れている。世界の広さは、そのほとんどが見えない。静かに息を潜《ひそ》めているのだ。

姉が歩けなくなってからも、私は彼女を連れ出して、海が見える場所へ出かけていくことにしている。一カ月に一回は、そうしている。これが私の務めだと考えているくらいだ。それは、姉のためではない。私がしたいことだ。

姉も歳を取ったが、もちろん、私も年寄りになった。

今は、これといって希望というものがない。

幸せはある。なにもないこと、それが幸せだ。生きていることも、まちがいなく幸せのうちだろう。これまで、好きなことができたのも、きっと幸せだったにちがいない。

詞では、恋に焦《こ》がれる男女を書いているのに、私は、これといって恋愛の経験がない。結婚も、たまたま勧められ、なんとなく承知した結果だった。世にいう大恋愛というものが、いったいどんな興奮を生むものなのか、それはドラマや映画などのフィクションでしか知らない。その種の作りものを沢山《たくさん》見てきた。だから、そんな作りものを思い出して、私は詞を書いている。

結局は、言葉はすべて作りものだ、と今は思っている。

作詞を始めた当初の情熱は、今の私にはない。枯れてしまったのかというと、そうかもしれないし、最初から枯れていたようにも思える。

もう、あくせく働いて、金を儲ける必要もなくなった。だから、枯れても良い。そういう枯れた年齢なのだ。

それでも、世間は許してくれない。大勢が「才能」という幻想を私に投影し、なにかしら価値のあるものが溢《あふ》れ出《で》てくると信じて待っている。それが金になることで、大勢が私に期待している。

その気持ちもよくわかる。期待には、できることなら応《こた》えたい。裏切りたくない。だから、仕事は続けているし、詞もコンスタントに書いている。だが、自分の言葉に素直に肯《うなず》けない自分がいる。納得できないし、こんなものに価値があるなんて、と苦笑してしまう。それでも、なにか書かなければ、世間は許してくれない。

そんな虚《むな》しい日々が続いている。

おそらく、死ぬまで続くだろう。

これは、何だろう？

人は、死に向かって、最後は誰でも不幸になる、ということだろうか。

どうして、幸せを感じたまま死ぬことができないのだろうか？

自由に死ぬことができれば、あのとき死んでいたな、という過去が思い浮かぶ。
なんでもできた。
好きなことは、なにもかもできた。
でも、死ぬことはできなかった。
自由に死ぬことができたら、どんなに幸せだっただろう。

# 第1章　輝きの終わり

抑圧一般と抑圧の個別形態を最終的に生産体制にむすびつけるものはなにか、これを知らねばならない。換言すれば、抑圧のメカニズムを把握し、抑圧がいかなる経緯によって出現し、持続し、変貌していくのか、そして抑圧がいかなる経緯によって理論上は消滅しうるのか、これを理解することが肝心なのである。

## 1

小川令子《おがわれいこ》が大日向聖美《おびなたきよみ》に会ったのは、開店まもない喫茶店だった。その場所と時間を指定したのも、依頼者の大日向だった。電話で話をしたときに、浮気調査だということは聞いていた。つまり、夫にその疑いがあるのだな、と当然の想像をした。

浮気の調査は、仕事の比率としてはかなり高い。半分以上になるだろう。ただし、「浮気」という言葉が使われるケースはずっと少ない。素行を調べてほしい、どこでなにをしているのか、居場所を知りたい、といった依頼がほとんどである。浮気をしていて、その証拠となるようなものを手に入れたい、といったダイレクトな依頼は滅《めっ》多《た》にない。ところが、今回は依頼者の方から、ずばり「浮気調査をお願いしたい」と言ってきたのである。

大日向は、明るいベージュ一色の装いで、暗い店内でそこだけスポットライトが当たっているようだった。四十代後半、自分よりは何歳か上だろう、という印象を小川は持った。対照的に、その日の小川は黒のスーツだったので、そのことを話題にしようかと思いついたものの、挨拶《あいさつ》をして席に着くまえに、黙っていることに決めた。余計なことを話さない。相手の話を黙って聞く、それがこの仕事の鉄則である。

「依頼したいのは、一言です。夫の浮気について調査をお願いしたい。それだけです」大日向聖美は言った。歯切れの良い口調である。

彼女の夫の名は、大日向慎太郎《しんたろう》という。夫の名刺をテーブルの上に差し出されたので、小川はそれを受け取った。肩書きには、作詞家とあった。

名刺には、自宅の住所が、手書きの小さな文字で付記されていた。聖美が書いたものだろう。

「ご主人は、自宅にいらっしゃるのですね？」

「ええ、出かけることは滅多にありません。一週間に、そう一日か二日くらいかしら、平均すれば。でも、同じ家にいても、顔を見ないことが多くて、一週間くらい姿を見かけないことだってあります。もちろん、自分の部屋で仕事をしていることになっています。食事も別々ですし……、それに、寝室も別です。何をしているのか、具体的に聞いたことはありません」

「どうして、浮気をしていると思われたのですか？」当然の質問を小川はした。

「それは、なんとなく、わかるものですよ」そう言って聖美は一瞬だけ微笑んだ。

「いつ頃から、その、疑惑を持たれるようになったのですか？」

「疑惑ではないわ。確信しています。ただ、証拠というようなものは、ありません。だから、貴女《あなた》にお金を出そうと考えたわけです。決定的な証拠を手に入れたいと思っています」

「離婚されるおつもりですか？」小川はきいた。そのための証拠ということだろう、と考えたからだ。それが普通である。

「それは、まだ考えていません。でも、その選択肢も、ええ、あります」

「結婚されて、どれくらいでしょうか？」

「二十、えっと、一年……。二十一年になります」

「これまでに、そういったトラブルは、ありましたか？」

「いいえ」聖美は即座に首を振った。「疑ったこともなかった、というのが本当のところです」

「では、今回は、よほどのことなのですね？」

「まあ、そうね……」彼女はそこで、ふっと息を吐《は》く。笑ったように見えた。「いえ、可笑《おか》しいことじゃないわね。笑えない。なんていうのか、私もようやく、この歳になって、その、大人になったというのかしら、そんな感じがするの。今後のために、きちんとしておかなければならないことでしょう？　もう、誰かに頼って生きていくわけにいかないのだから。そうでしょう？」

「はい」小川は頷《うなず》く。だが、本当のところはわからなかった。「わかりました。では、とりあえず、仮契約として、数日、ご主人のこと、周辺のことなどを、調べさせていただきます。それで、調査が可能かどうか、成果が得られそうかどうかによって、正式にご依頼をお受けするのか、それともご辞退申し上げるのか、を判断させていただきます。あの、料金や条件のお話をさせていただいても、よろしいですか？」

「お金のことは、どんなふうでも、ええ、問題ありません。その、いくらでも、貴女が請求した額をキャッシュでお支払いします。仮契約も本契約も、なんでもしますから、今日から調べて下さい」

大日向聖美は、用件だけ話したところで席を立った。連絡のため、彼女の携帯電話の番号をきいた。メールではなく、電話の方が良い、と言って、店から出ていった。急いでいるのか、慌てているような感じだった。

小川は、注文したコーヒーを飲むために、テーブルに残った。まだ温かいので、香りを確かめながら味わった。端末上で指が自然に「おびなた」と打っていた。するると、大日向慎太郎が第一候補で表示された。写真を見ると、たしかに、どこかで見たことがあるような顔だった。テレビに出ていたのだろうか。髪はオールバックで、ダンディなファッションだ。かなり有名人らしい。つまり、芸能人なのである。

次に、友人の鷹知祐一朗《たかちゆういちろう》にメールを書いて送った。文面は、「大日向慎太郎を知っている？」という短さ。

コーヒーを飲んでいるうちに、メールのリプライがあった。文面は、「知っている」だった。小川は、舌打ちした。自分のミスである。しかたがないので、鷹知に電話をかけた。

「大日向慎太郎がどうかしたんですか？」挨拶もなく、いきなり鷹知の声が飛び込んできた。眠そうな発声だった。まだ寝ていたのかもしれない。自分のメールで起こしてしまった可能性が高い。

「どれくらい知っているの？」小川はきいた。

「知合いではないけれど、自宅を訪ねたことが数回。彼のお姉さんから、仕事の依頼を受けたことがあります」

「ふうん、まあまあの知合いね」

鷹知祐一朗は、セレブ、水商売、マスコミ、芸能界などに顔が利く。探偵としては先輩になる。ときどき捜査の協力をお願いしている。仲間といっても良い。ただ、彼は一匹狼《いっぴきおおかみ》的なところがあって、プライベートなことはなにも知らない。たとえば、どこに住んでいるのか、事務所がどこなのか、そもそも事務所があるのかどうか、など不明なことばかりだ。年齢もわからないが、たぶん、自分よりは若いだろう、と小川は踏んでいる。

「なにか、依頼があったんですね？」鷹知がきいてきた。

「浮気調査」小川は答える。普通ならば、こんなに簡単には教えられない。守秘義務がある。しかし、彼はその点では信頼できる。同業なので、ほかに情報が漏《も》れる心配はない。

「えっと、奥様が浮気しているってことですか？」

「いいえ、その奥様から頼まれた」

「へえ……、えっと、聖美さんでしょう？　会ったんですか？」

「ええ、たった今」

「うーん、どうして、僕に依頼しなかったのかな」

「そういう関係？」小川はきいた。「お抱《かか》えとか？」

「そこまではいきませんけれど、まあ、大日向氏の事務所からは、何度も仕事をもらっていますよ。社長も、あそこのスタッフも、顔見知りが何人かいます。大日向夫人とも、話をしたことがあるし、ご自宅へ伺ったこともあるから、そういった調査依頼だったら、僕に頼んできても良さそうなものですけれど」

「知合いすぎて、頼めなかったとか？」小川は言った。「あの、もしかして、とぼけてない？　私の事務所を紹介したとかじゃないですよね？」

「いいえ、それはありません」鷹知は笑った。「考えすぎですよ、小川さん」

「えっと、知りすぎている方？　とぼけている方？」

「知りすぎている方は、可能性は高いと思います。ご主人のことを探るわけですからね。僕がご主人にばらしてしまうかもしれない、と考えたのかも」

「その、大日向慎太郎という人は、どうなんです？」

「何がですか？」

「浮気していそうな人？」小川はきいてみた。馬鹿馬鹿《ばかばか》しい質問である。

「うーん、そういうのって、見てわかるものではないから」鷹知は少し笑ったような息遣いだった。「少なくとも、その手の噂《うわさ》は聞いたことがない。彼は、お姉さんが恋人なんですよ」

「え？　それ、どういうことですか？」

「そちらの方は、もっぱらの噂というか、誰でも知っていることです、彼の周辺では」

「実の姉と仲が良い、という意味で？」

「そうです。ずっと一緒に住んでいるくらいです」

「本当に？」小川は驚いた。「もしかして、子供の頃から、ずっと一緒に？」

「ええ、結婚する以前から一緒らしいです」鷹知は答える。「ただ、お姉さんは、病気なんです。もうお歳ですしね。以前は、同じ音楽関係の仕事だったようですけれど、今はされていません」

「病気って、どんな病気ですか？」

「病名とか、詳しくは知りませんけれど、歩いたりはできないようです。車椅子《くるまいす》を使われていますね。それも、だいぶまえのことです。最近は、見かけることもないし、話題にも上りません。話してはいけないことになっているような、そんな空気みたいな」

## 2

加部谷恵美《かべやめぐみ》は、事務所でプリンを食べていた。これが昼食である。紅茶を淹《い》れて、それを飲みながら大事に食べた。ダイエットをしているわけではないが、ダイエットをしていないわけでもない。

小川令子から電話があって、作詞家の大日向慎太郎について調べておいて、と頼まれた。その人物を、加部谷は知らなかった。そういった方面に疎《うと》い。日本の歌謡曲というものを、ほとんど聴かない。それ以外の音楽も、だいたい同じである。好きな曲というものもないし、好きなミュージシャンもいない。ときどき、格好良いな、可愛《かわい》いな、綺麗だな、と感じることはあっても、その人に興味を持つようなことがない。これまではなかった。

映画はよく観にいくし、ライブにも誘われて行ったことはある。でも、特定の人を追いかけるほどハマったことがない。なんというのか、そんな遠くの人を追いかけてもどうにもならないだろう、というリアルな気持ちで生きているのだった。

そのわりに、近くにいる人物に入れ込んで、失敗を繰り返している自分がいる。これは、本当に溜息《ためいき》が出る痛ましい現実だった。ホイップクリームで満たされたブーツに足を入れるみたいな、どうしようもない気持ち悪さと甘さがある。できるだけ思い出さないようにしているのだが、布団に入って、寝ようとすると、夢よりもさきにポップアウトする。

大日向慎太郎について、ネットで調べたことを簡単にメモしてみた。年齢は六十一歳。作詞家としてのデビューは遅く、三十代の後半になってから。つまり、キャリアは二十数年。結婚したのは、作詞家になってからのようである。離婚歴はない。配偶者については、まったく情報がなかった。写真も見つからない。小川が会ったらしいので、あとできいてみよう。

会社勤めの人間は、尾行が比較的簡単だ。行き先が決まっているし、時間も経路もだいたい予測できる。作詞家というのは、自由業だから、行動の予測が難しい。仕事はどこでしているのだろうか。想像もつかない。

浮気を疑っているわけだから、なんらかの兆候というのか、怪しい人間関係か、あるいは不明瞭《ふめいりょう》な時間がある、ということだろう。そのあたりを手がかりにするしかないのではないか。

小川が帰ってきてから、その作戦会議になる。この探偵事務所には、二人しかいないのだから、小川と加部谷で交代して見張ることになる。日に日に寒くなる季節だから、あまり気が進まない。夜一人で暗い場所に潜んでいなければならない。車の中だったらまだ良いけれど、でも、エンジンはかけられないので、寒いことは外と同じだ。

そんな想像をしているうちに、小川令子が帰ってきた。いつもよりシックなファッションだった。もう少し若い格好をしても良いのに、とよく思ったりする。小川は、サンドイッチを買ってきたようで、コーヒーを淹れてから、それをデスクで食べ始めた。

加部谷は、簡単にまとめたメモを、そっと上司のテーブルに置いた。小川は、サンドイッチを持っていない方の手を伸ばして、それを受け取った。しばらく、黙ってメモに目を通したようだ。あっという間にサンドイッチはなくなり、次はコーヒーカップを持ち上げ、一口飲んだあと、ようやく加部谷を見た。

「あまり、詳しい情報はネットでは見つかりませんでした」加部谷は、先手を打って補足した。

「鷹知さんが、詳しいんだよ」小川は言った。「張込みをするなら、手伝っても良いって……。ちょうど、今は暇みたい」

「助かりますね」加部谷は言った。二人と三人では大違いである。「どこを見張るんですか？　なにか、当てがあるとか、ですか？」

「基本的に、仕事は自宅でするみたい」小川は言った。

「え？　それじゃあ、自宅を見張るんですか？　どこかへ出かけたら、あとをつけるわけですね」

「そう」小川は頷いた。「歩いていくか、自家用車か、あるいはタクシーを呼ぶのか」

「それとも、浮気相手が車で迎えにくるか」加部谷は言った。「となると、車を借りて、張り込まないといけませんね」

レンタカーを借りるのは、この手の仕事では頻繁にある。しかし、相手が鉄道を利用した場合に、困ったことになる。二人なら、分かれて行動ができるが、一人ではそうもいかない。

「まあ、とりあえず、様子を見ましょう」小川は言った。

「いつからですか？」加部谷はきいた。

「急ぐことはない」小川は答える。「このコーヒーを飲んでから」

「うわ」加部谷は驚いた反応をしたが、もちろん、そうではないかと予測していた。

「ほかに仕事はないから、助かりますね」

「そういうこと」小川はこくんと頷いた。

　さっそく、大日向邸の場所をマップで確認した。まず、現地に行ってみて、それから夜のためにレンタカーを借りるかどうかを決めることにした。大日向慎太郎の写真を数枚プリントアウトした。もちろん、端末にも表示できるので、その場で見せるためならプリントの必要はないが、その場にいない第三者に尋ねてもらうように依頼する場面があるかもしれないからだ。

　小川と二人で事務所を出て、駅まで歩いた。まだ一時半である。空は高く、澄み渡っている。風が強く、かなり寒い。

「大日向夫人は、どんな人ですか？」加部谷は尋ねた。

「うーん、まあ、上品な感じの美人というか、女優さんみたいな雰囲気」

「離婚したい、と話していました？」

「そうは、言わなかった」小川は首をふった。「はっきりとはね。でも、まあ、そうなんだろうね。離婚となれば、ご主人の資産の半分はもらえるわけだから、結婚している状態よりも、経済的に解放される感じはあるんじゃないかな」

「半分っていうのは、何の半分ですか？」

「結婚後に大日向慎太郎氏が稼いだ金額の半分。作詞家としてデビューしてすぐに結婚しているわけだから、つまりほとんどの資産の半分ということになるんじゃない？」

「結婚以前から持っていた分は、取られないわけですね」

「一番稼ぎが良かった期間、ずっと夫婦だったから」小川は微笑んだ。

「浮気相手については？　具体的に疑わしい人間がいるのですか？」

「その話はなかった」小川は言った。「どうかなぁ、もしそれらしい人物がわかっているなら、そのうちに話があると思う。最初は言わないんだよね。知らないって顔をするもの」

「へえ……」加部谷は首を傾《かし》げた。「ああ、そうか、浮気相手を困らせたいという意図ではないわけですね。あくまでも離婚がしたい」

「そう、そうなんじゃないかな。相手を懲《こ》らしめたい場合は、最初から調査対象として指定してくるわけ。その場合は、縒《よ》りを戻したい気持ちがまだ強い」

「ヨリですか。何ですか、ヨリって」

「さあ……。ああ、こよりのヨリじゃない？」

「ココヨリ？　ココヨリって何ですか？」

「つまり、捩《ねじ》るってことでしょう。縒るっていうのは……」

「捩れてしまったものを、もとどおり真《ま》っ直《す》ぐにするわけですね？」

「反対だと思う。捩ってつながっているわけだから、もう一度、捩り合わせるってことじゃない？」

「はあ、そうですか。勉強になりますね。何の話でしたっけ？」

「大日向夫人は、わりとさばさばしていて、ただ、夫の尾行をしてくれ、みたいな軽い感じだった。困っているとか、恨んでいるとか、そんな感じじゃあ全然ない」

「じゃあ、もしかして、あれですよ。えっと、ほら、アリバイ工作とかでは？」

「どういうこと？」

「ですから、これからなんですよ。なにかトリックを仕掛けてくるんですよ」

「何言っているの？」

「えっと、私たちに尾行させておくのは、偽者なんです。その間に、誰かを殺すとか。そのアリバイを、私たちに作らせるって、手筈《てはず》なんです」

「偽者が証言したら、それでお終《しま》いじゃないの」

「じゃあ、家にいると見せかけて、こっそり秘密の出入口から犯行現場へ向かうとか」

「何なの、そういうの、よくある話なの？」

「はい、ドラマでは、よくあるパターンです」

「へえ、そう……」

電車に乗った。大日向氏の自宅は、都心といっても良い場所である。地下鉄の駅からも近い。途中で二回乗り換え、三十分少々で最寄りの駅に到着した。

駅から少し歩くと、高級住宅街といった閑静な場所になった。道路には、ほとんど車が走らない。住宅の多くはコンクリートの高い塀の中で、道路に面しているのは、乗り越えられない高さのゲートか、ガレージのシャッタくらいだった。

大日向氏の邸宅の前を通り、そのまま歩き続ける。なるべく、そちらを見ないように気をつけたが、そもそも建物が見えなかった。庭は相当な面積がある。建築物は道路からかなり離れているようだ。ガレージのシャッタは細長い磨《す》りガラスで、中はまったく見えない。そのガレージのほかにも、駐車場らしきスペースが敷地内にあるようだった。

しばらく歩いたところで、交差点を曲がった。そこで、立ち止まり、振り返って端末で写真を何枚か撮った。

「こんなところで見張るんですか？　絶対怪しまれますね」加部谷は感想を述べた。

「どこか、近くに……、適当な場所がないかなぁ」小川は辺りを見回している。「できれば、高いところが良いけれど……」

「アパートもないし、近くにマンションとか、ビルもありませんね」加部谷は言った。「樹も葉が落ちていて、枝の上に潜むわけにいきませんし」

「葉があっても、無理」小川がくすっと笑った。

「そうなると、適当な場所にカメラを仕掛けて、離れたところで受信するか、それとも記録だけするか、しかないですね」

「そうだね。機器のレンタルが高いんだ」小川が舌打ちする。

「貧乏事務所ですから、しかたがありませんよ。レンタカーはどうします？」

「ちょっと、あっちへ移動しましょう」小川は指差した。

少し歩いたところに、ゴミ収集所があった。今はゴミは出ていないようだが、段ボール箱が畳まれ紐《ひも》で縛った状態で片隅に置かれていた。ブルーの大きな鋼鉄製の容器もある。生ゴミを入れるのだろう。

「この中に入って見張るとか、言わないで下さい」加部谷は言った。

「それのこと？　入りたかったら、入ってみたら？」小川はまた微笑んだ。彼女は、大日向邸の方へ振り返った。「でも、ここからでも、出入りは見える。軽トラックがここに停車していても、怪しまれないかも」

「ずっと駐車していたら、怪しまれますよ」

「こちらに、少し入って駐めたら、通行の邪魔にはならないし」

「軽トラ、借りてきましょうか？」

「うん」小川はにこにこ顔で頷いた。「ワゴンでもＯＫ」

## 3

加部谷が駅の方向へ歩き始めて、しばらくすると、小川が追いついてきた。

「振り返っちゃ駄目」小川が囁《ささや》く。「大日向氏が出てきた」

「え、一人で？」加部谷はきいた。

「たぶん、彼だと思う。犬と一緒。こちらへ歩いてくる。そこで右へ曲がろう」

次の角で交差する道路へ入る。コンクリートの高い壁に遮《さえぎ》られて、大日向邸のゲートは見えなくなる。反対側に駐車場があったので、一番手前の車の陰で二人とも膝《ひざ》を折った。

しばらく待つ。なかなか現れない。こちらへ来なかったのかもしれない。小さな犬を連れているから普通よりもゆっくりなのか。

小川たちが曲がった場所に、大日向が現れた。道を真っ直ぐに通り過ぎ、すぐに見えなくなった。犬は二匹だった。

「猫みたいだったね」小川は言った。

「ミニチュアダックス」加部谷が答える。

「私は、彼の後をつけるから」小川は立ち上がった。

「車を借りてきます」加部谷も立ち上がった。「でも、しばらくかかります。急ぎますか?」

「ゆっくりで大丈夫。コーヒーとかも買ってきて」

「了解」

犬を連れているのだから、自宅に戻るはずだ。少し遠回りになりそうだが、加部谷は戻らない方向へ歩くことにした。端末を取り出して、レンタカー屋の場所を検索した。最寄りの駅にはなさそうだ。急がなくて良いと言われたので、タクシーには乗りにくい。

次の曲がり角で右に曲がった。大日向邸に近づく方向になる。しばらく歩くと、長い壁が続いている場所に出た。地図で確認すると、大日向邸の裏、さきほどとは反対側になるようだ。都心にこれだけ広大な敷地というのは珍しいだろう。マンションが建てられる広さが充分にある。作詞家というのは、儲かるようだ。

道路は緩《ゆる》やかな上り坂になっていて、しばらく進むと、敷地の中が比較的見えるようになった。庭木が多く、その奥に二階建ての建物が見えた。次の曲がり角の近くに、裏門があることも発見した。こちらからもアクセスできるようだ。敷地内の近くには、離れのような建物もある。さらに鋼鉄製の重そうなゲートの奥に駐車場も見えた。張込みをする場合、表側か裏側か、どちらを見張れば良いだろう。両方を一人で見張ることは不可能だ。カメラを仕掛けるしかないだろう。

駅に出て、隣駅まで移動。他線とも交わる比較的大きな駅で、近くにレンタカー屋がある。そこで、軽のワンボックスを借りることができた。レンタカーというのは白い車が多い。張込みをするときも、白かグレィが一番目立たない。仕事に使われる車もだいたいそうだ。

　加部谷は、車の運転が得意ではない。できないことはない、という程度である。免許を持っているのは、地方に住んでいたからである。東京では、まったく必要がない。逆に、運転をするのが、こんなに難しい場所もないだろう。

　出発するまえに深呼吸し、ナビをチェックしてコンビニの位置を確認した。それを頭に入れて、前進を始めると、横に男が走り出て、サイドウィンドウを手で叩《たた》いた。

　急停車して窓を開けると、立っているのはレンタカー屋の店員だった。

「お客様、バッグをお忘れになりました」窓越しに、バッグを渡される。

　何度も礼を言ってから、ようやく再出発となった。探偵事務所に就職して以来、車の運転は何度かしている。初めてではない。でも、いつも緊張してしまう。停《と》まっているときはそうでもないが、走ると緊張する、と小川に話したら、「当たり前でしょ」と返されてしまった。

　無事にコンビニに到着し、食べるもの、飲むものを購入。店を出て、車に戻ったところで小川に電話をかけた。別れてから、一時間ほど経過していた。

「もしもし、そちらは、どうですか？」

「まだ犬の散歩中」

「長いんですね。本当に、大日向慎太郎でした？」

「偽者がいるの？」

「裏口があるんですよ。敷地の反対側に。ですから、偽者に犬の散歩をさせて、囮《おとり》作戦が可能です。その間に本物が裏から出られます。車も出せます」

「たぶん、本物だと思うけれど」小川は言った。「車、借りられた？」

「今、コンビニでホットコーヒーを買ったところです」

「あ、カフェラテが良かったなぁ」

「買い直しましょうか？」

「いいえ、コーヒーでけっこう」

「どこへ行けば良いですか？」

場所を聞いて、ナビで検索をした。大日向邸から一キロくらい離れた公園だった。地図には池があることが示されている。駐車場があるかどうかはわからないが、とりあえず向かうことにした。

十分ほどで到着。駐車場はなかったが、大通りに面しており、歩道に寄せて停めることができた。小川に電話をかけようとしたら、こちらへ歩いてくる彼女が見えた。小川が後部のドアを開けて車に乗り込んでくる。加部谷は運転席から振り返り、助手席に置いてあったコーヒーを小川に手渡した。

「まだ公園にいるんですか？」加部谷はきいた。大日向と犬たちの姿は見えなかった。

「あそこ」コーヒーを一口飲んでから、小川は指差した。

五十メートル以上離れていたが、どうにか確認できた。芝生がある手前の広場で、子供たちが自転車に乗っていたり、スケートボードをしている姿もあった。犬を連れている人が、少なくともほかに三組いる。といっても、お互いに集まって話をしているわけではない。

大日向慎太郎は、ベンチに腰掛けて、犬たちの様子を見ていた。犬のリードはリール式なのか長く伸びていて、三メートルないし五メートルくらいありそうだった。二匹のミニチュアダックスは、飼い主から離れたところで地面に鼻をつけている。

「あそこに、もう二十分以上いる」小川が説明した。彼女は小型の双眼鏡をバッグから取り出し、大日向の方へ向けて覗《のぞ》いていた。「散歩の途中で、誰とも接触はなし」

「平和ですね」加部谷もコーヒーを飲んだ。溜息が出た。

「平和に越したことはないわよ」

「家からここまで、どれくらいかかりました？」

「うーん、三十分ってところかな」小川は答える。しかし、すぐに声を上げた。「あ、立ち上がった」

しばらく、双眼鏡のピント合わせをしていたが、それを諦《あきら》め、小川はコーヒーを加部谷に手渡した。

「尾行、交代しましょうか？」加部谷は提案した。車を運転するよりも、歩いた方が気持ちが良いだろう、と想像したのだ。

「いえ、大丈夫」小川は右手を広げ、左手でドアを開けた。「じゃあ、車は裏口の近くへ回して。そちらを見張っていて。私は犬たちの後をつける」

「了解」加部谷は答えた。

大日向はこちらに近づいてくる。小川は歩道を横切り、公園入口の樹木の多い辺りに隠れようとしていた。それを見届け、コーヒーをホルダに戻してから、加部谷は車のエンジンをかけた。

大通りの車の流れに合流し、次の交差点で信号待ちになる。退屈な仕事だな、と彼女は思った。といっても、退屈な方が良いに決まっている。手に汗握る展開には、できればなってほしくない。

それにしても、浮気調査というのが、面白くない。他人の色恋沙汰《ざた》に関与するわけで、たまたま依頼のあった側に協力することになっても、そちらが正しい、そちらに義があるというわけではない。事情を知るほど、相手側に同情したくなることもあるだろう。そういう感情を抑えて、仕事として処理をするわけだが、それで誰かが幸せになるというような結果には絶対にならないのだ。

ようするに、問題を解決する仕事ではない、という部分に大きな抵抗を感じる。やりたくない仕事といっても良い。ただ、仕事というのは、基本的にやりたくないものだろう、とも認識している。

方角も道路もわからないまま、ナビの指示どおりに走ると、見たことのある道路に入った。さきほど歩いた場所である。車も人も通っていない。ひっそりと静まり返っていた。コンクリートの塀に寄せて、車を駐車させた。裏口から三十メートルほど離れている。反対側は、これまた大邸宅で、時代劇に出てきそうな古風な塀が長く続いていた。個人宅ではなさそうだ。お寺だろうか。入口は、見える範囲にはなさそうだった。

端末で地図を確認した。さきほどの公園と現在位置の関係がようやくわかった。直線距離では五百メートルほどしか離れていないが、鉄道や幹線道路が途中にある。道のりでいえば、倍になるかもしれない。大日向や小川が戻ってくるのに、まだ時間が必要だろう。

突然、助手席側のウィンドウに人が現れ、車の中を覗《のぞ》き込《こ》んだ。加部谷は、躰《からだ》が痙《けい》攣《れん》するほどびっくりした。男がガラスをこつこつと指で叩いた。ようやく、誰なのかわかったので、そちらのウィンドウを下げた。エンジンがまだかかったままだった。

探偵の鷹知祐一朗である。小川と一緒のときに、三回ほど会っている。二人だけで会うのは、これが初めてかもしれない。トレンチコートを着ていて、いかにもハードボイルド、というファッションだった。

「どうしたんですか？」加部谷は尋ねた。

「大日向さんに呼ばれて」鷹知は答える。「それ以上は、ちょっと……」

「大日向さんなら、今、犬の散歩に出かけていらっしゃいます」

「いえ、そちらの大日向さんじゃないんです」

彼は、人工的な笑みを浮かべたあと、片手をさっと振ってから、先へ歩いていった。振り返るようなことは一度もなく、大日向邸の裏口近くで、姿が見えない位置になった。一メートルほど奥まったところにインターフォンがあったように思う。

# 4

大日向邸の正面ゲートの近くを通り過ぎながら、小川は加部谷に電話をかけた。

「大日向氏と犬二匹は、今帰宅した」小川は報告した。「裏口にいるの?」

「そうです。あの、ついさっきですけれど、鷹知さんが来ました」

「え?　どこへ?」

「えっと、大日向さんに呼ばれたそうです。裏口から入っていかれました。そのまえに、私の車の横に立って、中を覗いて、窓をこつこつってやって、話も少ししました」

「つまり、ちゃんと隠れていないと、張込みがばれるよ、というサインだね」

「いえ、そうじゃないと思いますけれど……。大日向氏は犬の散歩ですよって教えたら、そちらの大日向さんじゃないって」

「そちらの大日向さんじゃない?　ってことは、誰?」

「奥様でしょうか?」

「だよね……、でも、私たちに依頼したのも、その奥様じゃない」

「変ですね。探偵を二組使って、なにかを競わせるつもりでしょうか」

「そんなわけないでしょう」小川は舌打ちした。「うーん、あとで、鷹知さんと話をしなきゃ駄目だな」

「あ、お姉様かもしれません。なんとなくですけれど、裏口に近いところに離れみたいな建物があるじゃないですか」

「そうなの？　私は見ていないから」

「いえ、あるんです。で、そこに大日向氏のお姉様がいらっしゃるような気がします」

「気がするだけでしょう？」

「はい」加部谷は抵抗せず認めた。「なんとなくですけれど、少し離れたところにいるような感じじゃないですか。実の姉と弟っていう場合」

「根拠は？」

「ですから、なんとなく」

「ふうん」小川は、聞こえよがしに溜息をついたようだ。「どうしよう、これから。二箇所で見張っていたら、長続きしないよね」

「今日は、まだ本番じゃないから、もうしばらく待って、鷹知さんと相談してみるのが良いのでは？」

「そうだね、うん、妥当なところかも。カメラを仕掛けるにしても、場所とか、時間とか、いろいろ作戦を練らないといけないし……」

「そもそも、大日向氏がどんな行動を取る人なのか、鷹知さんから情報を仕入れた方が良いと思います」

「そもそも、大日向夫人がなにも教えてくれなかったのが問題だよね」小川が言った。「いつ出かけていくのか、どれくらいの頻度で出かけているのか、浮気を疑うのなら、それなりのデータがありそうなものじゃない」

「同感です」加部谷は言った。「あ、でも、出かけるとは限りませんよね」

「どういうこと？」

「浮気相手を家に招き入れるとか」

「え、そんなのって……」小川はそこで言葉を切った。「あるかもね。家が広ければ、そういうこともできるわけか」

「特に、顔見知りで、普段からよく訪れる人、仕事関係の人だったら、わりと簡単ですよね。あ、そうだ、家政婦さんは？　若い人ですか？」

「そういう場合、尾行してくれって探偵事務所に頼む案件？」

「自分でカメラでも仕掛けて、証拠写真を撮ってくれって言ってみますか？」加部谷がおどけて言った。「それじゃあ、仕事になりませんけれど」

「ま、そうね」小川は頷く。「そのとおり」

しばらく、沈黙があった。

「小川さん、寒くないですか？」

「寒い。温かいコーヒーを飲みそびれちゃったし」

「こちらは車だから、まだましです。いざとなったら暖房できますし。交代しましょうか？」

「着込んでくれば良かった。でも、大丈夫、しばらく頑張ります」小川は電話を切った。

じっとしているより歩いた方が良いだろうと思い、また道を歩き始めたが、塀から離れると風が当たって、かえって寒くなった。

日が短くなっているが、暗くなる時刻ではない。大日向邸の正面ゲートからの出入りが見える範囲で、道をまた戻った。あまりぶらぶらと歩くと不審者だと思われるかもしれないが、その点では、女性は誤解されにくいから、探偵業に向いている。豪邸ばかりで、道を歩く人から見られるような窓がほとんど見当たらない。また、人通りもほとんどなく、人とすれ違うようなこともなかった。タクシーが通ったのと、自転車に乗った人が追い抜いていっただけだった。

さきほど歩いた道を引き返している。大日向邸から離れた側を歩いた。しかし、塀の中はまったく見えない。自分のしていることが、馬鹿馬鹿しくなってくる。これは、張込みをするときに常に思い浮かぶ問題である。

私は今、何をしているのか。これが自分の人生なのか。こんなことをしていて良いのか。もっと将来性のある、自分のためになる、あるいは人のためになるような仕事はなかったのか、と自問することになる。

一言で答えるなら、成り行きでこうなっただけだ。探偵になりたくてなったわけではない。仕事をしないと食べていけないし、仕事を選べるような機会なんて、そうそうあるものではない。若い頃なら、無限の可能性があったし、夢も希望もそれなりにあった。たしかにあったのだ。

でも、今はなにもない。成り行きだ。大きく変化しない生活を、今の自分は望んでいるのかもしれない。チャレンジしたいとも思わない。たぶん、思っていない。

この仕事を続けていって、どんな展望があるだろうか。どんどん成長するビジネスでもない。単に、少しでも長続きすれば良いな、と願う程度だ。

その点、若い頃に経験したビジネスには、大きな可能性があった。少々辛《つら》いことがあっても、夢に向かうための小さな障害だ、と解釈できた。失敗しても、自分はこれで成長するのだ、という実感があった。あの手応《てごた》えのような感覚は、単なる幻想だったのだろうか。

探偵事務所に勤めた頃には、夢や成長をまだ少しは抱いていたように思う。それが、今はほとんど、否、全然ない。手応えがない。自分が所長になったときも、全然嬉《うれ》しくなかった。

一方で、不満というものも、それほどない。相棒の加部谷は善人で、面白いし、愛すべき人柄だと感じている。不幸な過去を背負っているし、その不幸がきっかけで知り合ったのだ。彼女には、もっと将来性のある仕事に就いてもらいたい、という気持ちがないわけではない。彼女は公務員だったのだ。学力もあるし、勘も良い。どんな仕事でも立派にこなせるだろう。それでも、今のこの仕事を楽しんでいるようだし、そんなアドバイスをしたら、余計なお世話だと思われるにきまっている。そう考えて、言い出せないでいる。

加部谷のことを心配するより、自分を心配したらどうだ、とまた思いが廻《めぐ》る。最近、思いが廻るせいで眠れないことがしばしばある。自分だって、まだ若いはず。加部谷とそんなに違わない。それどころか、もしかしたら自分の方が未熟で、精神が幼いのではないか、と疑っている。恋愛の経験も浅く、結婚もしたことがない。現在の自分には家族もいないし、頼れるような親しい友人もいない。

歩きながら、まるで夢を見るようにこんなことを考えるなんて、どうかしている、と思った。目だけは律儀《りちぎ》に開いていて、大日向邸のゲートをときどき見ていた。なにも変化がない。

ずいぶん寒くなってきた、と現実の季節を思い出したとき、加部谷から電話がかかってきた。電信柱の陰に入って、小川は電話に出た。

「そろそろ代わりましょうか、って言いたいの？」小川は冗談で先手を打つ。

「鷹知さんが出てきて、ちょっと話をしようか、ということに」

「私たち二人と？」

「いえ、私は車で張込みを続けます」

「それだったら、表のゲートの方が良いかも」小川は言った。「鷹知さん、なにか情報がありそうな感じ？」

「はい、そうだと思います」

電話が切れて、しばらく待っていると、脇道がヘッドライトで照らされた。そちらへ歩いていくと、加部谷が運転するワゴン車がゆっくりと現れた。大日向邸のゲートからは見えない位置で停車する。

車から鷹知が降りてきた。

「あちらの、ゴミ収集所の辺りが良いかも」小川は、運転席の加部谷に指示をする。

「はい、鷹知さんからも、同じアドバイスをもらいました」加部谷が笑いながら答える。

「あちらに、喫茶店があります」鷹知が指を差す。

小川と鷹知は、そちらへ向かって歩きだした。加部谷の車は前進し、道を曲がっていった。

## 5

「大日向沙絵子《さえこ》さんに会ってきました」鷹知はシートに着いて言った。

「お姉様ですね、お幾つくらいですか？」小川はきく。

「さあ、六十代だと思いますけれど」

女性の店員が注文を取りにきたので、二人ともホットコーヒーを頼んだ。

「何のために呼ばれたのかは、もちろん言えませんけれど」鷹知はいつもの冷静な口調だった。「大日向氏のことを心配されていました」

「心配って、どういう意味ですか？」

「うーん、たぶん、仕事上のことだと思います。最近、上手くいっていないようで、ご本人も悩んでいるとかです。そういった愚痴《ぐち》を聞かされる、と沙絵子さんが」

「作詞の仕事が、ですか？」

「以前に比べて、という話だとは思いますけれど……。デビューしてから十年くらいまえまでは、まさに飛ぶ鳥を落とす勢いでしたから」

「今は、その勢いがないということですか？」

「僕には、正直、よくわかりませんね。だけど、この世界はまさに水ものだから、長く好調が続く方が珍しいのだとは思います」

「人間関係でトラブルがあったのでしょうか？　それとも、浪費しすぎて、借金を抱えているとか？」

「うーん、どうかな。そういう話は聞きませんね。若い頃には苦労をされたそうです。お姉様の方が、それをよくおっしゃいます。二人で耐えてきたと」

「二人で耐えてきた？　へえ……」小川は肩を竦《すく》めた。「それで、今も一緒に暮らしている。仲の良いご姉弟なのですね。お姉様と大日向夫人の仲は、どうなんですか？　小姑《こじゅうと》ってわけでしょう？」

「仲が悪いという話は、全然聞きません。同じ敷地でも、家は違いますし、ほとんど接触がないようですね」

「ああ、じゃあ、裏口が、お姉様のお宅の玄関なのですね？」

「ええ、そうです。もちろん、正門から入っても、庭を歩けば、行けます」

「鷹知さんの見解を聞きたいのだけれど、そのぉ……、大日向氏の浮気について」

「はっきり言って、ありえないくらい」鷹知はそう答えて微笑んだ。「たぶん、なにも出てきませんよ。滅多に人に会わないし、ほとんど一日中、家の中にいるみたいです。趣味は、犬を可愛がることくらいじゃないかなぁ、僕が知る範囲ではですけれど」

「仕事の関係で、言い寄るような女性がいませんか？　大金持ちなんですから」

「大金持ちは、ええ、まちがいないでしょう。いくら仕事がないといっても、これまでのヒット曲の著作権料だけで莫大《ばくだい》な収入が今もあるはずです」

「でしょう？　都心にあの面積の大邸宅ですから……。家に閉《と》じ籠《こ》もって、いったい何にお金を使っているんですか？　ガレージにクラシックカーが何台もあるとか？」

「いいえ。そんな趣味はありません。車を運転されるのかな……。使用人も多くはありません。えっと、三人だけですね。家政婦が二人、あとは運転手兼マネージャ。あ、その人は事務所の社員です。それから、そうだ、息子さんが一緒に暮らしています。大学生ですけれど」

「息子さんが、毎日パーティを開いて、どんちゃん騒ぎとか？」

「いいえ、全然。これがまた、お父様と同じで、真面目な感じです。勉強が趣味、みたいな。よくは知りません。見た感じがです。おぼっちゃんですよ」

「うわ、そうですか。家政婦さんは、どんな方です？」

「二人ともご高齢です。そんな、怪しい感じではありません」

「駄目かぁ……」

「いいえ、決めつけるわけにはいきませんよ」

ウェイトレスが、ホットコーヒーを運んできたので、話が中断した。二人は、すぐにカップを手に取った。

「とにかく、僕としては、夫人がそんな依頼をしたということが、驚きです」カップをテーブルに戻すと、鷹知が言った。「二度ほど、夫人から個人的な依頼を受けて、仕事をしたことがありますけれど、いずれも家庭内のごたごたではありません。買いものをするために信用調査をしてほしいとか、そんな感じの軽い調査でした。もちろん、宝石とかバッグとかではありません」

「不動産ですか？」

「ええ、まあ、そんなところです」

「過去にも、なにかトラブルはありませんか？　従業員や仕事関係とかで」

「僕が知るかぎりでは、ありませんね。大日向氏は、とても穏やかな人で、誰からも恨まれるようなことはないでしょう。人当たりも良いし、威張ったりしないし、そう、怒ったところも想像できません。家で働いている人たちは、ずっと同じです。辞めていった人はいませんよ」

「家政婦さん、二人とも？」

「ええ、そうです。あと、マネージャは大日向氏より少し若いくらいの男性です。彼は、事務所から来ていただけで、最近はあまり姿を見ません。仕事がないからでしょう。大日向氏も、この十年ほどは、事務所へ出向くようなことはないそうです。レコード会社の重役クラスと、ときどき会っているそうですけれど」

「こういう界隈《かいわい》の人って、つきあいが広いのだと思っていましたけれど」

「彼は、そうではありません。作詞家になるまえは、営業や広報だったそうですから、人脈を築く仕事だったはずですが、作詞家になってからは、その頃の反動なのか、家に籠もって、人とはつき合わないスタイルを通しているみたいです。どこにも顔を出さないということで有名なんです」

「女性関係は、本当になにもないのですか？」

「だと思いますよ」鷹知は頷いた。「もし、そうじゃなかったら、僕は長年騙《だま》されていたことになりますし、大日向慎太郎には、第二の顔がある、ということになります」

「奥様は、どうなんですか？　社交的な方ですか？」

「そう見えました？」

「いいえ」小川は首をふった。「あまり、そんなふうには……」

「彼女、二十代のときは歌手だったんです。演歌歌手だったそうです。僕は、その頃のことは知りません。でも、ぱっとしなかったのでしょうね。その後、作詞家の大御所、弓長瑠璃の付き人をしていたそうです。大日向慎太郎は、その弓長瑠璃の弟子というわけです。その縁で、二人は結婚したのでしょう」

「大日向氏は、弓長さんのお気に入りだったのでは？」小川はきいてみた。「付き人に弟子を取られて、恨んでいるというようなことは？」

「ああ、いえ、弓長瑠璃は、男性です。もう、八十代だと思いますよ」

「ああ、そうなんですか。じゃあ、弟子に付き人を取られたのかしら？」

「その後の様子を見ると、それもありえない感じですね」

「いえ、その業界のことには疎くて……、弓長さんって、有名な方なんですか？」

「今でも、誰もが一目置く存在ではありますね。力がある方です。まあ、でも、あるのは財力でしょう。ええ、大日向慎太郎が売れっ子になったとはいえ、桁《けた》が違うようです。戦後の歌謡界に君臨した、というか、期間がとにかく長い。既に過去の人ですが、著作権というのは、金の生《な》る木のようなものだそうですから。そうそう、大日向氏のあの邸宅も、もともとは弓長氏のものだった。譲り受けたというわけです」

「譲り受けたって、ただでもらったということですか？」

「いえいえ、それはないでしょう。言い値で買わせてもらった、というのを、譲り受けた、というんですよ、セレブ界隈ではね」

「ああ、そう、そういえば、そうですね」小川は、若い頃の体験を思い出した。当時は、セレブと話をする機会があったのだ。「お金で買ったというと、悪いことをしたみたいに受け取られるから？」

「よく知りませんが」鷹知は、口を歪《ゆが》ませた。

「弓長氏は、あそこを出て、今はどこにいらっしゃるんですか？」

「なんでも、箱根の別荘で暮らしているとかですね。これは、はっきりとした情報ではありません」

「誰から聞いたのですか？」

「大日向氏のお姉様、沙絵子さんからです。彼女も弓長氏の付き人だったんですよ」

「うわ、そうなんですか……。大日向氏の弟子入りと、お姉様の付き人は、どちらがさきだったんですか？」

「たぶん、お姉様の方だと思います。その縁で、大日向氏は弓長氏と知り合って、本格的に作詞の仕事を始めたわけですから。その後、お姉様が体調を崩されて、仕事を離れたと聞いています。そこで、今の大日向夫人が、代わりに付き人になった。それで、大日向氏と結婚することになった、という順番でしょうか」

「お姉様は、今はお具合は、どうなんですか？」気になったので、小川はきいてみた。

「ええ、あまり詳しくは話せませんが、なんとか一人で生活ができる程度には元気です」鷹知は答えた。

意外な表現だな、と小川は思った。一人で生活が難しいようなレベルなら、健康とはいえないのではないか。でも、鷹知を呼びつけてなにかを依頼している。そういった活動はできるということだ。

「沙絵子さんからは、その方面の話を口外しないでほしい、と言われているので」鷹知が補足した。

「ということは、普通ではない、ということですよね？」小川は鷹知をじっと見据えた。

「まあ、そういうことでしょうね」鷹知が微笑んだ。

鷹知とは喫茶店の前で別れた。張込みの手伝いが必要だったらいつでも引き受けますよ、と鷹知はまた言ってくれた。具体的には、夜間だったら時間が空いていると。小川にとっても、それは願ってもないことだった。

## 6

小川は、表通りのコンビニへ寄ってから、大日向邸へ戻った。邸宅の周囲をぐるりと歩いたあと、少し離れたゴミ置き場の暗闇に溶け込もうとしているワゴン車に近づいた。加部谷は運転席に座っていて、小川にすぐに気がついたようだった。

後部座席に乗り込んで、まだ温かいコーヒーを加部谷に手渡した。

「トイレは大丈夫？」小川はきいた。

「ご心配なく」加部谷は頷く。「ちょっと、移動しましょうか。暗くなったから、もう少し近くでも目立たないと思います」

「そうね。ここにずっといる方が怪しまれる。ゲートを通り越して、あちら側へ行ってみたら？」

エンジンをかけ、ヘッドライトを点《つ》け、加部谷は車を走らせた。ゆっくりと、大日向邸の正面ゲートの前を通り過ぎる。うっすらと上品な照明があったが、表札には光が当たっていない。もちろん、人気はないし、ゲートの中も真っ暗でよく見えなかった。建物の明かりも届いていない。次の交差点を越えたところで、脇道を利用して車の向きを変え、外灯が遠い暗い場所で、塀に寄せて停車させた。

加部谷はコーヒーを飲む。小川は窓を少しだけ開けてみた。外の音で聞こえるのは、遠くの大通りの車の音くらいだった。複数のエンジン音がざわめきとなって、一定のノイズのように届く。

「静かな場所だね」窓を閉めてから小川は呟《つぶや》いた。「なにか、変化は？」

「いいえ、なにも。誰も出てきませんし、誰も訪ねてきません。出入りはありません」

「そう」小川は返事をする。

しばらく、静寂。

小川もコーヒーを飲む。サンドイッチを買ってきたので、二人で黙ってそれを食べた。その食べる音しかしない。

「なんか、面白い話はないの？」小川は言った。

「しても良いですか？」加部谷がすぐにきいてきた。

「してよ」

「このまえ、小川さんとキャッチボールをしましたよね。事務所の前で」そこまで話しただけで、もう加部谷は笑っている。

そう。子供用のビニルのボールがたまたまあった。それで、キャッチボールができるかできないか、という話になり、外に出て、二人でボールを投げ合ったのだ。

「そういえば、あのときも、君、笑いっぱなしだったじゃないの」

「もう、可笑しくて可笑しくて」加部谷は、まだ笑っている。笑って息が乱れ、話ができない様子である。

「何がそんなに面白いの？　私が下手だったから？　キャッチボールなんて、やらないもの、下手ですよ。でも、そんなに可笑しい？」

「いえいえ、違うんです」加部谷は笑っている。「下手なのを笑っているんじゃありません」

「じゃあ、何なの？」そうききながらも、小川もつられて笑えてきた。

「いえ、あの、怒らないで下さいよ」加部谷は顔に両手を当て、口を覆っている。

「もうだいぶ怒っているかも」

「いえ、あのぉ……、小川さん、ボールを投げるときに、ほいって言いますよね。毎回、ほいとか、ほらとか、掛け声があるんです」

「それが可笑しい？」

「普通は、黙って投げるものですよ」

「あ、そう。そうなんだ。知らないから、私」小川は、そこで吹き出した。可笑しいのかもしれない。「でもさ、オリンピックの槍《やり》投《な》げの選手とか、叫ぶじゃない。あと、ブルース・リーだって、いちいち、あちょうって言うじゃない」

「まあ、そうですね。うーん、けっして、いけないわけではありません。でも、あれ以来、思い出すたびに笑えてくるんです」

「幸せじゃないの。生きているだけで楽しい？」

「そうですね、笑えることがあるというのは、悪くないと思います」加部谷は笑うのをやめた。「今日は、どうしますか？　このあと、徹夜で張込みですか？」

「夜中に出かけていったら、家族が疑いを持つと思う。そんな非常識なことがあれば、依頼のときに言うよね」

「じゃあ、常識的な時間まで」加部谷は頷いた。「車はどうします？」

「明日もいちおう見張ってみて、なにもなければ、また考えましょう」

「だったら、今夜は、私、ここにいます。小川さん、もう帰って下さい。朝の交代で」

「寒いよ。大丈夫？　ちゃんと休憩を取ってね」

「寒くて死にそうになったら、エンジンをかけて暖房します」

「毛布とか、持ってきてあげようか？」

「大丈夫です。がんばります」

「そう……」小川は頷いた。「それじゃあ、そうしてもらおうかな。明日一番、七時に来ます。ここを離れる時刻は、記録しておいてね」

「わかっています。コンビニに二回か三回は行くと思います」

小川は、ワゴンのスライドドアを開けて外に出た。やはり、気温が下がっているようだ。風も冷たいし、明日の朝は冷え込むのではないか、と想像できる天候である。

暗くなっていたが、事務所に寄っていくことにした。帰宅しても、寒い部屋の照明を点けるだけで、食事を作ったりすることもない。そんな気力は最近ではすっかり失《う》せてしまった。

加部谷からメッセージが届いていたので、それを読みながら夜道を歩き、事務所に到着した。事務所も寒いことでは同じなのだが、デスクの下に小さなファンヒータを置いているので、スイッチを〈強〉にした。

加部谷の報告は、家政婦らしき女性が一人、ゲートから出てきた、というものと、車が一台ガレージに入った、乗っているのは男性一人のようだった、というものだった。来客用の駐車スペースは、ガレージではなく、その手前にある。その来訪者はゲストではなさそうだ、と加部谷は伝えてきた。おそらく大日向氏の息子ではないか、と小川は返しておいた。その後、出入りはないらしい。

重要な手紙もメールもなかった。事務所にいたのは結局、三十分ほどだった。ヒータと照明を消して、施錠して外に出た。寂しい道は、ほんの少しの間だけ。駅が近づくと、また雑踏の中。暖かい電車に揺られ、やはり生暖かい地下を歩いて路線を乗り換える。

毎日、こんな流れの中に身を任せている自分を、どうしても考えてしまう。浮気調査をしているのに、自分は浮気がどんなものか知らないのだ。

否、そんなことはない。妻のある人に恋い焦がれた時期はあった。でも、あれは浮気だったのだろうか。少なくとも、自分は浮気ではない。そう、絶対に違う。

家庭を持ったこともない。子供の頃にも、そういった暖かいイメージの場所はなかったから、ずっと家庭というものを知らないで生きてきた。だから、一人でいることには慣れている。たとえ近くに大勢がいても、気にならない。いつも自分一人のバリアを張れる子供だった。そのバリアが、社会に出て働き始めた頃、壊れたといえる。

その人を慕《した》っていた。しかし、具体的な未来を思い描くような段階には至っていない。そうなるまえに、その人が死んだからだ。あれを、今も引きずっている。

というよりも、引きずっていると思い込むことで、一人でいる今を許そうとしているのかもしれない。

そうではなく、そもそも孤独が好きなのではないか、と何度か自問しているつもりだが、それに答えるのも自分だから、いつも堂々巡りに陥《おちい》ってしまうのだ。

いったい、自分は何がしたかったのだろう？

子供のときに、どんな大人になりたいと考えていたのか。どうも、そんなイメージを持つことがなかった。なりたいものはないし、そもそも生きたいとも望んでいなかったのではないか。

過去のことは、できるだけ思い出さないようにしている。思い出したいのは、あの一時だけ。つまり、恋い焦がれていた短い時間だけだ。あの時期が、自分の人生の華《はな》だったのだろう。

社長秘書という肩書きだった。それが今は、探偵事務所の所長である。秘書になりたかったわけでもないし、もちろん、探偵になろうなんて考えたこともない。生きていくために働かなければならない境遇だったから、たまたま就職しただけだ。思いどおり、生き続けることが可能な境遇には達したけれど、それは夢でも希望でもない。ただ、死ぬよりは幾らかましだろう、と直感しただけのこと。

その直感には、根拠がない。

生きることは、死ぬことより本当に「まし」なのか？

このさき、自分の人生はどんなものになるのだろう。もう、大きな可能性は残されていないような気がする。今からでは遅すぎる、というものが圧倒的多数だ。

たとえば、その一つが家族を持つことだろう。しかし、自分はそれを強く望んではいない。ただ、漠然とした憧《あこが》れのようなものが、霞《かすみ》のようにぼんやりと漂っているだけのこと。それも、もしかしたら蜃気楼《しんきろう》みたいな錯覚かもしれない。誰かが、そんな価値観を植えつけようとしているだけかもしれない。

毎日を精一杯生きる、というのはとても簡単な逃避だ、と最近では感じている。言葉にすると綺麗だけれど、当たり前すぎるし、誰だって毎日を精一杯生きているではないか。それに価値があるように思い込まされている。お前たちは、それで満足すれば良い、そういう階級なのだ、と吹き込まれているような気がしてならない。

ただ、最後には、もう考えるのはよそう、お湯に浸かって気持ちが良いな、と思えるだけで幸せだろう、と自分に言い聞かせてベッドに横たわる。

誰も、私の邪魔をしないではないか。

この自由な一人暮らしのどこがいけないのか。

好きなことはできる。好きな曲を聴くこともできるし、好きな服を買うこともできる。そのために働いているのだ。

いつもいつも、こんなふうに考えてしまうのに、いつの間にか、ちゃんと眠れて、朝はすっかり棚上げにできて、仕事に向かう。いったい、私のどこが壊れているのだろうか。

# 7

　翌朝、小川は現場で加部谷と交代した。その加部谷は、お昼過ぎには戻ってきた。

　午前中は、大日向慎太郎は姿を見せなかった。それどころか、大日向邸のゲートを出入りした者は一人。家政婦が一人出勤しただけだった。平日であるが、仕事関係の人間は訪ねてこないのだろうか、と不思議に思えるほどである。もっとも、見張っているのは表のゲートだけなので、裏口からの出入りについてはわからない。

　二人になったので、ワゴンの中で食事もできた。午後も、大きな動きはなかった。息子が車で出かけたのが、午後二時くらい。こんな時刻から大学へ行くとは思えない。その一時間ほどあと、別の家政婦らしき女性がゲートから出た。さきほどやってきた通いの家政婦で、六十代だろうか。こちらの方が、もう一人よりは若いという。彼女は、一時間もしないうちに、重そうな袋を両手に持って帰ってきた。食料品を買いにいったようだった。

　ほかには、宅配便を届けにきた業者だけ。ゲートに出てきたのは、年寄りの方の家政婦だった。大日向氏も大日向夫人も、ずっと姿を見せない。

日が暮れた。張込みを始めて二十四時間以上経過している。明日が土曜日なので、なにか動きがあるだろうか、と二人で話し合った。

「超退屈ですね」加部谷が首をぐるぐると回して言った。「いえ、仕事ですから、不満はありませんけれど」

「じゃあ、ちょっと、カメラを取りにいってくる。もう少しの辛抱」小川は、そう言って車を降りた。

送信機能付きカメラ二機と、受信して映像を記録する装置をレンタルで頼んでおいたのだ。数年まえに鷹知祐一朗に教えてもらった専門店である。夕方の四時から開店する。この業界の御用達《ごようたし》だった。

小川は電車でその店へ行き、器具の扱い方の簡単なレクチャを受けた。以前に借りたものより性能アップしている、という話だった。借りるときには、保険にも加入する必要がある。万が一、機器が故障したり、あるいは紛失したりした場合に備えてである。とりあえず、四十八時間の借用契約を交《か》わした。

小川は現場に戻り、加部谷と二人で正面ゲートと裏口にカメラをセットした。カメラの方は、二センチもないほど小型なので、場所を選ぶのは簡単だった。粘土のような粘着材でひっつけておく。問題は、バッテリィが八時間しかもたないこと。そのために、交換用のスペアが用意されていて、使わない方を充電しておく。

難しいのは、受信機だった。こちらは、十センチ近いサイズだ。カメラから二百メートル以内に置いておかなければならない。どこか適当な場所はないか、と小川たちは歩き回った。近所の家の敷地内になるが、庭木が茂っている垣根があり、その庭木の中に隠しておくことにした。無音で作動するものだから、見つかることはまずありえないだろう。

受信機は、映像を記録するだけで、電波は発信しない。これはバッテリィをもたせるためらしい。三日間連続使用できる。通信機能を持ち、ネットで常に確認できるようなタイプは、短時間でバッテリィの交換が必要なのだ。

レンタカーを返してから、小川と加部谷は温かい食事にありついた。といっても、事務所の近くで、よく利用するイタリアンのレストランである。満腹になり、アルコールも少々楽しむことができた。

「さて、どうなりますかってところですね」加部谷は言った。少し顔を赤らめている。

「出入りは確認できても、追跡はしてくれないから」小川は言った。「出入りする時間や、そのときの様子、たとえば服装などがわかったら、次からはリアルタイムで監視する装置を借りないとね」

つまり、出かけることが確認され次第、人間が追跡を行う、ということだ。

「やっぱり、近くで見張るわけですね」

「そうなるかな」小川は頷く。「それが、一週間、二週間ってなったら、どうしよう？」

「浮気っていうのは、どれくらいのインターバルが普通なんでしょう？」加部谷がきいた。

「私、専門家じゃないから」

「毎日会わないと我慢できないって年齢でもなさそうですけれど」

「やっぱり、もう一度依頼人に会って、疑っている人物がいるのかくらいきいてみないと駄目かもね」

「そうなったら、望遠レンズとか用意して、激写するんですね」加部谷が言った。

「そういうのも、ないわけじゃないけれど……」小川は笑った。「それって、週刊誌とかの芸能関係だよね」

「芸能関係じゃないですか」

「あ、そうか……」小川は頷いた。「週刊誌ってさ、長いこと追いかけて、やっと写真が撮れるんじゃないかな」

「そうじゃないですよ。今時は、タレコミがあるんですよ、きっと。いえ、知りませんけれど」

「タレコミって、言葉が古いと思う」小川は笑った。「そう、今はみんな、カメラを片手に持ったまま生活しているし、あちらこちらにカメラが設置されているし、とにかく、決定的瞬間を逃さない社会になっている感じ」

「車載カメラが増えたから、道路沿いの映像は、たいてい残っていますよね」

「考えてみたらさ、探偵社に頼まなくても、GPSだってそっと忍ばせておけるだろうし、疑いがあるのなら、どうして自分で突き止めようとしないんだろう？」

「大日向夫人は、そういうのに疎いのでは？　古い人間だということですよ」

「でも、私より少し上なだけだと思うけれど」

「人によります」

翌日の正午頃に、現場の庭木に隠した受信機のメモリチップを交換した。事務所で内容を確認した。映像は、動きがあった場面だけが表示され、動きがない場合は早回しになる。しかし、前日と同じように、正面ゲートでは、家政婦と息子の車以外には出入りがなかった。さらに、裏口については、誰一人出入りがなかった。たちまち確認作業が終わってしまった。

「駄目だぁ……。がっかり」小川は椅子の背にもたれかかった。

「地味な作業をこつこつ進めましょう」加部谷が言った。

「あまりにも常套句《じょうとうく》だ」小川は息を吐く。「それしかないもんね」

「まだ三日ですよ」加部谷がさらに言った。わざと優等生的発言をしているようだ。そういうギャグなのだろう、と小川は解釈して、少し微笑んでやった。

その次の日は日曜日だったが、結果は同じだった。なにもない。週末だから、出入りがないのかもしれない、と考えるしかなかった。

「あ、でも、犬の散歩、最初の日だけでしたね」加部谷が言った。

「そういえば、そうだね」

「うーん、庭が広いし、犬は小さいから、外に出なくても、運動は済んじゃうのかもしれませんね」加部谷が言った。「毎日出なくても大丈夫なんですよ、きっと。あの日は気分転換で、たまたま公園に行ったんじゃないでしょうか」

「そういうもの？」

「ええ、たぶん、そうだと思います」

事務所にいられるので、ネットで大日向慎太郎のことを、詳しく調べてみた。熱烈なファンがいて、大日向の作詞したものを解説しているサイトも発見した。ファンクラブもあるようだ。

ただ、浮気に結びつきそうな情報はまったくない。そもそも、大日向慎太郎が写っている写真や映像がほとんど見当たらない。かなり若いときと思われる写真ばかりで、同じものが長く使われている。それくらい、表に出ない人物のようだ。

鷹知祐一朗から電話がかかってきた。

「どうですか？」いきなりきいてくる。「張込みの手伝いは、間に合っている？」

「カメラをセットしたんです」小川は説明する。「でも、全然なにも」

「大日向氏が外に出ないんでしょう？」

「ええ、最初の日は、犬の散歩に出かけたのに、それ以来一度も」

「仕事に没頭するほど、籠もるタイプかも」

「そうなんですか？」

「いえ、単に個人の感想」

「仕事に没頭しているんでしょうか？」

「どうかな。仕事がないという話は、お姉さんから聞いただけで、謙遜《けんそん》でおっしゃったのかもしれないし……。急に仕事が入ったのかも」

「サイン会とか、制作発表会とか、そういうイベントはないのかなって……」

「顔を出さないんじゃないかな。あったら、事務所のウェブサイトで公開されるはずですよ」

「うーん、まあ、まだ四日ですから、まだまだこれからです」

「健闘を祈ります」

電話が切れた。また常套句だ。世の中、九割方は、常套句で会話が成立しているように思える。聞き流しても、なんら変わりはない。

8

水曜日になっても、大きな変化は見られなかった。既に七日も張り込んでいる。現場で頑張っているのはレンタルのカメラたちだが、それらも借用期間を延長した。それなのに、なんの成果も得られていない。

「お手上げだな」小川は事務所のデスクで呟いた。同じ台詞《せりふ》を何度も繰り返しているように感じる。

「面白くありませんね」加部谷が言った。「めっちゃ退屈です」

「正直だね」小川は苦笑する。「面白い話はないの？」

「残念ながら」彼女は口を歪ませて首をふった。「小川さん、今度スケートに行きませんか？　そうしたら、面白い話が仕入れられるような気がします」

「行かない」加部谷の真似《まね》をして同じ顔で首をふってやった。「そういうところは、恋人と行かなきゃ」

「セクハラになりますよ」加部谷が笑った。

明日、大日向夫人に会う約束になっている。簡単なレポートをこれから作成するところだが、とにかくネタがない。少しでもあれば、それをカルピスのように薄めてでっち上げるのだが、なにもなければ薄めることもできない。

しかし、依頼人には会う必要がある。会って、もっと詳しい事情を聞かなければならないだろう。今の状況では、調査をしても時間の無駄になる可能性が高い、と正直に話そう。そうすれば、なにかヒントが得られるかもしれないし、あるいは、本契約には進めないという結果になるだろう。いずれにしても、このままでは、加部谷の言うとおり、面白くない。

大日向慎太郎の姿を二回めに見かけたのは、昨日のことだった。やはり二匹のミニチュアダックスを連れて、このまえとほぼ同じ時刻にゲートから現れた。平日のこの時刻は、可能性が高いと予測し、加部谷が正面ゲート近くに張り込んでいた。このときは車ではない。彼女は、五十メートル以上離れて尾行を開始した。

そして、その結果は、先日の小川のときと同じだった。大通りを渡って公園まで行き、そこにしばらくいた。道順も同じである。帰りの道も同じ。時間的にもほぼ同じ。どこにも寄らずに帰宅した。途中で誰かと話をするような場面もなかった。

「わんちゃんっていうのは、同じ道を散歩したがるんですよ」それが加部谷の説明だった。

「そんな結論、レポートに書けないでしょ」小川は溜息をついた。

しかたなく、明日のためのレポートを小川は書いた。文字が少ない。半分以上が白いスペースになった。事務所を出て、駅で加部谷と別れた。小川は、大日向邸のカメラの交換をするため、いつもと違う方向の電車に乗った。

ずっと家にいるのでしたら、私たちよりも奥様の方が張込みに適しているのではないでしょうか、なんて言いたい気持ちだったが、そんなことが言える立場ではない。

最寄りの駅で電車を降りた。まだ八時だった。駅前や商店街は明るいし、歩いている人も多い。しかし、道路を渡って坂道を上り、高級住宅区域に入ると、暗くて静かな夜道になった。アスファルトの道路で僅かに光っているのは、マンホールに反射した常夜灯くらいだ。前に人がいなくなったので振り返ると、後ろを同じ方向へ歩く人がいた。お金持ちばかりのこの区域でも、歩いて帰宅する人がいるようだ。

道路の両側《りょうがわ》には塀があるだけで、建物が近くにないため道が暗い。ときどきゲートがあって、そこだけ柔らかい照明が灯《とも》っている程度。大日向邸の正面ゲートが近づいてきた頃には、後方にいた歩行者の姿も消えていた。

あと十メートルというところで、ゲートから人が現れた。

小川はびっくりして立ち止まりそうになったが、なんとか、そのままの歩調で歩くことができた。出てきたのは、オーバを着た男性で、マフラで顔の半分を隠していた。メガネもかけているようだ。少し光を反射したので、それがわかった。

すれ違った。

大日向慎太郎だ。まちがいない。

しばらく、そのまま歩いた。むこうは、こちらを見ていなかった。小川は、電信柱の陰に隠れて、しばらく彼を見送る。これは、追跡するしかないだろう。

歩いている方向からして、駅の方だと思われる。この道では、尾行に気づかれやすい。距離を充分に取る必要がある。三十メートル以上離れ、できるだけ道の端を歩くようにして、大日向の後を追った。

しばらく歩くと、思ったとおり、表通りへ向かう道へ曲がった。小川は、そこで早足になる。角まで来て、そっとそちらを覗く。後ろ姿を確認して、ほっとした。彼は、もうすぐ表通りに出るところだった。

そこまで行けば、通行人も増えるから、距離をもう少しだけ詰めても大丈夫だろう。この時刻から外出するというのは、かなり怪しい。商売としては有望かもしれない。そういえば、最新のカメラ映像をまだ確認していない。もしかしたら、夫人が出かけたのかもしれない。そういった機会に逢引《あいび》きをする、ということか。しかし、逢引きは古いな。加部谷なら、ミンチですか、と言いそうだ。

横断歩道の手前で信号待ちをしている。距離は十五メートルほどに縮まった。同じ信号を待っている人が、十人近くいた。駅が近い。大日向は、まったく後ろを振り返らない。それが普通といえば普通である。特に、慣れた道で、しかも考えごとをしているなら、なおさらだろう。

信号が変わった。小川はまた早歩きになる。大日向と十メートル以内に近づいた。横断歩道を渡って、彼は駅の方へ歩く。駅前に小さなロータリィがあり、バスやタクシーの乗り場があった。こんな時刻なら乗り場に行列ができていてもおかしくないが、今はそれがない。都心はやはり違うようだ。この地域の住人は、そもそも電車で通勤などしていないのだろう。

大日向は、駅の中には入らず、立ち止まった。どうしたのか、と小川は思ったが、タクシー乗り場に立ったことがすぐにわかった。少し離れたところで待っていた一台が、彼のために動き始め、近づいてくる。小川は、慌ててその近くへ駆け寄った。大日向が乗り込み、タクシーは発車する。次の車はなかなか来ない。彼女は手を振って、運転手に促《うなが》した。端末でも見ていたのだろう。ようやく、こちらへやってきた。

幸い、前のタクシーは交差点の赤信号で停車していた。

「あのタクシーについていって下さい。でも、気づかれないように」シートに座りながら、小川は言った。運転手はちらりと後ろを振り返って、無言で頷いた。車はゆっくりと前進し、前のタクシーのすぐ後ろで信号待ちとなった。

「お客さん、芸能レポータですか？」

「え？　ええ、まあ、そんなところです」

「誰なんです、前の人は」

「いえ、それは言えません」

赤坂か六本木にでも行くのか、と想像していた。まずは食事をして、それからホテルだろうか。自分の想像力が乏《とぼ》しいし、しかも古いかも、と自己評価できた。

夜の街をタクシーは走る。運転手は、その後はしゃべらなかった。無口なタクシー運転手ほどありがたいものはない。どこを走っているのかは、端末を見るまでもなく、カーナビを見ればわかった。だいたい南へ向かっている。

ナビのマップに、ちらちらと青い海が映るようになった。上り坂になり、大きな橋を渡った。海が見えるはずだが、海があるとイメージできる夜景が展開しているだけだった。

橋を渡りきったところで、前のタクシーが突然停まった。

「あ、少し行き過ぎたところで停まって下さい。暗いところが良いです」小川は指示をした。

端末で料金を支払い、急いで車を降りた。

大日向が乗ったタクシーはまだ停まっていた。距離は三十メートル以上ある。交通量の多い道路の歩道に、小川は立っている。背の高い街路灯はだいぶ離れていたが、大日向のタクシーがいる場所は比較的明るかった。

歩道の端の手摺《てす》りが曲がっているところに階段があった。折り返して橋の下へ行けるようだった。小川は、その階段の手摺りに身を寄せて隠れた。

ようやく、大日向がタクシーから出てきた。近くに建物はない。どこへ行くつもりだろうか。まさか、夜の海を見にきたというわけでもあるまい。否、作詞家だったら、それもありだろうか。

こちらへ歩いてくる、と予想していたが、逆だった。タクシーが走り去ったあと、大日向は橋の中央へ戻る方向へ歩き始めた。

橋には道路の両側に歩道がある。車はひっきりなしに通り過ぎるものの、歩いている人はほとんど見当たらない。付近には建物がないし、これほど大きな橋を徒歩で利用する人は限られるだろう。川か船が見たいか、あるいは遠くの海か。

しかし、見えるのは、闇にちりばめられた光だった。道路の片側は白いヘッドライト、反対側は赤いテールライト。橋もライトアップされている。遠くのビルの幾つかはカラフルなライティングで賑《にぎ》やかだった。対照的に、歩道の柵《さく》越しに見える下方、つまり橋の下は暗闇だった。地獄のようだな、と連想した。

見上げると、空の方が明るい。都会の明かりを雲が反射しているからだろうか。

大日向は、振り向かず歩いている。かなり距離があった。四十メートルくらいだろうか。場所によって鮮明に見えたり、また闇に隠れたりする。そろそろ橋の中央くらいになる。橋を渡ってどこへ行くつもりなのか。ここで誰かと待ち合わせをしているのかもしれない。

車で迎えが来るということか。だとしたら、尾行は失敗だ。運良くすぐにタクシーが来るとは思えない。

だが、こんな場所で車を待つなんて、ちょっとありえない。橋の途中で停車することは難しい。歩道と車道の間にガードレールもある。普通なら、選ばない場所だ。ただ、誰にも見られない場所というなら、ありかもしれない。

彼が立ち止まった。振り返るだろう、と思って、小川は咄嗟に顔を横に向けた。そっと窺《うかが》うと、彼は橋の下を覗く姿勢だった。手摺りから身を乗り出している。でも、柵があるので、乗り越えることはできない。川になにかを投げ入れたり、あるいは飛び降りることができないようになっている。

何を見ているのだろう?

川の上流には、夜の都会が見える。動く小さな光と、動かない無数の光。点滅する赤いライトや、星雲のように青白く広がるラインもあった。ビル群ではなく、工業地帯のコンビナートでも、たぶん同じような光景になるだろう。

彼は、反対側を向いた。海の方向だ。手摺りにもたれかかり、腕組みをしている。何を見ているのだろう。海がある方向だが、道路の車や、橋の構造、ガードレールなど邪魔なものが多い。

寒くなってきた。冷たい風が吹いている。張込みのために備えてきた服装ではない。帰宅途中である。暖かい電車や駅の構内を歩く時間が大部分だから、マフラなどは事務所のロッカの中だ。

ポケットに両手を入れ、腕にはバッグ。早くどこかへ行くなり、誰かが来るなりしてほしい、と願った。

## 9

加部谷恵美は、いつもの帰宅コースではなく、地下鉄に乗り換えた。降りた駅は六本木で、指定の番号の出口の階段を上っていくと、旧友が待っていた。

「お疲れ」雨宮純《あめみやじゅん》が微笑んだ。「疲れとらん？」

「特に疲れてないよ」加部谷は微笑み返す。「何を食べさせてくれるの？」

「こっち」雨宮は歩き始める。「美味《うま》いもん食わしたるでな」

「この辺り、高いんじゃない？」

「ビルがな」

「ビルじゃなくて」

「そうそう、過去の話は一切せんからな。二人で未来を見つめて、語り明かそう」

「明かすのぉ？　飲み歩くわけ？　嫌だな、早めに帰りたいよぅ」

「わかったわかった。じゃあさ、まあ、帰りたくなったら言ってちょぅ」

「今でも、正直、帰りたいくらぃ」

「まあまあまあまあ、お嬢さん、そう言わずに。な？　あんたと私の仲じゃんか。奢《おご》ったるから」

「うん、私、貧乏なんだから」

「わかっとるわかっとる。言うなって、そういうことを」

「純ちゃんは、どうなの？　お金回り、まあまあ？」

「なわけないだろうが、売れぇせんよ、全然、超貧乏だわさ」

「じゃあ、割り勘でも良いよ」

「いやいや、君よりかは、ちょいましかもしれん。まあ、そのへんのことは、どうでもええがね。ほかっといたら、ええの」

雨宮純は本名で、その界隈では安藤順子《あんどうじゅんこ》というペンネームで通っているらしい。もともとは、地元の放送局のＴＶレポータだったのだが、ジャーナリストとして独立し、最近上京を果たした。加部谷とは、大学のときの同級生である。女友達の中では、最も親しい。友達が少ない加部谷にとって、唯一の親友といっても良いだろう。ビルの一階にあるレストランで、テーブルは十卓ほどだった。雨宮が予約してくれた店だ。入口に近く、表通りが見える席に着いた。まだ、客は疎《まば》らだった。

「そのうち、知った顔が来るぜ」雨宮が身を乗り出して囁いた。

「誰？　知った顔って」

「芸能人だがね。ここで食事をするのは、半分は芸能関係。ほんだで、テレビで見た顔に出会えるってこと」

「テレビ持ってないもん」加部谷は言った。

「アイム・ソーリィ」雨宮は、眉《まゆ》を顰《ひそ》める。「ごめんなさいって意味じゃないよ。お気の毒ってこと」

「べつに、見たいとも思わないし」

「まあねぇ、今どきは、テレビでもないか。ネットで済んじゃうんだよな」

「あのさ、大日向慎太郎って作詞家、知っている？」

「うん、有名」雨宮はすぐに頷いた。「なんで？　なにか、調べとるの？」

「どんな人？　噂とか聞かない？」

「全然聞かない。顔も知らないし。でも、ヒット曲をぎょうさん持っとらっせる大先生ってとこ。なんで？　教えて教えて、なにかスキャンダルっぽいやつ？　誰にも言わんから」

店員がオーダを取りにきたので、メニューを指差して、雨宮が二人分を注文した。しかも同じものではない。自分と加部谷の料理を別々にだ。

加部谷は雨宮をじっと睨《にら》みつけた。店員が去っていったあと、雨宮が片手を広げて微笑んだ。

「まあまあ、俺をどーんと信じなさいって。あんたの好きなものはとことん知っとるがね」

「でも、若いときと今じゃあ、違うかもしれないじゃない」

「え、違うの？」

「違わない」

「でっしょう？　あんまり、高級なもんは口に合わん方だよな」

「そうだよ」加部谷は頷いた。ここで顔を下に向ける。「なんだか、泣きたくなってきた」

「だめだめ。わりぃ、ごめん、悪かった。ほんでもさ、メニューを見たところで、どうせわからんのだから。イタリア語がカタカナになっとるだけだでね。うん、俺に任せておきなって」

「べつに、怒ってないし」

「ぞんがい怒っとるがね」

加部谷は、そこでにっこりと微笑んでやった。

「相変わらず、気持ち悪い奴。全然変わっとらんな、君は」雨宮は笑った。「んで、何？　大日向慎太郎がどうしたって？」

「どうもしてないよ。なんでもないから」

電話がかかってきた。小川からだ。こんな時刻にどうしたのだろう、と思い、すぐに出た。

「今ね、大きな橋の真ん中で、大日向さんが、泣いているの」小川がしゃべりだす。「ここまでつけてきたんだけれど、泣いている声が聞こえたから、放っておけなくなって、近くへ行って、大丈夫ですかって。まいったよ、どうなってるの？」

「あのぉ、全然話がわからないんですけれど。どこですか？　大きな橋って。大日向さん、どうして泣いているんですか？」

「わからない。今はね、もう、五メートルか十メートルか、離れた。どうしよう？　放っておいて、大丈夫かなぁ」

「大丈夫かってきいたら、返事をしたんですか？」

「頷いて、手を振った」

「橋から飛び降りそうなんですか？」

「いえ、それは、えっと、なんていうか、不可能なの。そういう構造になっているから」

「ああ、それじゃあ、放っておけば良いのでは？」

「加部谷さん、冷静ね……」小川は溜息をついたようだ。「そうだね、うん、ちょっと、慌ててしまったかも」

「それよりも、小川さん、顔を見られたの、まずいんじゃないですか？」

「マスクをしてた」小川は言った。「あとね、帽子被《かぶ》っているから」

「そういう問題でしょうか」

「もう自宅？」

「あ、いいえ。友達と食事をしているところです」

「うわぁ、それは、失礼しました。ごめんなさい。またね……」

「あ、あの、もしもし？」

電話が切れた。まだ慌てている、と思った。

端末をポケットに仕舞ってから、加部谷は座り直した。店員が、食前酒を持ってきた。小さなグラスに、薄いグリーンの液体、サクランボが添えられている。別の大きなグラスには水を注いでいった。

「じゃあ、乾杯」小さいグラスを片手に持って、加部谷は雨宮の顔を見た。

「乾杯」雨宮は、言葉だけ返した。「今の電話は何なん？　説明責任を感じん？」

飲んでみると、梅酒の味だった。

「美味《おい》しい。奢ってもらったものって、どうしてこんなに美味しいのかしら」

「大日向慎太郎が橋から飛び降り自殺しようとしている、てこと？」雨宮が早口できいた。まだグラスを持ってもいない。

「誰がそんなこと言った？」加部谷はとぼける。

「あんたが、その口で言ったんだがね」雨宮が腕を伸ばした。「一旦《いったん》、言ったら、一《いっ》反木綿《たんもめん》だがや」

「まあまあ、落ち着きなさいってば。アルコールがほど良く効いてきたら、さすがに加部谷さんも、しゃべりだすかもしれないわよ」

「何言っとるの、こいつ。小川さんって、君の上司だろ？　上司が電話で緊急連絡してきたのに、のほほんと、こんなところで酒飲んどってええわけ？」

「ああ、そういえば……」

「そういえばって」

「いいんじゃない。今は、勤務時間外だし」

「小川さんは？　あの人は、勤務時間内？」

「いえ、一緒に事務所を出たんだけれど……。変だなぁ、どうして、尾行しているんだろう？」

「大日向慎太郎を尾行しているわけね？」

「誰がそんなこと言った？」

店員が皿を二つ持ってきた。オードブルのようだ。メロンがある。あとはわからない。雨宮が、店員にシャンパンを注文した。二人分だった。

## 10

泣きにきたのだ。

夜の殻《から》の中で、私は声を上げて泣きたかった。

悲しくて、悲しくて、自分の人生の儚《はかな》さと哀《あわ》れさに、息が詰まる思いだった。

誰も悪くはない。

私も、私の周囲の人たちも。

皆がそれぞれに、細《ささ》やかな幸せに手を伸ばし、静かに声を潜《ひそ》めて、生きている。

身分不相応な快楽を求めたことはないし、また、他者になにかを強要することもなかった。

慎《つつ》ましく、清らかに、生きてきた。

人は、気持ちというものを持っているという。それは、本当だろうか？

皆がそれぞれに、持っているらしい。

私は、自分が気持ちを持っているかどうか、わからない。持っている証拠というものがない。私は、私の気持ちを知らない。確かめることもできない。

気持ちというよりは、ただ、なんとなく想像するだけ。未来のことや、他者との関係の変化について、あれこれ思いを巡らせてしまう。

思いを巡らすことで、感情が反応する。

それは理屈に合わないとか、自分には不利な道筋だとか、そんな評価を伴う反応。

きっと、これを、気持ちと呼んでいるのだろう。

けれど、それはあくまでも反応だ。想像したことを、過去の経験と照らし合わせ、光の反射のように、どちらかへ反応する。

面白い、つまらない、不愉快だ、と分析しているようでも、実は、都合が良いか、悪いか、という反応にすぎない。得をするか、損をするか、という反応にすぎない。

それが、気持ちというものなのか？

ＡＩは、人間の気持ちと同様のものを持っていない、という人がいるけれど、そうだろうか？　気持ちなんて、単なる反応なのに。

過去の履歴から構築される評価システムのアウトプット。

それに少しだけ、肉体の状態などが加味されて、ランダムに出力される。

そのランダムさにしたって、乱数と確率論で演算されるのだから、ＡＩは人間と同じように、気持ちを持つことになるだろう。

人間なんて、その程度のシステムではないか。

それが虚しい、というのではない。

もう六十年も生きてきた。

子供の頃、若い頃には、夢があった。安定した生活を夢見ていたし、自分が好きなことが抵抗なく実行できる自由を夢見ていた。

それらは、結局は努力ではなく、運によって実現した。というよりも、金によって実現した、といって良い。自分の口座にどんどん金が振り込まれる。なにもしないのに、大金が入ってくる。仕事をしたからだ、というが、私はこれといって仕事をした覚えがない。

若い頃には、死に物狂いで働いた。なのに、ちっとも金は貯まらなかった。

今は金はある。

しかし、一番愛おしい人に、もう触れることができなくなる。

失われるのだ。

金を手に入れて、愛は失われた。

金のせいではない。失われないように、大金をつぎ込んだのに、結局はなんの効果もなかった。

運命を変えることは、金の力では無理なのだ。

金さえあれば、なんでもできると思っていた自分が情けない。

運命を受け入れることしか、私に残された道はない。

あらゆる選択肢の中で、それが最も私らしい。私の生き方に近いものだ。

今になって、それに気づかされる。

私は、今まで自分を信じて生きてきた。だから、最後も自分を信じよう。

そう思えるようになったのは、つい最近のこと。諦めがついたというのか、それとも、納得することで、せめてもの安楽を求めたのか。

誰のせいでもない。

誰にも迷惑はかけたくない。

ただ、自分はもう精一杯生きたのだ、というだけ。

そんな微《かす》かな納得に、私は縋《すが》っている。

おそらく、それが一番美しいから。

そう、私は美しいものが好きだ。歳を重ねることで、美というものが少しずつわかるようになった。

安っぽい美ではない。セクシャルな意味など微塵《みじん》も介入しない美だ。

その美は、なによりも強く、私を惹《ひ》きつける。

厳しい条件の下でしか、表出しない。

そんな美を、最後に垣間見《かいまみ》たい、と今は望んでいる。

私はこの頃、涙脆《もろ》くなったけれど、これも美を知ったからだろう。

美を思うと、悲しい気持ちになる。間違っているのではない、悲しさは美しい。

悪い状態ではない。涙が流れるのは、悪くない。

美しさを感じて、躰が反応している証拠だ。
私は、泣きたいのだ。
ただ泣きたい。
一人で泣きたい。
声を上げて泣き叫びたい。
私が今まで生きてきたすべてが、この涙のためにあった、と思いたい。
この贅沢《ぜいたく》を、私は今も感受し、これを胸に抱いたまま、消えていくだろう。
こんな美しい人生に、私は感謝している。
嬉しくて、泣いているのだ。
この類稀《たぐいまれ》な美を、私に気づかせてくれたのは……、姉さん、貴女ですよ。
貴女に、最大の感謝と畏敬《いけい》を捧げたい。
姉さん、ありがとう。
本当にありがとう。
私は、貴女のために生きてきたといっても良い。
貴女は、いつも私の生きる理由だった。
目標だった。貴女を目指して、私は歩み続けてきた。

導いてくれたのは、いつも貴女だ。
私と貴女の間に、美しいものが存在している。悲しいものが存在している。
それが、私という人間のメイン・フレームを築いた。
どうか……。
気持ちというものが、もし存在するのなら、見てもらいたい。
一目で良い。姉さんに見てもらいたい。
見てもらいたかった……。
ずっと。
そして、
今も……。

# 第２章　歌詞の終わり

なにをなすべきか。無思慮な熱気にあおられて論戦にまきこまれても益はない。いまだ習慣から革命的と称される行動の目的や手段について、いささかでも明確な概念を有する者はだれもいない。修正主義はどうか。その基盤をなす「より少ない悪」という原理は、たしかにすぐれて合理的なのだが、従来これを提唱してきた人びとの失策のせいで、はなはだしく信用を落としてしまった。ただ、それがいままで妥協の口実にしか役立たなかったのは、ひと握りの指導者の怯懦《きょうだ》ゆえではなく、不幸にして万人が共有する無知ゆえである。

# 1

小川令子は、再び依頼人と会うことになった。最初のときから、ちょうど一週間が経過していた。ほとんど内容のないレポートを手渡し、成果がないことを話し、なにか手掛かりになるような、ヒントになるような情報がないか、と尋ねるしかなかった。

「対象が、少々漠然としていて、どのような調査を行うのが良いものか、と思案しています。お望みのものを、もう少し具体的に示していただければ、より早く成果が得られると考えております」小川は、言葉を選んだ。調査は打ち切りになるだろう、つまり、本契約には進めない、という見込みを彼女は持っていたので、言い訳じみた言葉にならざるをえなかった。

おそらく、大日向夫人は、なんらかの欲求不満を抱えているのではないか。冷めた夫婦関係が原因かもしれない。そうした不満から、夫が不倫をしていると疑った。そのため、探偵まで雇って調査をしようと考えた。不満の捌《は》け口《ぐち》が、こちらへ回ってきたというわけだ。

浮気調査は、これまでに何度か請け負った。いずれも、もっと具体的な相手の存在があって、その場所も時間もピンポイントでほぼ特定されていた。こちらの仕事は、調査というよりは、証拠を押さえる作業だった。写真を撮ったり、録音したりといった手間をかけるだけで、動かぬ物証を得られる。これが探偵社の仕事だ。泥臭いといえば泥臭い労働である。

今回は、あまりに茫漠《ぼうばく》としている。一週間見張ったものの、浮気につながるような片鱗《へんりん》さえなかったし、本人の素行にも疑わしい部分が見られない。

たまたま、この一週間がそうだったにすぎない、と主張されるかもしれない。もちろん、その場合は、地味な調査活動を続けることになる。それでも仕事は仕事であり、なんの不満もない。ただ、それで依頼人が満足してくれるかどうか、という問題がそのうち浮かび上がってくるものと容易に予想される。

「そんなに簡単にはいかないものと、最初から考えておりました」大日向聖美は、そう言いながらバッグを開けた。中から封筒を取り出し、それをテーブルの上で小川の方へ差し出した。「これまでの調査のお礼です。単なる謝礼です。調査費ではありません。そちらは、請求していただければ、その金額をすぐに支払います」

小川は封筒を受け取り、中身を少し出して確認した。十万円以上ある。二十万円だろうか。

「あのぉ……」小川は、なにか言おうと思ったが、言葉を思いつかなかった。

「私の気持ちです」大日向は言った。「受け取って下さい。領収書はいりません。それから、調査は継続して下さい。今までの方法で、まったく問題ないと思います。あの人、なかなか家から出ていきませんけれど、出たときには、どこへ行ったか、調べてほしいのです」

「わかりました。では、また一週間、同様の調査をさせていただきます。ただ、なにかもっと合理的といいますか、効率的といいますか、どのように見張れば良いのか、何に注意をすれば良いのか、そういった情報はありませんか？　奥様が、なにを不審に思われたのか、それをお聞かせいただければ、調査の対象が絞れますし、先方についても調べることが可能です」

「それは、いえ……、私にはわからないの。わかっていたら、自分で手が打てます」

「はい、それはそうかもしれません。そこを調べるのが私たちの仕事です」

「この一週間で、犬の散歩に二回、あとは海を見るために一回、外出したわけですね」レポートを見ながら、大日向は話す。目を上げ、小川を見据えた。「それがわかっただけでも、私は満足です」

「そう言っていただけるのでしたら……」小川は微笑んだ。「わかりました。では、引き続きお調べいたします。あの、このお金はいただきますが、ご請求額から同額をお引きいたします。特別なことがあったわけでもなく、いただく理由がありませんので」

「そう？」大日向は、一瞬だけ不機嫌な表情を見せたが、すぐに笑顔を作った。「カメラも発信機も、もっと沢山使って下さい。お金はいくらでも出します。できるかぎりのことをしていただきたいと思います」

「そうですか、わかりました」小川は頷く。弱小事務所でスタッフも少ないから、と言い訳しそうになったが、それはやめておいた。どんどん人員を投入しろ、ということのようだ。「あのぉ、たとえばですが、ご主人が出かけそうな場合、事前にお知らせいただくとか、あるいは、家の中で、ご主人を見張るようなことは可能でしょうか？　いえ、もちろん無理だとおっしゃるのが普通だと思いますけれど……」

「家の中で？　ああ、それは、書斎に盗聴器を仕掛けるとか？」

「はい、そうですね。電話で誰と話をしているのか、そういったことがわかれば、追跡がしやすくなります」

「それは、良い考えね」大日向は頷いた。「でも、大丈夫？　見つかったりしないかしら?」

「室内の方が、むしろ見つかりにくいと思います。電波を出すような機器は、探知されるので多少危険がありますが、録音だけならば、見つかる可能性は非常に低いと思います」

「もし、発見されたときは、どうなるの?」

「もちろん、奥様に疑いが向くようなことは絶対にありません。たとえ警察沙汰になっても、こちらは秘密を守ります。この仕事は、それが認められています」

「じゃあ、やってもらおうかしら。私がいないときに、忍び込んで仕掛けてもらえるの?」

「それも可能です。どなたもいない時間がわかれば、ですが」

「わかりました。それは、のちほど連絡します。今は、ちょっとスケジュールがわからないから」

「承知しました」

喫茶店だったので、そこで小川はコーヒーを一口飲んだ。大日向夫人は、メロンソーダだった。

「あの、ご自宅の裏の出入口ですけれど、ご主人はあそこを使われますか?」小川は質問した。「レポートにあるように、最初の日でしたが、裏口から男性が一人訪問しました。奥様は、把握されていますか？」

「いいえ、全然」大日向は首をふった。「誰なのか、知りません。裏口は、私たちは滅多に使いません。あそこは、義姉《あね》の住まいが近くて、そちらの関係ですよ。インターフォンに出て、ゲートの鍵《かぎ》を開けるのも、義姉か、家政婦です。訪ねてきたのは、医者じゃないかしら？」

「お医者様が頻繁にいらっしゃっているのですか？」

「隔週くらいじゃないかしら。よくは知りません」

医者ではない。訪問者は探偵の鷹知祐一朗である。だが、もちろんレポートには観察された客観情報しか書かれていない。その点では、あの橋で大日向慎太郎と対面したことも同様だ。

小川は、彼が泣いているのを間近に見た。声をかけた。大丈夫ですか？と。だが、彼は言葉を発しなかった。頷き、手を振っただけだ。

そのまま通り過ぎ、気になって何度も振り返ったが、そのまま、その場を離れるしかなかった。

調査続行を断念した、とレポートには書いた。のちほど、カメラの映像を確認したところ、あそこから、大日向はタクシーで自宅へ真っ直ぐ戻ったようだ。時間的に、他所《よそ》に寄るような時間はなかったものと推測される。

　レポートには、大日向が泣いていたとは書かれていない。遠くから観察された様子だけを述べた。大日向聖美は、海を見ていた、と解釈したようだ。

「最後に、一つだけ、ちょっと失礼なことをお尋ねしたいのですが」小川は切り出した。これも考えてきたことだった。「あの、奥様にとって、ご主人はどんな存在なのでしょうか？」

「まあ、抽象的な質問。ゲスト出演したテレビの番組みたいじゃない？」彼女は、口に手を当てて笑った。五秒ほど笑っていただろうか。「そうね、ありきたりで申し訳ないけれど、私、慎太郎を愛しています。あの人のすべてを」

## 2

「ひえぇ、そう言ったんですかぁ？」加部谷はEを発音する口を見せた。

「そのとおりの台詞」小川は頷く。「言わないよね、普通は。まあ、あの業界の人たちって、やっぱり普通じゃないってことかもね。もうドラマの中に生きている自分を見ているんじゃないかな」

「ですよね。私も、その気《け》があるから我が身を振り返ります」

「その毛があるわけ？　何それ」小川は、加部谷を睨んだ。「ああ、そうか、ドラマの中に生きているっていう部分ね、そうかも、なんか自分でストーリィを作って、それを演じている女優みたいな感覚？」

「そうです。そういう酔い方をしちゃう質《たち》というか、子供の頃から、夢見る乙女だったんです」

「ほう……。言わないよね、普通、それ」

「それで、いきおい、悲劇のヒロインになりたがるのかも」

「うん、そうか。そう言われてみれば、私もそうかも」小川は頷いた。

「だと思いますよ」加部谷が三回も頷く。「自覚しているから、大丈夫なんでしょうね。ときどき、自覚をふっと忘れて、ドツボにはまったりする、というか、おかしな巡り合わせになるっていうか」

「とにかくさ、仕事を引き続きするしかない。金払いは良さそうな、上客ってことで、もっとハイテク機器を使いまくろう」

「その、橋の一件は、どういった解釈になるのでしょうか？」加部谷が尋ねた。

「わからない。何だろう？　ああいう仕事をしている人って、ナイーブじゃないといけないし、自分で自分を感情的に追い込んで、言葉を絞り出したりするんじゃない？　想像だけれど」

「わざわざ、夜の橋へ行って泣かないと言葉が絞り出せないものでしょうか？」

「うーん、でも、本当に悲しそうに泣いていた。もう、声をかけずにはいられないほどだった。あれは演技だと思えないなぁ。だけど、そういう演技ができる才能だってあるわけだし……」

「タクシーは、同じタクシーだったんですか？」

「あ、そうそう。あのときは気づかなかったけれど、あんなところを流しているタクシーいないよね。えっと、二十分くらいかな。またここへ迎えにきてくれって、頼んでおいたんじゃない？　ナンバを確認しておけば良かったね」

「小川さん、つまりずっと見ていたのですね？　レポートには、断念したって書いたでしょう？」

「諦めて帰ろうと思った。ずいぶん遠くまで離れたから、ナンバが見えるような距離じゃなかったしね。でも、手を振っていたし、ガードレールを乗り越えて、タクシーに乗ったのも見えた。確かだと思う」

「その場所って、花とか供えられていませんでした？　誰かがそこで死んだとか？」

「全然、なにもなかったよ。あそこで死ぬとしたら、襲われて殺されるくらいしかないんじゃない。飛び降りはできないし、交通事故に遭うのも難しいし」

「なにか、大切な思い出の場所なんでしょうか？」

「ああ、あそこで恋人と別れたとかね。うん、まあ、ドラマならありそうだけれど」

「ロマンチックなところですか？」

「いいえ、少なくとも私は、なにも感じなかった。ただ、車がびゅんびゅん走っているだけ。それより、もの凄《すご》く寒かったわよ、もういい加減にしてって感じ。北風の通り道なんだよね」

「しかしなぁ、うーん」加部谷は腕組みをして唸《うな》った。デスクに向かっていたが、今は椅子を回転させて小川を向いている。「何が目的なんだろう？」

「目的なんかある？　ただ、泣きたかったからじゃないの」

「おかしいです、そんな……。大の大人がタクシーで海が見える橋まで夜に出かけていくなんて。泣くために行ったんじゃなくて、なにか目的があって出かけたけれど、そこへ行ったら泣きたくなっただけなんじゃないですか？」

「たとえば、どんな理由が考えられる？」

「たとえば、海を見ようと思っていたのに、メガネを忘れてきたとか」

「海は反対側だったよ。そんなことで泣くか？」

「せっかくタクシー代払ったのに、私はなんて間抜けなんだって、虚しくなったとか」

「お金持ちなんだからさ」

「家では泣けないんですよ。男としてのプライドがあって」

「自分の部屋があるでしょう。鍵をかけて、いくらでも泣けばいいじゃない」

「自殺しようと決意して出てきたのに、飛び降りることができなかったとか」

「泣かない泣かない」

「残る可能性は、狼男《おおかみおとこ》くらいじゃないですか」

「雄叫《おたけ》びじゃなかった」

「あ、もしかして、もしかして、誰かにつけられていると気づいたんじゃないでしょうか？」

「だったら、何なの？」

「だから、そのつけてきた人を欺こうとして、泣いてみせたとか」

「私、欺かれたわけ？　ふうん……」小川もつられて腕組みをした。「それで、なにか彼にとってメリットがあった？」

「つけてきた人物の顔を確かめることができた」

「ああ、そうか……。だけど、泣くっていう発想、ある？　つけられていると思ったら、走るとかして、撒《ま》いたらいいじゃない。それとも、呼びつけて文句を言うとか。顔を確かめるだけだったら、もっと簡単な方法があるでしょう？」

「わかりました。諦めます。じゃあ、なにか悲しいことが本当にあったんですね」

「そうだね、普通は悲しいことがあるから泣くんだよね。あれは、なにかに感動して泣いたんじゃない。もっと深刻な状況だったはず」

「でも、作詞家ですからね。アーティストですよ。普通の人とはハートが違うのかもしれませんよ」

「まぁね、凡人には想像もできない熱いハートを持っているのか」小川はそこで、視線をパソコンのモニタへ移した。「ハイテク機器を借りてこなきゃ。家の中に仕掛けるのって、大丈夫なのかな。違法性とかも心配だし、鷹知さんに相談しようかな」

「その家に住んでいる依頼人がやってくれって言っているのなら、大丈夫なんじゃないですか？」

「でも、個人の部屋は駄目なんじゃない？　それに万が一のとき、依頼人の意向だって言うわけにいかないし、まずいことになりそうな気がする」

「人のプライバシィを侵害するのが、探偵の仕事じゃないですか」

「まあ、そういうことだよね」小川は溜息をついた。「もっと、何ていうの、殺人現場に颯爽《さっそう》と現れて、謎をつぎつぎと解決する、みたいな探偵とは、ほど遠いよね。だいたい浮気調査ってのが、私は生理的に駄目なの、モチベーションが湧《わ》かないタイプ」

「私もです。今回は張込み、退屈ですしね。ぱっとしない感じです。危険がないのが、せめてもの慰めです。橋で大日向氏に近づくとき、危険を感じませんでした？ 私はできません。小川さん勇気がありますよね。でも、気をつけて下さい」

「そうだね、そういうところがあるの。あとから、自分が怖くなる」

「だって、狂気みたいなものを感じませんでした？ 近づけませんよ、普通」

「そうそう、わかる。今はよくわかる。でもねぇ、あのときは、なんか必死だったの。こういうのがいけないのよね、私って、ついつい必死になっちゃうんだな」

「冷静さを失うんですよね。私も同じですけれど。しょんぼり」

そう、その点は似ているな、と小川は思った。最初に会ったときから、この予感があった。だから自然に、二人で仕事をすることになったのだろう。似た者どうしで、愚痴を言い、冗談を言い、ときには慰められながらやっている。加部谷が元気だと自分も元気になれる。可哀想《かわいそう》だと感じると、なんとかしてあげたいと真剣に考えてしまう。妹のような存在かもしれない。

二人でケーキ屋かパン屋でも営んでいたら、もっと幸せだったのではないか。何の因果《いんが》か、探偵事務所なんてものを引き継いでしまい、たまたまそのときに依頼人だったお客が、唯一の社員になっているのだ。

「一つ思ったんですけれど」一旦デスクを向いていた加部谷が、またこちらへ向き直った。「家の中に誰かを囲っているって可能性はないでしょうか？」

「かこっている？　ああ、愛人を住まわせているっていう意味？　家の中に？　それだったら、夫人が気づくんじゃない？」

「大きいお屋敷ですから、隅々まで把握できていないのかもしれません。それとも、秘密の部屋が地下とか屋根裏にあるなんてことは？　家政婦さんにインタビューしてみる手はないでしょうか？」

「どうやって？」

「芸能レポータのふりをすれば、案外答えてくれるかも」

「それよりも、カメラとかを仕掛けるために、家に入る方法を考えないと」

「今ならOKよって、夫人から連絡があるのでは？　そういう段取りだと思っていましたけれど」

「私もそう考えているけれど、でも、わからない。どこまで入れるものか。大日向氏の書斎に入れてもらえると思う？」

「依頼人との意思疎通が、今ひとつですね」

「そうなの。なんか、私、あの人が苦手。摑《つか》みどころがないんだな。うーん、歌手だったというから、やっぱり常人離れしているのかもしれない。すべてが、その、演技みたいな、なんか白々しく見えてしまって。いえ、人をそんなふうに見てはいけないと思うんだけれど……」

「情報が少ないのは、客観的事実ですよ。ですから、夫人もご主人のことを知らないのではないでしょうか。夫婦の意思疎通ができていない可能性も大です」

「歳も離れているみたいだしね。結婚したとき、大日向氏は四十代で、もう一流の売れっ子だったわけだから、普通の恋愛というわけじゃないとは思う」

「玉《たま》の輿《こし》ですよね」

「逆に言えば、美人の芸能人を妻にしたわけだから」

「歌手としては売れなくて、付き人だったのでしょう？　モデルの仕事も少ししていたようですけれど。どちらにしても、あまりぱっとしなかったようです」

「間近で会ったら、垢抜《あかぬ》けているというか、綺麗な人だよ」

「息子さんは、どんな感じなんでしょう？」

「さあ、芸能人じゃないから、調べようがないわね」

「ちょっと、調べてみましょうか？　尾行して、何をしているのかくらいなら、すぐにでも調べられます。ちゃんと大学に行っているのかな」

「出かけるときは、車みたいね」

「同級生とかに、話を聞いてきましょうか？」

「いやあ、依頼人にばれると、まずいことになるから、それは慎重に」

「大日向氏も、周辺の人に少し当たってみましょうか？　会社とか、あ、そうだ、その大御所の作詞家とか、えっと弓長瑠璃？」

「簡単に言うけれど、聞き回っているって気づかれたら……、まずいよ」

「大丈夫ですよ、芸能関係者なんだから。週刊誌の記者の振りをすれば。案外、喜んで話してくれるんじゃないですか？」

カメラをバージョンアップした。何が難しいかって、説明書を読んで、操作方法を知る行為が、謎解きに近い面倒臭さだった。しかし、セットしてしまえば、人間は解放される。

## 3

加部谷は、大日向慎太郎の息子、星一郎《せいいちろう》が通う大学へ調査に出かけ、一方の小川は、大日向の事務所へ聞き込みにいくことにした。いずれも、午後からである。大学生も芸能関係も、午前中は活動しないだろう、というのが彼女たちの推測だった。

そもそも、大日向星一郎の大学がどこなのかは、鷹知祐一朗からの情報だった。いちおう名前の通った私学である。大学には、学生向けの駐車スペースはないのが普通だ。学生が自動車で通学することは、ほとんどの大学で禁じられている。となると、大学周辺の駐車場を当たってみるのが手っ取り早い。それらの位置を確認し、大学の門に近いならここだろう、と見当をつけ、講義が始まる時間の少しまえから見張っていた。学部はわからないが、二年生なので、専門の講義ではないかもしれない。

こういう場合、自宅のガレージから車が出たことを、インテリジェントなカメラが知らせてくれたら便利なのに、と考えた。そんな判断をするには、高等な処理能力が必要だろう。それが無理なら、リアルタイムで映像を見ることができれば、と想像した。技術的に難しくないのだが、電波を出す装置は、使用が制限される、ということか。

いちおう正門を選んだ。一番確率が高いだろう。開講の時刻が近づくにつれ、そこを通る人数が多くなった。星一郎の顔は、カメラが一瞬捉《とら》えた小さな写真でしか知らない。ただ、車ははっきりとわかっている。

車を目標にして駐車場で見張る手もあったが、違う駐車場である可能性が高すぎる。なんとなく、本人を見たら、この人だ、とぴんとくるような気がして、自分の感覚を信じた。

だが、講義が始まる時刻になっても、星一郎らしい人物は現れなかったので、今日は駄目かな、と諦めようとしていたとき、遠くに男女のカップルが歩いているのが見えた。

横を向いていたが、本人だ。どことなく、雰囲気が父親に似ている。大学へ向かって歩いているのではない。違う方向へ進んでいる。加部谷は、すぐに後を追うことにした。大学に一番近い駐車場の近くを通った。そこに彼の車があった。やはり、まちがいない。それに乗ってきたのだ。彼女を見つけて、ドライブに誘っているのだろうか。

だが、二人は駐車場には入らず、そのまま通り過ぎた。熱心に話しながら歩いている。恋人どうしといった和気藹々《わきあいあい》の雰囲気ではなかった。議論をしているのか、言い争っているようでもあった。喫茶店の前まで来て、星一郎は店の中に入ろうとする。しかし、女性は首をふって抵抗しているように見えた。加部谷はそちらへ近づいていく。彼らの声が聞こえる距離になった。

「落ち着けって」と星一郎が言っている。「ちゃんと話し合おう」

「もういい!」女性が高い声で答え、彼に背を向けた。

「おい!」星一郎が大きな声で叫んだ。

彼女は振り返らず、そのまま大学の方へ歩く。加部谷とすれ違うことになった。星一郎は、口を開けたまま睨んでいる。その視線に加部谷が入ったためか、彼は道路の反対側へ横断した。

喧嘩《けんか》か、と思う。まあ、若いときって、あるよね、などと微笑ましく感じた。なにか彼女を怒らせるようなことがあって、喫茶店で話をして機嫌を直してもらおうとしたのに、物言いが乱暴すぎたのか失敗した。そんなところだろう。だいたいの若い男性は、物言いが乱暴すぎることを、男らしい、と勘違いしているものだ。

　その後、星一郎も大学の方へ歩き始めた。彼女を追うような様子はなかった。加部谷が後をつけると、そのまま大学のゲートを通り、高層の建物の中に入っていった。その頃には、前を歩いていた女性の姿は見えなくなった。彼がエレベータに乗ったので、思い切って加部谷も駆け込んだ。ほかにも五人乗っていて、目立つようなことはなかっただろう。自分も大学生に見えるかな、と少し思ったものの、その自信はまるでない。服装からして事務員に見えるのではないか。

　エレベータを降りた星一郎は、通路を真っ直《まっす》ぐに進み、突き当たりの講義室の中に消えた。講義は既に始まっているはずなので、厳密には遅刻であるが、ほかにも何人か部屋に入っていく学生がいた。何の講義なのか確認し、再び一階に下りた。カリキュラムが掲示板に張り出されている。曜日と部屋の番号、そして科目が一致することを確認した。星一郎は、経済学部だということもわかった。

　事務室で、大日向星一郎の名前を出して、架空の店の名を告げ、バイトの面接をしたのだが、本当にこちらの学生ですか、と尋ねてみた。若い女性の事務員は、資料も見ずに、はい、経済学部の二年生です、と簡単に答えた。

「真面目な人ですか？」とさらに聞いてみると、

「そこまではわかりませんし、そういったご質問にはお答えしておりません」と微笑まれてしまった。

お礼を言って、加部谷は引き下がった。事務員に名前を知られているくらいには、有名なのだ、と判明した。

加部谷は建物から出た。キャンパスの空気を微かに味わいながら、再びゲートから出て、星一郎の車がある駐車場へ向かった。黒のドイツ車だ。大学生が乗るには贅沢な車種といえるだろう。そっと車内を覗いてみたが、特に変わったところはない。後部座席に、スポーツバッグが置かれていた。

そこは月極《つきぎめ》の駐車場のようである。つまり、時間で料金を支払っているのではない。屋外ではあるが、場所の利便性からして、おそらく月に十万円はかかるのではないか、と想像した。入口に看板があったので、電話をしてみた。

不動産屋の女性が出て、駐車場の場所を言い、空きはあるかと尋ねると、しばらくして、現在は空きがないとのことだった。ちなみに、賃貸料を尋ねると、半年の単位の契約で、保証金が三十万円、半年で五十五万円とのことだった。空きが生じたらご連絡しましょうか、と尋ねられたが、それは断った。

お金持ちだなあ、と思った。見た感じもお坊ちゃんで、髪は染めていない。派手さはないが女性にもてそうな雰囲気ではある。大学のすぐそばに高級車を駐めているのだ。それだけで靡《なび》く女子もいるにちがいない。真面目に講義に出ているだけでも大したものだ、と思った。

あるいは、変わった苗字《みょうじ》だから、著名な作詞家の息子だと知れ渡っている可能性もある。今どきは、スキャンダルが怖いから、無茶なことは逆にできないかもしれない。そうだとしたら、少々同情したくなる。

芸能レポータの振りをして、学生たちにインタビューして、大日向星一郎を知っているか、どんな人物なのか、ときいて回る想像もしたが、本人に伝わる危険性がある。今日のところは帰ることにしよう。大日向邸のカメラの交換もしなければならない。

駅へ向かって歩きながら、小川に電話をかけた。

「もしもし、加部谷です」

「あ、ちょっとごめん、あとでかけ直す」小川はそう言って、すぐ電話を切った。

なにか立て込んでいる様子である。お目当ての人物に会えたのだろうか。事務所の社長か、あるいは作詞家の大御所、弓長瑠璃の名前を挙げていたが、タイミング良く面会できるはずがない、と予想していた。

時間がまだ早いが、加部谷は大日向邸に向かうことにした。電車を三回乗り換えて最寄りの駅に到着した。三十分もかからない。星一郎は車で通学する必要があるのか、と不思議に思ったが、もちろん、人それぞれである。有名人は電車に乗らないのかもしれない。

あっという間に、大日向邸に到着した。見慣れた塀に沿って、ぐるりと周囲を歩いてみた。なにも変わった点はない。カメラの交換は、暗くなってからで良い。まだ少し早い。

正面ゲートの道に戻ったとき、後ろを歩いている人物に気づいた。犬を二匹連れている。大日向慎太郎だ。またミニチュアダックスの散歩のようだ。ちょうど帰宅するところだった。

あまり振り返るわけにもいかず、我慢をしながら、ときどき後ろを窺ったが、すぐにゲートに到達し、姿が見えなくなった。

いつ浮気するんだよ、と思った。訪ねてくる人もいないし、社交的な人物ではない。この点では、夫人も同様で、ほとんど外出していない。小川に会うために出たときも、すぐに帰宅している。買いものとかしないのだろうか。家政婦が二人いるのだが、食料品を買いにいく一人は通っている。もう一人は住み込みらしいが、姿を見せない。裏口近くの建物に住んでいるという大日向氏の姉も、姿を一度も見せない。もっとも、彼女の場合は病気らしい。鷹知祐一朗が訪ねてきただけだ。

著名なセレブなのに、ゲストが極めて少ない。仕事関係の人間が来宅していない。そういう職種なのだろうか。打合わせなどは不要なのか。大日向には、マネージャがいたはずだが、この人物も出入りしていない。秘書などはいないのだろうか。

考えてみたら、一人で詞を作るだけの仕事なので、アシストはいらないのかもしれない。資料を調べる必要もないのか。

とにかく、人の出入りが少ない家である。息子は通学。主人は、犬の散歩と夜の逃避行だけ。本当に浮気をしているのか、疑いたくもなる。

しばらく歩いていると、ようやく小川から電話がかかってきて、そちらへ行くとのことだった。声が弾んでいた。会って話をしたいようである。

## 4

「弓長瑠璃を見たよ」小川は言った。ちょうど事務所に来ていたらしい。「ちらっとだけれどね。オールバックで、サングラスかけてるおじいさん。ゴッドファーザみたいな感じっていえば、わかる？」

「わかりません」

「あと、社長と話もできた。こちらは、なにわの商人《あきんど》」

「アキンド？」

「テレビショッピングに出てくる感じね」

「わかりませんって」

「ああ、でも、疲れたわぁ」小川は息を吐いた。「緊張して、肩が凝《こ》ったよ」

「なにか収穫はありました？」加部谷は尋ねる。

「大日向慎太郎について記事が書きたい、プライベートなことで、ファンの喜びそうなネタはないかって、話を持っていったんだけれど……」小川は、テーブルの上に名刺を出した。出版社名と記者、小松崎静香とあった。

「誰ですか、これ」加部谷は尋ねた。小川の顔を見ると、笑って舌を出した。

「さあ……、誰だったかな。でも、どこかのパーティでもらったんだよね、十年以上まえに」

「あ、じゃあ、小松崎さんになって乗り込んだんですね？」

「そうだよ。小松崎さんよ。社長は乗り気でさぁ、べらべらしゃべるしゃべる。でも、全然使えない話ばっかり。作詞家っていうのが、もう古いって言ってたけどね」

「古いっていうのは？」

「つまり、作詞も作曲も、歌う本人がするのがスタンダードになってきたってことじゃない？　シンガ・ソング・ライタってこと」

「そうなんですかぁ。全然、私、そちら方面、疎いんですけれど」

「私もだよ。まるでわからない。人の声が混ざった音楽って、聴かないもの」

小川は、クラシックかジャズを聴くらしい。音楽には煩《うるさ》い方だが、どちらかというと、アンプとかスピーカ、つまりオーディオ趣味である。アーティストの名を小川が口にしたのを、加部谷は聞いたことがなかった。

「だけど、本人へのインタビューは無理だって言われた」小川は肩を竦めた。「最初から、そういうことはしないって決めていたとかで」

「え、じゃあ、今まで誰もインタビューしていないんですか？　珍しいですね」

「対人恐怖症なんだって」

「え、そうなんですかぁ。だって……、レコード会社で広報担当だった、営業マンをしていたって話、なかったですか？」

「うーん、だから、作詞家になってからのことなんじゃない？」

「おや、それはまた解《げ》せませんね」

「げせません？」小川は言葉を繰り返した。「古臭い言葉じゃない？」

「そうですか？　不可解という意味ですけれど」

「知っています」小川は目を細めて頷いた。「長く生きていますから」

「長く」加部谷は小さく吹き出した。

「そっちはどうだったの？　星一郎青年は、どんな感じ？」

「全然わかりません。でも、女の子と喧嘩していました」

「え？　何なの、それ」

「口喧嘩っぽい感じでしたけれど、ちょっと、なにか行き違いがあって、ぷーんってなったようです」

「ぷーんって？　膨《ふく》れたの？」

「ええ、お餅《もち》みたいに、というのは嘘で、単なる言葉の綾《あや》です」加部谷は笑った。

「まあまあ可愛い子でした。星一郎さんは、大学の近くに駐車場を借りているようです。半年で五十五万円、保証金が三十万円」

「まあ、それくらいは、聖美ママがぽーんと出してくれるでしょう」

「ぽーんとですか。札束を叩きつけて？」

「言葉の綾です」小川は睨みつけたあと、吹き出した。「君といると、正直人生これで充分だって思えてきて、なんだかだらけてしまいそうだよ」
　二人ともコーヒーを飲んでいたが、店員がケーキを運んできた。既に四時である
が、おやつの時間というわけである。
「あ、そうそう……」小川がバッグから本を取り出した。「これ、もらっちゃった」
〈海の詞〉という題名の本だった。大日向慎太郎の名前がある。ハードカバーだが、
厚さは一センチほどしかない。薄い本だ。
「本も出しているんですか？　どんな内容ですか？　人生を赤裸々に語っていません
か？」
「全然」小川は首をふった。「これまでの作品が集められているだけ。ようするに詩
集だね」
　加部谷はケーキを食べていたが、フォークを置き、その本を手に取った。ページを
捲《めく》ってみると、文字が少ない。面積の八割は白紙だった。
「すぐ読めちゃいますね」加部谷は言う。「どうして、海の詞っていうタイトルなん
ですか？」
「さあね、タイトルなんか、自由なんじゃない？」小川はケーキを食べながら言う。

「ざっと見た感じ、特に海の歌ってわけでもないよ。うーん、まあ、男女間の言葉の掛け合いとか、思い出とか、別れとか……、読んでると、やってらんないよって思う」

「そうですか。心に響きませんか?」

「そういうお年頃は過ぎた」

「そうですか……。でも、歌っていうのは、だいたいそういうもんじゃないですか。歌詞だけ読むと、なんか、わざとらしいし、サビを強調したいがための調子合わせみたいな言葉の羅列で……。結局は、言葉の調子が重視されていますよね、意味じゃなくて」

「そう? うーん、深く考えたことないけれど」

おしゃべりしているうちに、外が暗くなってきた。そろそろカメラを交換するために大日向邸へ向かおうか、としていたとき、小川に電話がかかってきた。

「はい、小川です。あ……、はい……、そうですか、はい、わかりました、ええ、大丈夫です。対応いたします」

電話はすぐに切れたようだ。

「大日向夫人から」小川は緊張した表情だった。「今から、彼女は出かけることになったんだって。お友達と一緒に食事をすることになったとかで」

「それが、どうかしたんですか？」

「ご主人が出かける可能性が高いっておっしゃるわけ」

「あら」加部谷は小さく口を開けた。「追えっていうのですか？」

「車を借りてきて」

「え、今から？」小川が頷くと、加部谷はダウンに腕を通しながら立ち上がった。

「わかりました。最短でも二十分はかかります」

「私は、表のゲートが見えるところにいる。なにかあったら電話」

加部谷がさきに店を出ていった。電車に乗らなければレンタカー屋には行けない。

小川は、レジを済ませて店を出たところで、また電話を受けた。今度は、鷹知祐一朗からだった。

「小川です」

「どこにいます？」

「大日向邸のすぐ近く。何ですか？」

「今、大日向沙絵子さんと話をして、一時間後に会うことになりました。なにか、ききたいこととか、ついでに見てきてほしいことがあったら、と思ったものですから」

「ありがとう。でも、今のところ特にありません。今から張込みです」

「カメラを設置したのでは？」

「いえ、その、いろいろあります」

「あとで会えますか？」

「どうかな、ちょっとわかりません。ここにいないかもしれませんし」

「わかりました。じゃあ、またそのうちに……」

## 5

電話があってから、約五分後に大日向邸の正面ゲートが見える場所に到着した。既に日は落ちているが、まだ明るさが残っているし、大通りからはラッシュアワーのホワイトノイズが冷たい空気に混入して届いていた。

張込みをするつもりの服装ではない。今日は、芸能事務所を訪ねる記者のつもりで、少し短めのスカートだった。だから、低温や風が恨めしい。加部谷は暖かそうな格好をしていたから、自分がレンタカー屋へ行き、加部谷にこちらを見張らせるのが最適解だった、と今頃になって後悔した。

カメラの交換もしたかったのだが、まだ少し明るすぎるし、誰かが出てくるかもしれないので、近づくのに躊躇《ちゅうちょ》した。もっとも、数時間はまだ余分に稼働し、記録できるので、慌てることもない。

珍しくヘッドライトが近づいてきた。すぐにタクシーだとわかる。大日向邸の前に停車した。間に合わなかったか、と思ったものの、そうか、夫人が出かけるためにタクシーを呼んだのでは、と気づいた。

そうしてみると、先日の大日向慎太郎は、タクシーに乗るために駅まで歩いた。自宅に呼ぶと家政婦に遠出をすることを気づかれる、と考えたのかもしれない。夜の散歩に出かけると見せかけたのではないか。

思ったとおり、毛皮のコートを着た大日向聖美が現れた。家政婦らしき人物も出てきたが、ゲートから離れない位置でお辞儀をして見送るためだった。タクシーは、すぐに発車した。小川が隠れていた場所の近くを通り過ぎたので、車内の大日向聖美を確認することができた。もちろん、こちらには気づかなかっただろう。

妻が家を空けたから、夫も出かけようとするはず、と夫人は考えた。それを、電話で知らせてきたのだ。以前にそれらしいことを小川が依頼したためである。また、家の中に盗聴器などを仕掛けるような機会があれば知らせる、という話もあった。それについては、その後連絡はないし、今回もそれを知らせてきたのではない。慎太郎が外出しても息子や家政婦がいるのだ。全員が家を空けるような機会があるのだろうか。

もう二十分は経過しただろう、と思って時計を見たが、夫人が出てからまだ十分少々だった。

躰が冷える。気のせいか喉《のど》が痛くなってきた。風邪はひきたくないな、と思った。かといって、躰を温めるため、体操やジョギングをするわけにもいかない。

さらに十分ほど経過する。歩いた方が良いと思い、場所を移動。その途中で、加部谷からメッセージが届く。〈車を借りました。今から向かいます〉とのこと。あと五分くらいだろうか。悴《かじか》んだ指で、〈寒い〉とリプライしておく。

ゲートから離れる方向へ歩いていたが、後方から物音が聞こえた。そっと振り返ると、大日向邸から男性が出てくるのがわかった。大日向慎太郎だろう。小川は顔を見られているから、今回は接近するのはまずい。歩く速度を心持ち上げて、次の角を曲がり、一番近くの電柱に隠れた。暗い場所だったので、大丈夫だろう。彼は、駅の方向へ行く可能性が高い。まさか、こちらへ曲がってはこないだろう。

なかなか現れなかった。しかし、我慢して動かずに待った。五メートルほど離れたところを、彼が通り過ぎる。道を真っ直ぐに歩いていった。まず、加部谷に電話をかける。なかなか出なかった。運転中かもしれない。

メッセージを送ろうかと思ったとき、つながった。

「はい、加部谷です。もう近くですよ」

「彼が家を出た」小川は小声で話した。「たぶん、駅のタクシー乗り場へ行くと思う。直接、駅へ行って」

「了解」

曲がり角まで出て、大日向との距離を確かめる。もう三十メートル以上離れていた。小川はその道を歩くことにする。振り返られても、顔は見えないはずだ。このまえとまったく同じで、大通りの信号が見えた。緑のライトが確認できる。もし加部谷が間に合わなければ、自分はまたタクシーで追跡することになる。しかし、今日は電車に乗るかもしれない。その場合は一人で追うことになる。

後ろからライトで照らされた。小川は振り返った。彼女のすぐ横まで来て、軽のワゴンが停車した。加部谷である。小川は後部のドアを開けて、素早く乗り込んだ。

「グッタイミン」

「彼は、どこですか？」加部谷がきいた。

「あそこ」小川は身を乗り出し、加部谷の横から真っ直ぐ前方を指差す。「もうすぐ信号だけれど、赤になった」

加部谷は車を走らせ、その信号の停止線で停車した。すぐ右の歩道に信号を待っている大勢がいる。大日向慎太郎は、帽子を被り、メガネをかけている。顔の半分はマフラに隠れて見えない。オーバもこのまえと同じもののようだった。

「ここって、直進できますか？」加部谷が標識を見回している。正面は駅であり、直進すればロータリィへ入るが、一般車が入れるのか、という意味だろう。

「駄目だって書いてないから、いいんじゃない。タクシー乗り場へ行って、停まれるところで停まって」

「タクシーの振りをするわけですね」

ジョークのようだ。信号が変わった。のろのろと前進する。細い道から出てきたのは一台だけで、後続の車はない。大通りを渡り、タクシーの駐車場のような場所へ近づいた。

「あ、駄目ですよ、タクシー専用ってあります」加部谷が言った。

「暗いから見えないことにして」

大日向は、横断歩道を渡り、やはりタクシー乗り場に向かっているようだ。駅の入口へ行く人の流れからは外れたコースを歩いている。加部谷はタクシーが並んでいるところで車を停めた。完全に道を塞《ふさ》ぐ形になる。外に出ていたタクシーの運転手が、手を振った。駄目だ入っちゃ、と言っているようだ。

信号が変わると、後方から車が近づいてくる。客を乗せたタクシーが入ってきたようである。クラクションを鳴らされた。

「もっと前に行って。あそこ、バス停があるから、あそこに停まって」小川が指示する。

「バスの振りをするわけですね」加部谷は、後ろを振り返った。「バス、来ていませんかぁ？」

車はのろのろと前進し、バス停に近づく。タクシー乗り場には先客が一人いて、大日向はその後ろに並んで立った。邪魔をしていた軽ワゴンが進んだので、降客のためのタクシーが、その近くに停車する。並んで待機していたタクシーの先頭が、乗り場へ進むのが見えた。

それら二台のタクシーが信号の方へ出ていき、次のタクシーが乗り場に来る。しかし、運悪くバスがロータリィに入ってきた。象の鳴き声みたいなクラクションを鳴らされる。

「あれは、退《ど》けって言ってますよね」

「しかたがない。さきに出ましょう」

「どちらへ行くんですか？」

「このまえは、右折だった」

信号待ちの車線は二本で、右折とそれ以外である。それぞれ一台ずつタクシーが信号待ちの状態だった。

小川は後方を気にしている。今、大日向がタクシーに乗り込んだところだった。加部谷は、右折車線に車を進めた。まもなく、信号が変わりそうである。

大日向が乗ったタクシーは、なかなか発車しない。小川はずっと、後ろを見ている。

「どうしましょう？」運転席の加部谷が言った。「右折しちゃいますよ」

「もうちょっと待って」小川がそう言ったとき、乗り場のタクシーが走りだした。

自分たちの車の後ろに来ると予想していたが、そうではなかった。タクシーはすぐ左を通り過ぎ、交差点を直進する。

「真っ直ぐだ」小川は叫んだ。

「え？　そんな」加部谷が言う。

「左へ出て！」

加部谷は後ろを振り返った。後方から車が来ないか、夜なのでよく見えなかった。方向指示器を出して、左の車線に移ったが、前を見ると、信号が黄色になっている。

「行け！」小川が指示する。

「ひぃい！」加部谷は叫びながらアクセルを踏み、軽のワゴンは加速する。交差点に入ったときには完全に赤信号だった。先に迫る横断歩道には、人が歩き始めていて、流石《さすが》にそこを突っ切るわけにはいかず、ブレーキを踏む。歩行者がこちらを睨んでいる。

「行け、行け！」小川は再び叫んだ。既に前のタクシーはずっと先へ行き、赤いライトも小さくなっていた。

それでも、幸い、次の次の信号で停車しているタクシーに追いついた。

「はぁ」加部谷は思わず溜息をついた。「小川さん、運転を代わって下さいよ」

「何言っているの？　私が運転に自信があるとでも思っているの？」

「あのぉ、それギャグですか？」

信号が変わった。タクシーのすぐ後ろにつけて走る。夜だから、後ろの車に気づかれる確率も低いだろう。

「どこへ行くんだろう？」小川は呟いた。「このまえとは違うな」

## 6

鷹知祐一朗は、大日向邸の裏門で、インターフォンのボタンを押してから、ゲートの淡い照明で腕時計を見た。約束の時刻、六時にほぼぴったりだった。大日向沙絵子の声が聞こえるのを待った。彼女は電動の車椅子を使っている。家政婦もいるはずだが、約束して訪問するときには、いつも本人が応対し、家政婦はお茶を運んでくるだけだった。

ところが、三十秒以上待っても反応がなかった。しかたなく、もう一度ボタンを押した。

ここまで歩いてくる間、どこかに小川たちがいるのでは、とそのつもりで注意していたが、見つからなかった。カメラを使っているのに、今から張込みだと話していた。もしかして、べつの案件だろうか、とも想像する。

インターフォンは無音のままだった。故障しているわけではない。ボタンを押すと、ランプが点灯するし、チャイムの音もスピーカから小さく聞こえている。ゲートから十メートルほどのところに、大日向沙絵子の住居がある。

たまたまインターフォンに出られないのか、たとえば、家政婦が仕事中か、沙絵子が近くにいないのか。だが、これまでにこんなことは一度もなかった。

鷹知は電話をかけてみた。沙絵子の個人の電話である。彼女は、端末を肌身離さず持っている。しかし、コールが重なっても、つながらなかった。

ゲートは鋼製の頑丈なものだが、高さは一・五メートルほどで、庭園内が見える。ただ、建物までのアプローチはカーブしている。庭木に遮られて建物の玄関は見えない。いつもなら、インターフォンの返事のあと、このゲートの施錠を室内から解除してくれるのだが。

鷹知は、冷たいゲートを摑んで、少し押してみた。ゲートは抵抗なく内側に移動する。施錠されていないことがわかった。もしかして、鍵を開けておいてくれたのかもしれない。

彼は、ゲートの中に入り、それを戻しておいた。玄関へのアプローチは緩やかな上り坂である。ゲートもアプローチも、段になっていないのは、大日向沙絵子が車椅子を使っているためだ。同様にゲートのすぐ横にある駐車場へも、折り返しのスロープで下りることができる。

玄関には照明が灯っていた。住居は鉄筋コンクリートのモダンなデザインで、沙絵子のために有名建築家が設計したものと聞いている。ただ、玄関は竹を使った装飾が施された和風である。その引戸に鷹知は手をかけた。ここも施錠されていなかった。

「こんばんは」中に向かって大きな声を発する。「ごめんください、鷹知です」

引戸をさらに開けて、中に入った。比較的広い玄関である。ここにも通路の途中からスロープがある。

しんと静まり返っていた。声も物音も聞こえない。

もう一度、呼んでみたが反応はなく、同じだった。

通路には、照明が灯っている。留守ではない。暗くなって自動的に点灯するものではない。夕暮れに誰かがスイッチをつけたのだ。

「大日向さん、いらっしゃいませんか？」鷹知は身を乗り出して、右手を窺った。そちらにも通路が伸びているが、先は真っ暗だった。

なにかあったのだろうか、と思い始めていた。大日向沙絵子は病気で、歩くことも、立つこともできない。筋肉が萎縮《いしゅく》する不治の病である。以前に比べて、最近は病気の進行が早いように感じる。会うたびに痩《や》せて衰弱しているのがわかった。一時間ちょっとまえに電話で話したときには、いつもの元気な受け応えだったのだが、しかし、突然悪化することがないとはいえない。

決断して、靴を脱ぎ、「大日向さん」と呼びながら、通路を進んだ。

どうやら、家政婦はいないようだ。いれば出てくるはずである。玄関から右へ行ったところがキッチンで、彼女はそこにいることが多い。照明が消えていたから、母屋へでも行っているのだろう。沙絵子の部屋は、通路の突き当たりだ。訪問時には、いつもそこへ通される。鷹知は、真っ直ぐに通路を歩いた。

ドアの磨りガラスから光が漏れていて、室内に照明が灯っているのがわかった。そのドアをノックする。

「大日向さん？　いらっしゃいますか？」

返事はない。

「鷹知です。入りますよ」

そう言って、ドアを押した。やはり鍵はかかっていなかった。

いつもの室内の風景が目に入る。一見、誰もいないように見えた。天井まで届く高い書棚が壁を覆っている。デスク、ソファセット、テーブル、キャビネット。

車椅子があった。部屋のほぼ中央の、ソファとテーブルの間に。だが、沙絵子はいない。車椅子は無人だった。

これらを見る時間は、一秒もなかっただろう。鷹知は、すぐに天井を見上げた。黒いものがぶら下がっていたからだ。

彼は、部屋に足を踏み入れ、それに近づいた。

ぶら下がっているのは、人間だった。手を伸ばすと、なんとか彼女の爪先《つまさき》に届く。

部屋の天井は、鉄骨の構造が剝《む》き出《だ》しで、その高さは五メートルほどある。普通の住居でいえば、吹き抜けの高さだ。白い照明が眩《まぶ》しい。その光の中で、宙に浮かぶ黒い影が異様だった。

動かない。

音もしない。

部屋を見回した。壁の窓は縦長で、天井近くの高い位置にまで及んでいる。もちろん、ほかに誰もいない。隠れるような場所がない。

天井からぶら下がっているのは、まちがいなく大日向沙絵子だ。

顔は変色しているものの、尖《とが》った顎《あご》、髪型などから明らかだった。そして、生きていないことも一目瞭然《いちもくりょうぜん》だった。

すぐに下ろさなければ、と考えたが、なにしろ高すぎる。部屋にあるデスクを移動させて、その上に椅子を載せ、その上に立っても、彼女の足に手が届くか届かないか、ぎりぎりだろう。

彼女の細い両腕は、垂れ下がっている。変色した口からは舌が出ているようだ。彼女の首にかかっているロープは、天井の鉄骨につながっている。ロープを輪にして結び、それが鉄骨の上を通っているようだった。

まず、警察に電話をかけた。

訪ねた先の家に、首吊《くびつ》りした女性がいる。高くて届かない、と話した。救急車も必要だ、と伝えたが、当たり前のことを言ったな、と自覚できた。

電話のあと、デスクを動かそうとしたが、重くて動かない。びくともしなかった。

「まいったなぁ」と呟いていた。

母屋に知らせるべきだろう、と気づいて、端末をスクロールさせたが、大日向慎太郎の電話番号は登録されていなかった。そういえば、彼の番号を知らないのだ。大日向夫人もなかった。仕事を受けたことはあっても、こちらから電話をかけたことがない。それ以外では、いつも沙絵子と連絡を取っていた。

そうだ、大日向夫人の番号なら、小川令子が知っているはずだ、と思い出した。

「もしもし、鷹知です」

「あ、ごめんなさい。今日は会えません」小川の声である。

「大変なことになりました。大日向沙絵子さんが首を吊っていて、それを今、たった今、見つけたところです」

「嘘でしょう?」

「本当です」

「え! 本当に?」

「警察に連絡したところです。今も、ぶら下がっている彼女のすぐ下にいます。ほかに誰もいないみたいなんです。大日向夫人に連絡したいのですが、電話番号を教えてくれませんか? 母屋にいらっしゃると思いますけれど、母屋の電話を知らないので……」

「大日向夫人なら、タクシーで出かけていると思います。出かけるところを、見ました。それから、大日向慎太郎さんも、外出中です。私たちが尾行しています」

「それじゃあ、息子さんしかいないのかな。困ったなあ」

「私が夫人に電話するのも、まずいですね。誰から聞いたのかって話になります。夫人の電話番号も、教えるのは問題では?」

「そうですね。小川さんと僕が、知合いだと知られたら、不審に思われますね。わかりました。警察が来るまで待ちます。あの、聞かなかったことにして下さい」

「そんなの無理ですよぅ」小川が高い声で言った。

# 7

「どうしたんですか？」運転席の加部谷がきいた。

「大日向沙絵子さんが、首吊り自殺したって」

「えぇ！」加部谷は後ろを振り返った。

「危ない！　前を向いて」

「うわぁ、本当ですか」加部谷は前に向き直る。「会ったことないですけれど、おいくつだったでしょう？　七十にはなっていませんよね」

「病気を苦にされたのかなぁ……。鷹知さんが見つけて、警察に連絡したところみたいだった」

「嫌だぁ、私だったら腰抜かしますよ」ハンドルを握りながら、加部谷が声を震わせる。

「鷹知さん、沙絵子さんと約束があるって、さっき電話してきたの。そのあとで会いましょうかって……。しっかし、災難だよねぇ、警察にあれこれきかれるんじゃないかなぁ」

「それって、もしかして、私たちもじゃないですか？」

「それは……、鷹知さんが黙っていてくれるでしょう」

「カメラが見つかったりしませんか？」

「どうかな。自殺なんだから、そこまで調べる？　まあ、見つかったときは見つかったときで、正直に説明するしかないけれど」

「え、浮気調査だったって話すんですか？　守秘義務は？」

「そうかぁ、そういえばそうだね。どうしたら良い？」

「私にきかれても……」

依然として、タクシーを追いかけていた。もう走り始めて四十分になる。どこを走っているのか、周囲の夜の風景からは、全然わからない。カーナビによれば、既に千葉県だった。ハイウェイのように真っ直ぐの片側二車線の道路である。

海の近くを走っていることは確かだ。どこへ行くつもりなのか。浮気相手に会いにいくにしては、遠すぎるのではないか。普通、相手も近くへ出てくるものだろう。

「えっと、夫人も出かけているんですよね？　ご主人も不在だし」加部谷が言った。

「家政婦さんがいるでしょう。それで、警察が連絡すると思う。だから、タクシーもじきに引き返すよ、きっと」

「あぁ、それにしても、自殺とは、嫌な感じですね」

「他人事《ひとごと》とはいえ、うん……、重いよね。どうなるのかな、しばらく大日向さんも浮気どころじゃなくならない？　張込みは一時中断かも」

「喪が明けるまで、ですか？」加部谷がきいた。

「うん、常識的には、そうでしょう」

「首吊りって、どうやってするんですか？」

「どうやってって、ロープを輪にして、そこに首を引っ掛けて、ぶら下がるだけじゃない？」

「顔を上に向けたら、外れませんか？」

「さあ、外れる人もいるでしょうよ。知らないわよ、そんなこと。でも、死刑にも首吊りが使われているくらいだから、確実に死ねる方法なんじゃない？」

「外国のミステリィ映画を見ていると、犯人が殺人罪で死刑になるのを、吊るされるぞって言いますよね」

「待った。沙絵子さんって、車椅子なんじゃない？」

「そう、でしたっけ」

「たしか、そんな話だった。車椅子の人というのは、自分で高いところへ上がれないんじゃない？」

「高いところじゃなくても、首吊りはできるのでは？」

「そうか、少し腰を上げたくらいの高さでね。あ、でも、ロープを高いところにセットしないと」

「それは、ロープを投げて、上手いこと、どこかに引っ掛けるわけですよ」

「そんなことができた、ということかしら。現場の状況がどんなふうだったのか、鷹知さんから詳しく聞かないと……」

「あっ！」加部谷がブレーキを踏んだ。「停車します」

前を走っていたタクシーが歩道に寄り、停車した。車内の照明が灯ったのがわかった。

加部谷は、タクシーを追い越し、しばらく走ったところで左折した。そこでヘッドライトを切り、停車する。細い脇道で、人も車も通行していない。柵などの障害物があったが、タクシーは見えた。そちらが常夜灯で明るいからだ。料金を払っているのか、しばらく動きはなかった。やがて、男性が降りてきた。タクシーの運転手は、なにか記録しているようだったが、車内灯が消えてから発車させた。

「あ、また橋だ」小川はナビを見て気づいた。

左折せずに、真っ直ぐ行くと、橋がある。かなり長い橋のようだった。川を示す水色の部分は、中央部にしかなく、河原が広いことがわかった。だいぶまえから緩やかな上り坂だったのだ。車に乗っているときには、前方の橋には気づかなかった。夜なので、暗くて橋の構造も見えない。鉄橋のように上部に構造物があるタイプではなく、コンクリートの橋かもしれない。

大日向慎太郎は、歩道を橋の方へ向かって歩いてきた。小川は後部座席から後ろを見ていたが、十メートルほどのところを彼は横切った。歩道をそのまま直進していく。

「どうします？　降りて、後をつけますか？」加部谷がきいた。エンジンは既に止まっている。「外は、寒そうですね」

「一人で歩いているより、二人で歩く方が怪しまれないかもね」小川は答える。

車を少し移動させ、道の脇《わき》に駐車した。建物はなく、金網の柵があった。中は工場のような場所で、大型のトラックが離れたところに駐車されているのが見えた。

二人は車を降りた。さきほど走ってきた道路の歩道まで出ると、先を歩く大日向の後ろ姿が見えた。この先は、分かれ道はないはずだ。橋を渡るしかない。歩道を歩けば、後ろを振り返られたときに隠れる場所がない。距離を取るしかないだろう、と考え、その場でしばらく待った。

五十メートルほど離れた。それでも、彼は止まらない。まだ橋の中央部は遠い。

「このまえみたいに、泣くつもりでしょうか？」加部谷が囁いた。

「まだ、お姉さんのこと、知らせが来ないのかなぁ」小川は言った。もう連絡があっても良さそうなものだ。「まえは、同じタクシーに迎えにこさせた。今日もそうするんじゃないかな」

「それだったら、私たちも車から離れない方が良いですね」

「そう、だから、遠くから観察するしかない。双眼鏡を持ってない？　私、いつもは持っているんだけれど……」

「持っていません。それって、七つ道具ですか？」

「あぁ、やっぱり寒いね……。風を遮るものがないから」小川は、手に息を吹きかける。「君の方が目が良いから、しっかり見張っていてね」

「あ、立ち止まりました」加部谷が言った。それくらいならば、小川の視力でもわかった。「手摺りに手をかけています」

「もしかして、やばくない？」

「どういうことですか？」

「あそこは、下が川なの？」

「いえ、わかりません。見えません」

「ネットとか柵とか、ないんじゃない？」

「そうですね。飛び降りるんじゃないかってことですか？　うわぁ、それはまずいですよ、やばいですよ。やめてほしいなぁ」

「落ち着いて」

「私たちが落ち着いても、しかたないような……」

「えっと、どうしたら良い？」

「小川さんは、面が割れていますから、私が近づいて、様子を見てきましょうか？」

「泣いていて、飛び降りそうだったら、止められる？」

「わかりません。飛び降りそうだったら、もう遅いんじゃないでしょうか」

「落ち着いているわね、貴女」

「行ってきます」加部谷はそういうと、歩道に出て歩き始めた。途中でこちらを振り返る。「あ、そうだ」彼女は引き返し、小川にキィを差し出した。「車は、お願いします」

「わかった。電話持ってる?」

「持っています。行ってきます」

加部谷恵美は歩きだした。走るのは不審がられるだろうから、普通に歩いた。手ぶらで歩いているのが、ちょっと不自然かもしれない、と思い至った。バッグは車の中に置いたままだ。

大日向慎太郎は、手摺りに両手をのせたままだった。何を見ているのか。

歩きながら、加部谷は左を見た。

なにもない。夜景があるだけである。遠くに細かい光が点在しているが、都会のような賑やかさはない。川がある部分は、真っ暗だったし、それ以外にも近くに山が迫っているのか、なにもない黒い部分があった。高いところに小さな光が点滅している。あれはビルではなく、山の上なのではないか。

方角としては、左というのは、北になる。海ではない。海はどちらだろう。反対側のはずだ。その意味では、小川が尾行したときと同じシチュエーションといえる。ただ、今回は飛び込むことが可能な橋、という違いがある。その違いが、実に大きく感じられた。

大日向まで、あと三十メートルくらいになった。彼はこちらを見ていない。横顔がよくわかる。歩道には約十メートルおきに照明があった。彼がいる場所は、照明の下で、左を向いた横顔がはっきりとわかる。マフラに顎が隠れているし、帽子と眼鏡《めがね》もあるから、顔はほとんど見えないのだが、大日向慎太郎だと確信できた。

さらに近づいたとき、聞き慣れないメロディが微かに聞こえた。ちょうど、車の流れが途絶えて、静かだったから聞こえたようだ。何だろう、どこかの町内放送だろうか、と加部谷は思った。

大日向が動いた。上着のポケットからなにかを取り出す。光っていた。端末のようだ。電話がかかってきた音だったのか。

加部谷は、歩く速度を変えずに、そのまま近づくことにした。通り過ぎた方が自然だろう、と考える。

「はい」という声が聞こえる。彼が電話で話しているのだ。下を向き、耳に端末を当てる。手摺りを背にして、さきほどとは反対の道路に躰を向けていた。声を押し殺して、なにか言ったようだが、聞き取れなかった。

十メートルほどの距離になった。

「えっ」彼の声。顔を上げ、前方を見ている。驚いた顔だった。

そうか、姉のことで連絡が入ったのだ。夫人がかけたのか、あるいは息子が知らせたのだろうか。

しばらく、言葉がなかった。加部谷はどんどん近づく。彼はちらりとこちらを見て、すぐに背を向けてしまった。一瞬だけ見えた顔は、泣いているようには見えなかった。目を見開いた顔だった。そう見えた。

彼の背中を見ながら、通り過ぎる。

「わかった」という小さな声が聞こえた。

このあと、どうなる?

たとえば、自殺するためにここへ来たのなら、姉の不幸を知って、ますます死にたくなるだろうか。それとも、一旦は帰宅して、責任を果たす行動を選択するだろうか。

それは、自殺の理由が何なのかによるだろう。

そんな想像をした。

十メートルほど過ぎたところで、加部谷はちらりと振り返った。

大日向は、手摺りにもたれかかったまま、膝を曲げていた。座り込んでいるような姿勢だった。電話はもう終わっているようだ。少なくとも、今すぐ川に飛び込もうという姿勢ではない。

気になったので、加部谷は手摺りに近づき、下を覗き、確かめてみた。

暗くてよく見えない。

光が反射している。

音は聞こえないが、やはり川の水が流れている場所のようだった。

そこへ、電話がかかってきた。ポケットから取り出すと、小川からだ。

「あ、今、通り過ぎました」加部谷は囁くように話した。

「どうだった？　飛び込みそう？　泣いていた？」

「ちょうど、電話がかかってきたんです。電話で話をされていました」

「そう……、じゃあ、連絡が来たんだ」

「たぶん」

「となると、すぐに帰るのかな？」

「タクシーがいつ来るかですね」

「電話で呼んでなかった？」

「そんなふうには見えませんでしたけれど」

「よく見えないけれど、引き返してくるようなふうでもなさそう」

「ええ、じっとしています。座り込んでいます。お姉さんが亡くなったのですから、ショックだったのでしょう」

「うん、仲が良いって聞いていた」

## 8

タクシーが来ることを見越して、小川が軽のワゴンを運転して橋を渡ってきた。そこで加部谷が乗り込み、タクシーが来るのを待った。おそらく、二十分後に迎えにくるよう約束をしたのだろう、タクシーが現れ、大日向を橋の途中で乗せた。その後、橋を渡ったところの交差点でUターンをした。

小川たちは、その交差点を右折した細い道で、切り返してから待っていたので、車三台を挟んで後を追うことができた。尾行としては大成功であるが、浮気調査という目的には全然合致していない。

その後の尾行は、予想どおりだった。都内に戻り、大日向邸の正面ゲート前にタクシーは到着した。既にパトカーが二台、ゲートの近くに駐車されていた。小川は、そのままワゴンを走らせ、次の角で左折した。表には警察官の姿は見えなかったものの、停まって覗くような真似は控えた方が良いだろう。

再び左折して、裏門のある道路へ出た。こちらの道には、さらに多くの車が駐車されていたし、警官が数人立っていた。その前を通り過ぎる。パトカー以外には、ワンボックスの車が三台来ている。さらに、近所の人だろうか、道に出て見物している野次馬の姿も十人以上あった。

「物々しい感じですね」加部谷が後部座席で呟いた。「これから、どうします？」

「この車を返しにいこう」小川は答えた。「運転を代わって」

小川はレンタカー屋の場所を知らないからだ。表通りに出るまえに停車し、運転を交代した。後部座席に座ると、小川は鷹知祐一朗に電話をかけた。

「あ、今、大丈夫ですか？」小川は話しかける。

「ええ、まだ、現場にいます」鷹知が答えた。「でも、近くに警官はいません。もうすぐ事情聴取があると思いますけれど」

「大変でしたね」

「大日向氏を尾行していたのですか？」

「そうです。今、ご自宅に戻られました」

「でも、沙絵子さんは病院ですから、行き違いになりましたね。あっと……、すみません、呼ばれました。また、明日にでも、改めて……」

「はい、よろしくお願いします。頑張ってね」

電話が切れた。

「まだ、鷹知さん帰れないのですか？」

「そりゃそうでしょう。第一発見者なんだから」

「でも、自殺されたのでしょう？　事件ではないから……」

「それは、調べてみないとわからないじゃない。なにか不審な点があって、事件の可能性があったかもしれないし、そうじゃなくても、今は、いちおう確認をするんじゃない？　ご遺体も調べるでしょうし」

混雑した道路をのろのろと進み、隣駅のレンタカー屋に到着するのに十五分もかかった。二人は、駅前で居酒屋に入り、食事をすることにした。

「不謹慎かもしれないけれど、ちょっと飲みたい」小川は言った。

「不謹慎ではないと思います。おつき合いします」加部谷は微笑んだ。

人が死んでいるので、後ろめたい気持ちになるのはしかたがない。ただ、知合いではないし、会ったこともない人だ。ネットで検索してみても、大日向沙絵子の画像は見つからなかった。彼女について語られている文章もない。弟は有名でも、姉は一般人だったし、長く病気を患っていたので、表に出る機会もなかった、ということだろう。

料理を三つほど頼んで、ビールを飲むことにした。冷たい液体を喉に通すと、ほっとした。寒い思いをしたけれど、今は汗ばむほど暖かい。

「それにしても、妙なことになってきたよね」小川は呟いた。

「なにか影響があるでしょうか、私たちの仕事に」加部谷がきいた。

「すぐにはないと思うけれど、カメラの交換が、明日できるかな。警官が近くにいたら、できないよね」

「受信機を回収しないと、誰がいつ家を出たのか、確認できませんね」

「浮気には関係ないから」

「いえ……、もしもですよ」加部谷は指を一本立てて、難しい顔をわざとらしくつくった。何の真似をしているのかわからない。「本当に、もしかしての話ですよ」

「何なの？」小川は口を尖らせる。

「ですから、もしも、沙絵子さんが自殺ではなかったら、どうなります？」

「自殺ではなかったら？」小川は首を捻った。

店員が料理を運んできた。揚げ物、焼き魚の二皿である。揚げ物が加部谷の近くに置かれた。

「いただきまぁす」彼女は箸《はし》を手に取った。

「自殺じゃなかったら、病死？」小川が声を落としてきいた。

「そうじゃなくて、マーダですよ」

「え？　殺人？　首吊りに見せかけて？」小川は料理から遠ざかり、シートにもたれかかった。「ちょっと待って。そんな可能性ある？　だって、鷹知さんが、自殺だって言っていたし……」

「ですから、架空の話ですよ。もし、他殺だったら、どうなります？」

「どうなるって、えっとぅ……、誰か、沙絵子さんを恨んでいる人がいるってことになる」

「ですよね。つまり、犯人がいるということです。でも、恨んでいるかどうかは、この際、あまり問題ではありません。恨んでいなくても人を殺す可能性はあります」

「ある？」小川は眉を顰める。

「たとえば、遺産が目当てだとか、あるいは、秘密を知られてしまったので自己防衛として殺してしまうとか」

「あ、そうか、うーん」小川はそこで魚に箸を入れる。「駄目だ、私、今全然頭が回っていないみたい」

「いつもは、回っているのに？」加部谷がきいた。

「こら」小川は上目遣いで加部谷を睨んだ。

「回っているじゃないですか」加部谷が笑った。「いえいえ、すみません。酔っ払ったみたいです。許して下さい」

「で、話はどう続くの？」小川は、醤油《しょうゆ》に手を伸ばしながらきいた。

「架空の想像ですよ」加部谷はイカのリングを食べている。口の横にマヨネーズが残っていた。「犯人がいるわけですが、多くの場合、殺人事件の犯人は、被害者の身内、家族です。そうなると、まず警察が調べるのは何でしょう？」

「動機？」小川は答える。

「それから？」加部谷がきいた。

「うーん、アリバイだね」

「ピンポン。となると、今回の場合、大日向慎太郎さんにはアリバイが成立します」

「ちょっと待って」小川は片手を広げた。大根おろしに醤油をかけたところだった。

「アリバイ？　でも、いつ殺されたの？　えっと、そうか、鷹知さんが電話で話していたみたいだし、遺体を調べれば特定できる。うん、たしかに、死亡推定時刻と思われるときに、大日向氏は出かけている。そうだ、夫人も出かけている」

「そのアリバイを証明するのは、誰でしょう?」加部谷がきいた。

「あ……」小川が目を丸くした。「私たち? それは、まずい。駄目だよね、内緒なんだから。それに、大日向さんは尾行されていることを知らないはずだし」

「正面と裏口のカメラの記録も証拠になりますよね」

「それも、内緒だから。事件とは無関係だし」

「無関係でしょうか?」

加部谷の強い眼差《まなざ》しを受け、小川は視線を逸《そ》らした。魚を一口食べる。二口めも黙って食べた。その間、なにか具体的に考えていたわけではない。ただ、美味いなと思っただけだった。

加部谷が腕を伸ばし、小川のコップにビールを注いだ。続けて、自分のコップに注ぎ入れる。それから、揚げ物の皿を小川の方へ差し出した。

「どうぞ」加部谷は言った。「交換しましょう」

「え、もう?」見ると、フライの半分は食べられている。「ちょっと待ってよ、もう一口食べさせて」

「どうぞどうぞ」

小川は、魚の白身を箸で口へ運んだ。加部谷は、ビールを飲んでいる。顔が赤くなっているが、機嫌が良さそうだ。

えっと、何の話だったっけ、と小川は考える。頭が回らないうちに、ビールをまた飲んだ。そうだ、アリバイだ。

「私たちにアリバイを証明させるために、今回の依頼があった、ということ？」小川は一瞬で解答に行き着いた。

「ピンポン」加部谷は頷いた。「大日向夫人、急に出かけることになりましたよね。彼女は、私たちがカメラをセットして、出入りをチェックしていることを知っています」

「よくわからないけれど……、何のために？」

「彼女は、夫のお姉さんと上手くいっていなかった。治療費や介護にお金もかかる。動機として、充分ではないでしょうか？」

「どうかなぁ」小川は首をふった。「うーん、考えすぎなんじゃない？　なにも殺さなくても、病人だったわけでしょう？　生活圏も違っていたみたいだし、お姉さんを殺すよりも、夫を殺した方が実入《みい》りがあると思う」

「凄《すご》いこと言いますね」加部谷は口を開けた。「たしかに、莫大な遺産が、夫人のものになりそうですね」

「それに、アリバイを証明したいのなら、自分を尾行させなきゃ駄目でしょう。出入りだけでは、確実とはいえない。ゲート以外から出入りできるかもしれないじゃない」

「塀を越えるんですか？　まあ、ありえないわけではありませんね。縄梯子《なわばしご》を投げて、忍者みたいに……」

「あの辺、暗いし、人も滅多に通らないから、できると思うよ」小川は言った。「そもそも、カメラのことは警察は知らないわけだから」

「いえ、それは、夫人が教えるわけですよ」

「ああ、そうか。うーん、困ったなあ」小川は上を向いた。

「魚、食べて良いですか？」加部谷が手を伸ばした。

「育ち盛りか」小川は言ってやった。

加部谷は魚に箸をつけた。そこへ新しい料理がやってきた。煮物である。どうして、これが最後に来たのか、小川は不思議に思った。あらかじめ作っておける料理だからだ。小川は、またビールを喉に通し、大きく溜息をついた。

「まあ、あまり考えたくないなぁ。考えたくないから、頭が回らない。まずは、鷹知さんと話して、正確な情報をもらわないと」

「そうですね。同感です」加部谷は、煮物を食べている。食べ盛りのようだ。「警察に呼ばれないと良いですね」

「そう、呼ばれるのは嫌だなぁ。浮気調査なんだから、警察沙汰はごめんだよ」

「話を変えて、慎太郎さんのナイト・ブリッジ・ツアーについてなんですけれど」

「なにか、思いつくことがあった？」

「いいえ。作詞家の仕事の一環なんでしょうか？　夜のブリッジという歌を頼まれているとかしか想像できません」

「どうして泣いていたわけ？」

「それは、感情移入したんですよ。自分で思い描いたストーリィにうるっとしてしまったとかです」

「うるっとくらいならわかるけれど、あれは号泣だったよ」

「そうですよね、私たち、彼が自殺するかもって、本気で思いましたよね。今日の橋は、もの凄く危ないシチュエーションでしたよ。もし、彼が飛び込んでいたら、どうなっていたでしょう？」

「警察に通報するしかないと思う」

「浮気調査で尾行していたって、明かすわけですか？」

「それはできないから、うん、たまたま、目撃しましたってことにするしかないんじゃない?」

「もしかして、それも大日向夫人の計画の一環だったかも」

「どういうこと?」

「えっとぉ……」加部谷は上を向いた。壁に貼《は》り付《つ》けてある献立《こんだて》を見ているようだ。次に注文したい料理を考えているにちがいない。「ああ、駄目です。気持ちが良すぎて考えられません。注文して良いですか?」

小川が思ったとおりだった。

9

小川は翌朝十時に出勤したが、加部谷が既にデスクに着いていた。二日酔いではなさそうだ。通勤の途中で、鷹知からメッセージが届き、こちらを訪れることを知らせてきた。それをまず加部谷に伝えた。

「鷹知さん、いつ解放されたんでしょう? もしかして、徹夜だったとか?」

「それはないと思うけれど」コートをロッカに仕舞いながら、小川は言った。「そうそう、昨日の話だけれど、依頼人は、夫が自殺するところを、私たちに見せようと計画した、というのは、何のため？」

「え、私、そんなこと言いました？」

「言った。帰ってからも、頭を離れなくて、ずっと考えているんだから……。どういうメリットがあるわけ？　自殺は自殺じゃない。それを証明しても、べつにどうってことないでしょう？　自殺の場合には死亡保険が出ない場合があるくらいだから、逆だよね。自殺では困るのが普通。保険金目当てなら、事故死の方が都合が良いはず」

「えっと、何だったかなぁ……、なにか考えたような気もするんですが、忘れてしまいました。もう一度、アルコールが入れば思い出すかもしれません」

「酔っ払い探偵か？」小川が言うと、

「酩酊《めいてい》美少女探偵」加部谷が瞬時に言い返した。

「酩酊も美も、まあ、人それぞれの主観だけれど、少女っていうのは、客観的に無理があるよ」

「小川さん、冴《さ》えてますね、朝は」

「自衛隊だって変だからね。自衛しない軍隊ってありえないから」

「つながりがわかりませんけれど……。あの、鷹知さん、お土産があるでしょうか？」

「話がお土産」

三十分もしないうちに、鷹知祐一朗が現れた。この事務所へ来るのは久しぶりのことだった。ドーナッツが手土産で、それを見た加部谷が、意味ありげな顔を小川に見せた。紅茶を淹れて、三人で応接スペースで向き合った。

鷹知が、大日向沙絵子を発見したときの様子を詳しく説明してくれた。小川が想像していたものとは、だいぶ違っていた。

一番衝撃的だったのは、非常に高い位置にぶら下がっていたことだろう。そんな高いところに、病気の沙絵子が、どうやって上ったのだろうか。当然ながら、警察もこの点に疑問を持ったはずである。

「とにかく、高すぎて、助けることができなかった」鷹知は話した。「警察に電話をかけたあと、家の中を探して、脚立かなにかないか……、と。でも、結局そのまえに警察が来ました。家には誰もいませんでした」

「玄関の鍵、かかっていなかったんですよね？」小川は言った。

「そこが、ええ、不思議です。玄関どころか、ゲートも鍵がかかっていませんでした。つまり、何者かが、沙絵子さんのお宅から出ていった、だから鍵がそのままになっていた、ということだと」

「カメラがセットしてありますから、確かめられます」小川は言う。

「そうじゃないかと思って、ここへ来たわけです。「映像はもうチェックしましたか？」

「それが、実は……、まだカメラを回収できていないの。だって、警官が大勢いるじゃないですか。本当は、昨日の夕方に回収、というか、カメラの交換をしにいく予定だったんですけれど、大日向氏が出かけたので、その後をつけることになって。加部谷さんも一緒です。その途中で、鷹知さんから電話があったから、戻ったときには、もう警官がいて……」

「今日は、もう大丈夫かもしれませんよ。基本的に自殺だと警察は考えているみたいですから、現場を調べるにしても、大袈裟《おおげさ》なことにはならないと思います」

「暗くなってからですね」小川は頷いた。「でも、カメラをセットしていたことは、依頼人の許可がないかぎり、公にはできない。そうなると……」

「ええ、もちろん、承知しています」鷹知は微笑んだ。

「あのぉ……」今まで黙っていた加部谷が、軽く片手を上げた。「警察は自殺だと考えているって、どういうことですか？　大日向さんは、立ち上がったり、歩いたりすることができないのでは？　そんな、五メートルもある場所にロープはかけられないし、どうやって、そこまで上ったんですか？　誰かが彼女を持ち上げるかしないかぎり、無理ですよね？　だったら、それって、自殺でしょうか？」

「警察は、おそらく、沙絵子さんの病気を疑っているのだと思います」鷹知が答えた。

「ああ、そうか」小川が頷いた。「たしかに、それはそうかも。病気で立ち上がれないということは、証明されていない……、というか、そもそも証明ができない？」

「医師が診断したら、科学的に証明できるのでは？」加部谷がきく。

「そこは、難しい問題だと思います」鷹知は言った。「車椅子を利用するようになったのは、二年まえくらいでしょうか。だんだん悪くなってきて、歩けなくなったし、立てなくなりました。でも、本人ができないと言えば、医者はそのとおりに診断書に書くしかないのかもしれません」

「立てたとして、多少なら歩けたとしてもですよ、えっと……」加部谷が首を捻った。「たとえば、私だったとしても、そんな高さにロープをかけられないし、どうやってそこまで上るんですか？」

「たしかに、補助する人が必要ですね」小川は話した。「脚立があって、それを上って自殺したとしても、そのあと、脚立を誰かが片づけないといけない」

「そういうのは、自殺幇助《ほうじょ》になりませんか？」加部谷がきいた。

「なるでしょうね」鷹知が簡単に返答する。

「じゃあ、その犯人を、警察は探しているのですか？」加部谷は鷹知を見た。

「当然、探しているはず。僕にきかないで下さい」鷹知はまた微笑んだ。「捜査の過程をすべて見ていたわけではありません。明らかに、僕は容疑者なんですから。どんな目的で、沙絵子さんを訪ねたのかって、しつこくきかれました」

「どんな目的だったんですか？」小川がきいた。

「まあ、依頼人が亡くなったので、ここだけの話でなら……」

「内緒にします」小川は頷く。

「警察には、このことは話していません」鷹知は、二人を順番に見据え、真剣な表情になった。「彼女は、病気のことを気にしていて、死にたいと話していたんです。その相談を受けました。自殺したいが、自殺するのも難しい。つまり、それを実行するだけの体力がもう自分にはない、という意味だったと思います。誰かの力を借りて、自殺をしたいと」

「それで、鷹知さん、どうしたのですか？」小川はきいた。予想もしない深刻な内容だったので、驚いてしまった。

「直接的な表現でお願いされたのは、前回のときです。それは僕の仕事ではない、とお断りしました。なんでも屋ではありませんし、自殺幇助は違法です。お引き受けすることはできません、とはっきりお答えしました。それでも、彼女の話し相手として、励ますことはできます。自殺以外なら、相談に乗ることもできます。病気が治る見込みは薄いとしても、話を聞くだけでも、彼女に寄り添えるのではないか、と考えました。生きている時間を大切に持てば、なにかのきっかけで、死にたいという気持ちも収まるだろうと……。気分が良くなるときだって、きっとあると思ったんです」

「そうですよね、そのとおりだと思います」小川は頷いた。目が熱くなるのを感じた。鷹知の優しさが伝わってきたからだ。「だけど、その話、警察にしたら、絶対に疑われますよね」

「それでも、あんなに高いところに持ち上げることは、僕だってできません。だいたい、僕が自殺幇助をしたのなら、自分で発見者にはならなかったでしょう。携帯には、沙絵子さんから電話があったことが記録されています。それは警察にも見せました。通話記録は、警察も調べるはずです」

「不思議ですねぇ」加部谷が唸った。腕組みをして、目を瞑《つぶ》っていた。考えるポーズのようである。彼女は目を開けて尋ねた。「ところで、大日向邸の母屋には、誰がいたんですか？」

「それが、不思議なことに、誰もいなかったみたいなんです」鷹知は答える。「警察が来て、母屋へ人を呼びにいきましたが、留守だったそうです。それで、大日向氏の事務所へ連絡をして、そこから大日向氏へ電話をかけたみたいですね。昨日は、僕は大日向夫人とも、大日向氏とも、誰とも会っていません。あと、息子さんも不在だったし、それから家政婦さんも、いなかったということです、二人とも」

「私、夫人が出かけるところを見ていました」小川が言った。「そのとき、家政婦さんがゲートまで見送りに出てきましたけれど」

「それじゃあ、そのあと出かけたか、帰ったかしたんですね」

「大日向氏が出かけるまで、正面ゲートを見張っていましたから、家政婦さんが出かけたのは、そのあとです」

「もう一人の家政婦さんは、どうしていなかったんでしょう？」加部谷がきいた。

「誰もいないと、沙絵子さんは不自由があったのでは？」

「はい。もう一人の方は、沙絵子さんに頼まれて、駅の近くまで買いものに出ていたんです。警察が来て、しばらくしてから帰ってきました。沙絵子さんのお世話をしている人で、住み込みです。同じあの離れに住んでいるんです。昨日は、彼女とは話ができませんでしたが、少なくとも、犯人以外で最後に沙絵子さんと会っているのは、その人です。僕は、顔を知っているくらいで、話をしたこともありません。名前も知りません」

「沙絵子さん自身が、遠ざけた印象ですね」小川は言った。「やっぱり、自殺を計画していた、ということでしょうか」

「そうですね。僕も、実情を知っているので、そう考えるしかないのかなと……」

「鷹知さんに相談を持ちかけたということは、弟の大日向氏にも、死にたいと話している可能性がありますね」小川は言った。「仲の良い姉弟だそうですから」

「それは、僕は聞いていません」鷹知は首をふった。

## 10

夕方になって、小川は一人で大日向邸へ向かった。カメラを取り替えるつもりはない。セットされているカメラを回収できれば良い、と考えた。

まず、裏ゲートに向かった。小さなカメラは、大日向邸の塀の上ではなく、道の反対側の格子の鉄柵《てっさく》に粘着材で貼り付けてあった。

歩きながら、前後を確かめる。一瞬だけ立ち止まり、屈《かが》んで横に腕を伸ばした。手探りでカメラを見つけて摑《つか》み取《と》った。

カメラはポケットに入れて、そのまま歩く。同じ道を歩いている人はいない。正面ゲートに向かうまえに、カメラ映像を記録している受信機を回収した。これが一番大事なアイテムだ。大日向邸からは少し離れた場所で、低い樹の中に隠されている。暗かったものの、場所はすぐにわかり、こちらも無事に回収できた。これさえあれば、撮影された映像を見ることができる。

つづけて、正面ゲートのある道に出た。警察の車だろうか、ゲートの前に二台のワゴン車が駐車され、警官が立っているのが見えた。規制線などは張られていない。敷地内にも来客用の駐車スペースがあるので、そこに入りきらない車両だろう。

警官がいるので、カメラを回収するかどうか迷った。しかし、距離はある。なにかを落として、拾う振りをしようか、と考えた。

ところが、近づいていくと、警官がゲートの中に入っていった。呼び出されたようだ。その隙《すき》に、道の反対側の塀の窪《くぼ》みの低い位置にセットしたカメラを摑み取った。

彼女はそのまま駅へ向かって歩く。加部谷は、今日は帰宅した。なにか用事があるようだった。おそらく一人で映画でも観にいくのだろう、と勝手に想像。

事務所に戻っても寒いだろうな、と考え、小川は帰宅することにした。自宅の近くで、インスタントの鍋ものを購入。火にかけるだけで一人分が出来上がる商品だ。アルコールは、たしかまだあるはず、と思って買わなかった。

帰宅して、まず鍋をコンロにセット。カメラの映像を見るため、パソコンとケーブルで結ぶ。ファイルのウィンドウが表示されたので、安心して、キッチンに戻った。料理ができてから、テーブルに移動し、熱いものを少しずつ食べながら、映像を見た。

どちらのカメラも正常に機能していた。早回しのアプリは端末にしかないので、そちらで動きがあった時間を見つける。その時刻をパソコンのモニタで確かめた。

昨日の午後は、息子の星一郎が車で出かけている。その次は、大日向夫人だった。タクシーに乗るところが映っていた。そして、大日向慎太郎。ここで、小川は彼の尾行を始めたわけだ。

その後すぐに、家政婦の一人が出てきた。これは通いの若い方だろう。鷹知の話によれば、母屋で働いているのが彼女らしい。それで全部である。その後は、誰も出ていないし、入った人間もいない。このあと、パトカーや救急車が到着し大勢が出入りする。また、大日向慎太郎がタクシーで帰宅する場面があった。

次は裏ゲートである。こちらは、ほとんど出入りがない。昨日の午後は、家政婦が出かけるところから。その約二十分後に、鷹知がやってきてインターフォンを鳴らして待っている。彼は中へ入っていく。

ゲートの鍵が開いていたのは、家政婦が買いものに出かけたためだろうか。彼女が鍵をかけ忘れたのか、あるいは近くだから面倒なので開けたままにしたのかのいずれかといえる。さらに、次に警官が登場した。その警官はゲートから出てきた。つまり、正面ゲートから入り、敷地内から離れへやってきたということだろう。その後は、救急車もこちらへ回ってくる様子が記録されている。

不審者は、映像にはなかった。

入ってもいないし、出てもいない。

「どういうこと?」熱い豆腐を食べながら、小川は呟いた。

いったい何があったのか、という問題よりも、どうすれば、人が高く吊るされるような状況になるのか、が不思議だ。

それに、いったい誰がやったのだろう?

加部谷に電話をかけたかったが、思い留まった。若者を束縛してはいけない、と思ったからである。明日、事務所で話せば良い。しかし、我慢ができず、鷹知祐一朗に電話をかけた。

「なにか、わかりましたか?」鷹知がきいてきた。

「カメラを回収して、今ざっと見てみたんだけれど。正面と裏口と、昨日の午後の記録を……」

「誰か、出入りしていました?」

「それが、誰も映っていないの」小川はそこで溜息をついた。「家の人は、全員が外に出ている。それが証明できるだけ」

「僕が入るところも言ったとおりだったでしょう?」

「そう、精確な死亡推定時刻が判明すれば、鷹知さんの無罪は証明できるかな」

「いえ、それはできませんよ。ゲート以外から侵入することが可能ですから、大した意味はありませんね」

「じゃあ、どういうことになる?」

「さあ、さっぱりわかりません。どうなるんでしょう?」

「沙絵子さんが、実は病気ではなくて、一人でアクロバットみたいなことをしたってことかしら?」

「それでも、梯子《はしご》かなにかが残っていないと、説明がつかないのでは？」

「それを隠せるのは、家の人たちではない、となると、誰？　あ、そうか、家の人でも良いのか……、ただ、大日向氏は除外される」

「怪しいのは、僕ですね」鷹知は笑った。「短い時間ですが、縄梯子くらいなら撤去することは可能でした。警察が来るまえにどこかに埋めたとか」

「そう疑われている、ということ？」

「可能性として、ほかにありませんよね。僕は事前に沙絵子さんと会っているし、なにかを依頼されているわけです。状況は、厳しいです」

「大丈夫ですよ。とりあえず、カメラで記録していたことは口外しませんし」

「夫人が警察に教えてしまう可能性はあります」

「それは……」小川は言葉に詰まった。そうなると、鷹知を追い詰める証拠を、提出しなければならなくなるのだ。

「もちろん、心配はいりません。その場合は、言われたとおり映像を提出して下さい。隠す方が不自然です」

「はい……」と返事をするしかなかった。

# 第3章　人生の終わり

かくて人間は、その後の進歩にもかかわらず、宇宙を構成する偶然の諸力にななすすべもなく裸でつながれていた隷従状態から、依然として抜けだせずにいる。人間をひざまずかせる権勢が、慣性的な物質を離れて、人間自身が同類と作りあげる社会へと移ったにすぎない。つぎつぎに変貌《へんぼう》していく宗教感情の形態をとって、人間に崇敬の対象として課されているのは、この社会にほかならない。

## 1

大日向沙絵子の死は、報道されなかった。彼女は一般人と見なされた、ということだろう。鷹知は翌日も警察で六時間も拘束されたという。被害者はたしかに自殺をした。遺体の解剖結果からも不審な点は見つからなかった。だが、自殺を実行するためには、彼女一人だけでは不可能だとの見方が強い。健康な軽業師、あるいは体操の選手でもなければ不可能だ。そして、その場合でも、首を入れる輪まで上るための梯子かロープの類《たぐい》が必要であり、その道具を死後に取り除くためには、どうしても他者の関与が必要となる。

大日向邸には、沙絵子以外、誰もいなかった。申し合わせたように全員が外出していた。大日向夫人は、友達と食事の約束をして出かけていて、どうやらその友人の証言は取れたようだった。警官がそんな話をしているのを、鷹知が聞いたからだ。また、大日向慎太郎は、タクシーに乗って出かけていた。それも、タクシー会社に問い合わせれば、記録が残っているだろう。星一郎は、大学が終わったあと、友達と一緒だったそうだ。通いの家政婦はいつもの時刻に退出しているし、もう一人は、沙絵子の指示で買いものに出かけていた。

これらは、小川がカメラ映像を提出しなくても、近所の防犯カメラなどで、簡単に証明ができるはずである。

こうなると、鷹知が話したとおり、何者かが周囲の塀のどこかから敷地内に入り、沙絵子の自殺のアシストをした、と考えるしかない。警察は捜査を続けているが、殺人事件としてではないようだった。そのような報道は今のところない。

この点について、鷹知は、沙絵子の遺書が存在するのではないか、と語った。そのため、警察は、殺人ではなく、自殺幇助として捜査をしている。警察の意気込みに、この差は大きく影響するだろう。

沙絵子の自殺は木曜日だったが、週末になったため、三日間、小川は大日向聖美に電話をかけることを我慢した。ところが、月曜日の早朝になって、聖美の方から電話がかかってきた。

「もしもし、大日向ですけれど」

「あ、おはようございます。このたびは大変なことでした。お悔《く》やみ申し上げます」

「明日が通夜で、明後日《あさって》に簡単な葬儀をします。自宅でひっそりと」大日向は事務的な口調で話した。「いえ、それは良いのですけれど、あの、確認したいことがあるの」

「はい、何でしょうか?」

「浮気調査のことは、警察には内緒にしておいてほしいのです」

聖美の意外な申し出に、小川は非常に驚いた。こちらは警察との接触はないのだから、聖美自身が言わないかぎり、警察が知ることはない。また、沙絵子の自殺から既に三日以上経過しているのだ。どうして、今頃その話を、と思わざるをえない。

「いえ、それは当然のことです。第一、警察は私たちのところへは来ません。調査をしていることは、奥様が話さないかぎり、誰にも知られません。それに、まだなにも成果がありませんし、今回のご不幸とは、まったく関係のないことだと存じます」

「警察が、尋ねてくるようなことがないかしら？」

「はい、ないはずです。仮にあったとしても、ご依頼の内容や調査について話すようなことは、断じてありません」

「そうして下さい。夫に知れたら、叱《しか》られます」

これもまた、意外な言葉だった。浮気を疑うことで慎太郎が怒る、という意味だろうか。

しばらく、電話で沈黙が続いた。

「あの、調査については、いかがいたしましょうか？　しばらく中断した方がよろしければ、そういたしますが」

「いえ、続けて下さい」聖美は即答した。続く言葉を待ったが、また沈黙した。

「承知しました。カメラは、現在はすべて撤去してあります。警察に見つかる可能性があったからです。今は再度セットするのは難しい状況ですので、二十四時間の監視は、しばらくは行えませんが……」

「ええ、可能な範囲でけっこうです」

「先日お話のあった、屋内に盗聴器などをセットする件も、今は無理だと思います
が……」

「ええ、それは、またそのうちに」

「わかりました」

「どうかよろしくお願いします」

「では、引き続き、調査をさせていただきます」

どうも変な話だな、と思いながら電話を切った。ちょうど、加部谷が出勤してき
た。

「大日向さんから電話があったんだけれど」小川は話す。「調査を続けてくれって」

「浮気どころじゃないのでは？」加部谷は口を歪める。

「まあ、仕事ですから、言われたとおりに動きましょう」

加部谷は、湯を沸かしている。紅茶を淹れるという。飲みますか、ときかれたの
で、小川は頷いた。

「思いついたことがあるんですけれど」お湯をカップに注いだところで、加部谷が言

いだした。「車椅子に特別な仕掛けがあるんじゃないでしょうか」

「特別な仕掛け？　たぶん、腕でタイヤを回すようなのではなくて、モータで動くタイプでしょうね。ああいう病気の方は、たいていそうだと思う」

「いえ、そういう仕掛けではなくぅ」

「え、何なの？　ぽーんとジャンプするような？」

「ジェット機の脱出装置みたいなやつですね。そんなのあるわけないじゃないですか」

「ジャンプしたときに、天井からぶら下がっていたロープに、首が引っかかったとでも言いたいの？」

「人の不幸を笑い話にしないで下さい」加部谷は笑っていた。「違いますって」

「じゃあ、どんな特別な仕掛け？」

「えっと、車椅子を利用している人が困るのって、高いところに手が届かないことなんです。たとえば、本棚とかの上の方のものが取れない。家政婦さんにいちいち頼むわけにもいかず、ご自分でしたい場合があると思うんです。特に、ずっと以前から車椅子生活だったわけではなく、病気で最近不自由になった方だったわけですから」

「マジックハンドとかが付属しているとか？」小川がきいた。

「えっと、座席がジャッキのように高くなるんじゃないかと」加部谷は答えた。

「高所作業車ってありますよね。工事なんかで使うやつです。あんなふうに座席がう〜んってモータで押し上げられるんです」

小川は、数秒間想像してみた。「できないとはいえないけれど、でも、ちょっとやそっとの高さじゃなかったみたいだったよ。一メートルくらいじゃあ、全然足りないでしょう?」

「それは、特注だったんですよ。五メートルアップできる」

「それって、危なくない?」

「ま、それなりには」

「そんな仕掛けがあったら、警察はすぐに気づくでしょう」

「それは、ええ……」加部谷は頷いた。

彼女は、紅茶のカップを小川のところへ運んできた。

「ありがとう」小川はデスクで片肘をついていたが、それを解いた。「そうか、警察はそれを知っているから、自殺だと判断している。そういうことかな?」

「そうです。私が言いたかったのは、それです」加部谷が頷いた。

「だとしても、謎は残るよね」

「え、どうしてですか?」

「だって、そんな五メートルも高い場所をわざわざ選んで首吊りしなくても良いでしょう? 座席を少し上げて、届く範囲で、ほんの少しだけで充分じゃない。あとは、首を入れて、シートを下げるスイッチを押した。車椅子は元通りに戻って、自殺が完了ってなる」

「自殺だと見なされたくない、という意思の表れだと思うんです」

「自殺だと見なされたくない?」小川は首を三十度以上傾けた。「だったら、首吊りなんかしないで、もっと事故に見せかけるとか、殺人に見せかけるとか、ほかの方法になるでしょう?」

「いえ、その、難しいんですが……、一見自殺に見えて、実は変だ、というぎりぎりを狙《ねら》ってきたわけですよ」

「なんで、そんなぎりぎりを狙うの?」

「一見して事故や殺人に見えるような方法は、たちまちニュースになりますよね。それでは不都合なんです。一見自殺に見えて、だけど方法がわからないとなれば、とりあえずは、大騒ぎにはならない。でも、謎が残って、いろいろ調べざるをえない。特に、自殺を助けた人間がいるとなれば、身内の誰かがアシストしただろうって考えるのが普通ですから、広く捜査が行われるのではなくて、身内に事情をきく、といった具合になりますよね」

「よくわからない。それを狙ったというの？　誰が？　沙絵子さんが？」

「もしくは、身内の誰かが」

「駄目だ……」小川は首を左右に往復させた。「君が言いたいことがわからない」

「私も、自分の言っていることが百パーセント理解できているかといえば、正直微妙なところです。うーん、なんかでも、そんなふうにしか考えられないんですよ、今回の場合」

「それは、うん、そうかも。ほかに考えようがないよね」

「どういったシチュエーションなのか、とさらに考察を推し進めてみますと……」加部谷は自分の椅子に座って、紅茶を一口飲んだ。「自殺は自殺である、という主張がまずあって、ただ、それをアシストする家族もいる、ということを暗に訴えているわけですね」

「だから、それはつまり、何なの？」小川はきいた。「どうして、そんなややこしいことを訴えたいの？」

「うーん、ずばり言えないのですけれど……。そういう死に方なんですよ、とにかく、沙絵子さんは自分の死に方に拘《こだわ》ったんです」

## 2

鷹知祐一朗とまた会うことになった。小川の事務所の近くの喫茶店で、ランチを三人で食べる約束をした。そこへ向かう途中、加部谷が話した。

「あの海の詞を読んだんですけれど、最後に、二人を見ていた海、で終わる歌があって、それが、橋の上、川面《かわも》に映る日、二人で飛ぼう、とかって言葉が出てくるんですけれど」

「へえ……」小川も読んだのだが、覚えていなかった。「それで?」

「いえ、それだけです。歌に出てきたシチュエーションということですね」

「大日向氏は二人じゃなかったよ。一人で泣いていた。それに、海とは反対側を向いていたし」

「海を見ていたんじゃなくて、海が見ていたんです」

「あ、そう……」

「まあ、しょせん、歌ですけれど」加部谷は、それだけ言って黙った。

店に到着すると、駅の方から鷹知が歩いてくるのが見え、三人一緒に店に入った。一時を少し過ぎていたので、ランチタイムとしては遅い。店内も混《こ》んではいなかった。

鷹知は、警察の事情聴取で時間を取られているが、幸い仕事は忙しくないので、今のところ問題はない、と話した。さらに、刑事との会話から、警察が今回の事件をどう考えているのかが、少しずつ見えてきたようだ。

遺体の状況からも、事件性は見出《みいだ》されていない。鷹知を含め、家族からの事情聴取でも、本人は病気で悩んでおり、自殺を望んでいた。そういった点に鑑《かんが》み、大日向沙絵子は、自分の意志で死を選んだ。ただ一点、その方法に不可解な部分がある、ということである。

「自殺をするなら、睡眠薬とか、ほかに方法があったと思います」鷹知は言った。「これは、僕が彼女から話を聞いたときにも、そう思いました。睡眠薬だったら、普通に入手できると思います。たしかに、確実に死ねるかという点で不安はありますが、でも、自分で飲むことができたはずです。沙絵子さんは、まったく全身が麻痺《まひ》していたわけではありません。いずれは、手も動かなくなると言っていましたけれど、そうなるまえに、と考えたのかもしれない」

「腕を持ち上げることはできたのですか？」加部谷がきいた。

「ええ、それくらいはできました。両手を真っ直ぐ上げて万歳《ばんざい》ができたかとか、重いものが持ち上げられたかどうかは、わかりませんが、コップを手に持って、自分で飲んだり、食べたりはできました」

「だとすると、首吊りを選んだのは、どうしてなんでしょう？」小川はきいた。「睡眠薬は使われていなかったのですか？」

「そこまでは知りません。ただ、物理的に、あの高さで首を吊るよりは、簡単だと思いますし、自然だと思います」

「それについて、加部谷さんが変なことを言っていたんですよ」小川は加部谷を見た。

加部谷は、再び曖昧《あいまい》な仮説を説明することになった。二回めだったけれど、ほとんど進歩していない。相変わらず、とりとめもない推論だった。自殺に見えなければ意味がない、さらに他者のアシストが必要だったことも主張する必要があった、というものである。

結果として、それはいったいどういった条件で生じる動機なのか、という点に明解に答えられないのが難点といえるだろう。

小川は、半分笑って聞いていたが、鷹知は途中から押し黙り、壁を見つめて考えている様子である。壁には季節外れのファッションのポスタが貼られていたが、それを見ているわけではなさそうだ。

「うーん、なかなか鋭い洞察だと思う」鷹知は呟いた。

「え、本当に?」小川はびっくりして、彼を見て、それから再び加部谷を見た。

「ですよねぇ」加部谷は満足げな顔で顎を上げる。「私って、鋭すぎて周囲から認められないことがあるんです」

「周囲って、私?」小川は眉を顰める。「え、わからない、どのあたりが鋭いの?」

「おそらく……」鷹知が話した。「沙絵子さんは、自らが勇気を持って死を選択した、ということを主張したかった。そういう推測ですよね?」

加部谷はケーキ屋の前の人形のように頷く。

「それは、ええ、僕としては、心当たりがあります。彼女が僕に、自殺幇助を持ちかけるような相談をしたのも、その一環だった可能性があると、ええ、今は考えています」

「自分が自殺したいことを、周囲に伝えたかったのですよね」加部谷が言った。

「はい、明らかに、そう見えました」

「ちょっと待って」小川は、そう言ってから、言葉を選んだ。「えっと、単に自殺するだけじゃ駄目だったということ？　周囲に知ってもらうって、何を？　自殺したいんだという気持ち？　そんなの、自殺すれば、周囲に知れ渡るじゃないですか。それでも不足なら、遺書を残して、自殺したい気持ちを綴《つづ》れば良いでしょう？」

「えっと、そうではなくて……」鷹知が片手を広げて見せた。「病気が進行して苦しんでいる立場から、自分のような境遇であれば、自殺することにもっと社会的な支援が欲しい、そういった仕組みがあるべきだ、という主張だと思います」

「あ、そうですそうです」加部谷が声を上げた。「私が言いたかったのは、それです。社会的支援か、そうですよ。社会的理解でも良いと思います」

「支援？　理解？　社会にどうしてもらいたいわけ？」小川は加部谷を見据える。

「自殺って、普通は、してはいけないもの、残された人たちが悲しむものっていう理解じゃないですか」加部谷は言った。「私も自殺しようと思ったとき、その社会的理解に苦しみましたよぅ。親は悲しむだろうなって、知合いのみんなに迷惑がかかるだろうって……」

「悲しむのが普通でしょう」小川は言い返す。「駄目だよ、自殺なんかしちゃ」

「私は、まあ、なんとか、その、立ち直りましたけれど、でも、沙絵子さんのようなケースは、立ち直ることはずっと難しい。そうじゃないですか？　病気は治らないんだし、そのうちに自分ではなにもできない状況になるんですよ。周囲の人に迷惑をかけることになるわけです。そんな場合には、自殺を選ぶことに対して、ある程度の理解が欲しい、ということですよ」

「いやぁ、それは……」小川はシートにもたれた。「私は、賛成できないなぁ。どんな場合であっても、人間の命はかけがえのないものだし、一度失ったら、二度と取り返せないんだから。そんな簡単に、死んで楽になりましょう、ってわけにはいかないわよ」

「いえ、小川さんの意見は、実に常識的なものですよ」鷹知が優しい口調で言った。彼の声はとてもジェントルで、多くの女性がついていってしまうだろうな、と小川は勝手に想像している。「これは、どちらが正解だという問題ではないと思います。人それぞれに、自分の生き方があり、自分の死に方がある、その自由が基本的にある、ということなのでは？」

「そうですそうです。それが言いたかった。鷹知さんに感謝」加部谷が両手を顔の前で合わせる。「自分のような立場もある、ということを社会に訴えたい人もいるんです」

「うーん、でも、個人の自由だからといって、なんでも好き勝手にできるわけじゃないでしょう？　社会の一員として、家族の一員として、周囲を悲しませるようなことをできるだけ避ける、というのが、人間らしい行動だと私は思う」

「僕の想像ですけれど、沙絵子さんは、弟の慎太郎さんにも、自殺することを伝えていたんじゃないでしょうか」

「だから、みんながいなくなったってこと？」小川は口に手を当てた。「それって、逆じゃないですか。みんなで説得して、止めなきゃいけないのに」

「うーん、でも、どうして家からいなくなる必要があるんですか？」加部谷は、クリームソーダの長いスプーンを動かしながら言った。

「まず、自殺を止めることは、たぶん、もうとっくに諦めていたのだと思います」鷹知は答える。「コンセンサスが既に得られていたと。そのうえで、沙絵子さんは、いよいよ実行のときが来たから、みんなにアリバイを作るように指示したのではないでしょうか」

「アリバイを作る？」加部谷が高い声を上げる。「あ、そうか……」

「え、何？」小川にはわからなかった。

「沙絵子さんは、自殺のアシストが必要だという主張をしたかったので、そう見えるような自殺方法を選択したんです」鷹知が話した。「そうなると、身近な人たちは、警察から自殺幇助を疑われることになります。現に、僕が今それを疑われています。その迷惑が及ばないように、家族みんなにアリバイを作るように指示したのではないでしょうか。それで、全員が不在になったというわけです」

「鷹知さんは？」小川はきいた。「鷹知さんにも、アリバイを作るように指示がありましたか？」

「残念ながらありませんでした。でも、電話をもらっていますし、そのときは、二十キロ以上離れたところにいて、そのアリバイは証明できます。死亡推定時刻には、僕は移動中でした。電車に乗っていました」

「そのアリバイを証明するために、私たち、雇われたみたい」小川は呟き、加部谷の顔を見た。「でも、夫人からは、警察に情報を提供しないように、と釘を刺されました。あと、浮気調査は、なんと、継続しろと」

「そうですか……、じゃあ、今までの話は、違うかもしれませんね」鷹知が微笑んだ。「単なる仮説です。このとおりだったということは、たぶんないというのが、僕の個人的な感想」

「なんだ、そうなんですか」小川は苦笑いした。

「いえ、わかりませんよぅ」加部谷は、クリームソーダのクリームを沈めていて、こちらを見ていなかった。

「僕は、これから、大日向慎太郎氏に会いにいきます」鷹知は言った。「沙絵子さんの最期がどんなふうだったかを知りたいということです」

## 3

午後は、二人で大日向邸の偵察に出かけた。警官は立っていなかったが、正面ゲートから覗き見える範囲の駐車スペースに警察らしき車両が二台あった。カメラの設置は、もう少し延期する決断をした。ほとぼりが冷めるまで待った方が得策である。当然ながら、近所をうろつくのも控えた方が良いので、張込みもできない。この頃は、どこに防犯カメラがあるかわからない。

事務所でネット調査をしているとき、小川の端末に電話がかかってきた。

「小松崎さんですか？」という男性の声だった。

「あ、はい、私です」咄嗟にいつもより少し高い声で応対する。

「私、大日向慎太郎のマネージャをしております草鹿《くさか》と申します」

「はい」くさか、という漢字を小川は考える。

「大日向の記事を書きたいと聞きましたが、その後、どのような進展になっているでしょうか？」

「あ、いえ、全然なにも進んでおりません。なにか、記事になりそうなトピックスがありませんか？」

「はい、お電話をしたのはですね、大日向の姉が、先日亡くなったからです」

「あ、そうだったんですか」もちろん、知らないふりをした。

「大変仲の良い姉弟だったのです。ずっと苦楽を共にしてきた、と私も聞いております」

「はあ、そうですか」

「どうでしょうか、それで記事にしていただくのは……」

「お姉様は、一般の方ですよね？　共同で仕事をされていたわけではなく」

「一時期は、作詞家の弓長瑠璃の付き人をされていましたので、まったく無関係というわけではなく、作詞の仕事には詳しかったはずです。ただですね、久しく病床についていらっしゃったのです。ここだけの話ですが、実は、その、自殺をされました」

「え、そうなんですか」無理に驚いた振りをして、しばらく間を置いた。「それは、また……、なんと申し上げて良いのか……、大日向さんも、気を落とされたのではないでしょうか？」

「はい、それはもう……。あの、非常に珍しいことなんですが、もし記事になるのでしたら、インタビューを受けても良い、と大日向が言っておりまして……」

「え、インタビューは受けないと聞いていましたけれど」

「はい、ですから、大変異例のことで、私自身も驚いております。大日向慎太郎のインタビューとなれば、かなりセンセーショナルなものになると想像します。いかがでしょうか？」

「そうですね。はい、わかりました。ちょっとこちらで確認を、いえ、社内で相談をしてみます。もちろん、私としては、願ってもないことです。あとで、こちらから連絡させていただきますので、少々お待ちいただけないでしょうか」

「はい、わかりました。どうぞよろしくお願いします」

　電話が切れた。小川は偽の名刺を音楽事務所に置いてきたのだ。その場かぎりのことと考えていたが、予想外にも話が進展してしまった。出版社に電話をされなくて助かった。携帯の番号を尋ねられたので、名刺に書き込んでおいたのだ。

「どうしたんですか？　変な声でしたよ」加部谷がきいた。

「困ったなぁ……。どうしよう？　大日向慎太郎のインタビューをしてくれって言ってきた。このまえのこと、本気にされちゃった、どうしよう？　インタビューだけなら良いけれど、記事にすることが条件みたいだった。断るしかないかなぁ。でも、断ったら、出版社に怒鳴り込まれそうな気がする」

「そういうことだったら、えっと、なんとかなるかもしれません」加部谷が言った。

「なんとかなるって、どうなるの？」

「少々お待ち下さい」加部谷は立ち上がり、部屋から出ていった。通路の先へ行き、階段を下りていったようだ。外に誰かいるわけではない。電話をするのだろう。聞かれてはまずい、ということなのか。

彼女は、にこにこ顔ですぐに戻ってきた。

「なんとかなりそうです。オッケィですよ」加部谷は言った。「友達に、芸能関係のジャーナリストがいるんです」

「知っている、安藤さんでしょう？」

「はい、そう、そのとおりです。彼女に相談してみました」

「え？　ああ……、そうか、本当に記事にしてもらえば良いのか、なるほど、そうだね。うわぁ……」小川は目を見開いた。それから、深呼吸をした。「本当に？　上手くいくかしら？」

「安藤さん、完全に乗り気でした。今、出版社と掛け合ってくれていると思います。ただ、安藤さんが記事の著作権者になります」

「もちろん、それは当然」小川は頷いた。

「少しくらいは、交渉したら請求できるかも知れませんよ。もしかして、本が大ヒットしてベストセラになったりしたら、馬鹿《ばか》にならない額がもらえるかも」

「え、そうなの？」

「いえ、知りませんけれど」

「お金のことは、うん、この際、諦める。私の嘘が招いたことだから」

「そもそも、小川さんは、インタビューできませんよね。大日向氏に顔を見られていますから」

「いえ、それは、たぶん大丈夫だと思うけれど……。あのときはマスクをしていたし、夜だったし」

「髪形を変えて、度の強そうなメガネをかけて、そばかすメークとかしていく手はありますよ」

「嫌だな、そんなの」小川は即答した。「インタビューは、ええ、お任せします。録音してくるんでしょう？　それを聞かせてもらえれば充分」

「たぶん、動画の撮影はNGでしょうね。大日向慎太郎は、アップの写真でさえ、ほとんど出回っていませんから」

「家庭のこととか、恋愛のこととか、そういう方面の質問がしたいなぁ」小川は言った。「浮気したいですか、みたいな……」

「そんなの正直に答える馬鹿はいませんよ」加部谷は笑った。「浮気って、浮気したい人が積極的にチャレンジするものなんですか？」

「私、したことないから、わからない」

「え、したことないんですか？」

「うーん、難しいよね、浮気の定義がさぁ」

「難しくないですよ。誤魔化さないで下さい」

「だって、相手に奥さんがいて、浮気だったとしても、こちらはその人だけって場合があるでしょう？　それは、浮気していることになるの？」小川は早口で言ってしまったあと、慌ててつけ加えた。「いえ、たとえばの話だよ」

「客観的には、まちがいなく浮気になりますよ。相手に奥さんがいることを知らない場合であっても、客観的には浮気をしていることになります。過失浮気ってことです」

「そうなの？　それって、変じゃない。あらかじめ防ぎようがないわけで……」

「最初に、ちゃんと確認しなさいってことですね」

「そんなこと言われてもさぁ……、気づいたときには、もう手遅れって場合も、あるでしょう？」

「そういうことです。まあ、完全には防ぎようがありません。浮気だと認識したときに、どの程度の抵抗を試みるか、ということですね」

「加部谷さん、冷静だね。感心するわ」

「まあ、いろいろ勉強させてもらいましたから……」眉を片方吊《つ》り上《あ》げて、珍しい表情をつくった。「それはそれとして……、インタビューなんかしても、調査の足しにはなりませんよ」

「そう？　でもさ、家に入れたら、盗聴器を仕掛けられるかも」

「違法です」加部谷が首をふった。「依頼人の指示に従った方が賢明だと思います」

「冷静じゃない、やっぱり」小川は微笑んだ。「頼りになるなぁ」

「えっと、雨宮さん、いえ安藤さんに、大日向さんのお姉さんの自殺について話した方が良いと思いますが、どこまで話しましょうか？」

「うん、そうだね……。私たちが知っていることは、鷹知さんから聞いたことがほとんどだから、内緒にしておかないといけないこともある。えっと、といって報道されている情報なんて、なにもないわけだから……」

「そう、亡くなったということは、マネージャさんも話していたわけでしょう？」

「そう、それは、伝えても良い。というか、お姉さんが亡くなったから、それでインタビューを受けても良いみたいな感じだった」

「では、なにか、それについて話したいことがある、というわけですね」

「え？　お姉さんの死について？」小川は首を傾げて、息を吸った。

「じゃないですか？」加部谷は、うんうんと頷いている。

「かなぁ……」自分が受けた電話だが、緊張していて、小川はそこまで考えてはいなかった。「もしかして、鷹知さんと話した、あれかも」

「何ですか？」加部谷が尋ねる。「あ、そうか、自殺の社会的理解を求める主張？」

「そうそう、大日向氏は、お姉さんからなにか聞いていて、そのことについて、社会に向けて発言しなければならない、と考えたのかも」

「そうなると、安藤さんに、事前にその話を伝えておかないといけませんね」

「うーん、そうだね」小川は頷いた。「彼女、信頼できる人？」

「親友です」

「口は固い？」

「さあ、どうでしょう」加部谷は肩を竦《すく》めた。「口が固いか柔らかいか、試したことはないです。大学のときのクラスメートですけれど、社会人になってからは、あまり会っていなかったから、どんな大人になったのか、想像がつきません」

「最近は会っていないの？」

「いえ、会いましたよ、つい最近。うーん、まあ、昔のままでしたね。はは……」加部谷は笑った。「口が固いかどうか知りませんけれど、口は悪いですね」

「え、そう？　そんなふうには見えなかったけれど」

「猫を被っているんですよ、キャットウーマンみたいな」

「独身？」

「だと思います」

「芸能界には、詳しいの？」

「もともと地方の局アナだったんですよ。レポータをしていました。出身は、私と同じく工学部なのに」

「見た目が派手だから？」

「派手ですよね。学生のときからずっと派手でした。そこそこもてたはずなんですけれど、不思議とボーイフレンドとかの話を聞きませんでした。そうそう、お兄さんが暴走族でした」

# 4

二時間後に、雨宮が事務所を訪れた。

「ご無沙汰《ぶさた》しております」彼女は、小川にお辞儀をした。「うちの加部谷がご厚情に与《あずか》り感謝に堪えません。不束《ふつつか》者ではありますが、どうか我慢をして末長く使ってやって下さい」

「わざとらしいのやめてよね」加部谷は吹き出した。

「不束どころか、有能なの。期待以上です」小川は微笑んだ。

「本当ですか?」雨宮は両手を広げ、大袈裟なリアクションを見せた。「いえ、それよりも、このたびは、思いもしなかったチャンスといいますか、お仕事のご依頼で、本当に本当に感謝しております。東京へ出てきたものの仕事が取れず、故郷に帰ろうかって悩んでいた矢先のことなんです」

「話がオーバだよ」加部谷が呟いた。

「いえ、大日向慎太郎のインタビューが取れるなんて、誰も考えてもいませんよ。会って話をするのも難しいと思います。調べたら、十数年まえに、ラジオに出演したことがあるそうですけれど、そのときもサングラスとマスクで顔を見せなかったと聞きました。作詞家としてデビューした当時の数枚の写真しか出回っていないんですよ。雑誌などの取材は、すべてメールやファックスで質問に回答するという形式です。もちろん、ご自身が本などで人生を語られたこともありませんから、もしこれがきっかけで、本にできたら、どこの出版社でも引き受けてくれるはずです。念のため、知合いの編集者にそれとなく相談したら、万が一実現したら絶対にうちで出させてほしいって懇願《こんがん》されましたから」

「よくしゃべるでしょう？」加部谷が小川に囁いた。

「私が雑誌社の記者だって、話を合わせておいて下さいね」小川は言った。

「もちろん、はい、大丈夫です」雨宮は両手を握って胸まで持ち上げる。

「急に別の部署へ異動になったということにして、後任者だと安藤さんを紹介しますから」小川がつけ加えた。

「小松崎静香さんだから」加部谷が、小川を指差した。

事務所で打合せをしているうちに、外は暗くなった。食事を一緒にしよう、という話に自然になり、駅前の居酒屋を小川が提案した。事務所は閉めて、三人で冷たい風に向かって歩いた。

結局、小川たちが受けている調査依頼についても、ありのままをすべて雨宮に話すことにした。また、大日向沙絵子の自殺についても、二人が仕入れた情報はすべて雨宮に伝えたうえで、知らないことにしておいてほしい、と頼んだ。

「そうなんですか、それはまた、重いというのか、ハードな状況ですね」雨宮は歩きながら話した。「そうなると、インタビューも、お姉様の話になる可能性が大きいわけですね。あの、それよりも、大日向氏の調査はどうなったんですか？」

「君、その話したの？」小川は加部谷を睨んだ。

「していませんよ」ぶるぶると彼女は首をふった。

「なんか、橋から飛降り自殺しかけたとか、じゃなかったですか？」雨宮がきいた。

「どうして知っているの？」小川の声が高くなる。

「私は、なにもしゃべっていません」加部谷が言う。

「君じゃなかったら、誰がしゃべるの？　え？　鷹知さん？」

「小川さん、さっきから、いろいろばらしていますよ。調査が本当だとか、橋から飛降りとか、全部認めちゃってるじゃないですか」

「いえ、私は……」

「鷹知さんって誰ですか？」雨宮がきいた。

「もう……、隠し事っていうのは、難しいよね」小川は微笑んだ。

「あのとき、小川さんから電話を受けたときですよ、雨宮さんが近くにいたんです」

加部谷は説明した。

「大日向慎太郎にスキャンダルが、と意気込みましたが、各方面で聞込みをしたかぎり、これっぽっちも煙が立っていないことがわかりました」雨宮が言った。「とにかく、誰も大日向慎太郎の情報を持っていないんです。秘密主義というか、極端に人前に出たがらない人なんですね」

店の暖簾《のれん》を潜って中に入った。よく来る店なので、店員には二人の顔を覚えられている。奥のテーブルに座った。小川が一人で、加部谷と雨宮が並んだ。

「貴女たち、どうして仲良くなったの？　こうしてみると、趣味も違うし、タイプも違うし、共通点があまりないように見えるけれど」

「全然共通点はありません」雨宮が首をふった。「たまたま、この子が私の家の近くに下宿したのがきっかけです」

「へえ……、でも、工学部だったんでしょう?」

「学科も同じです。建築学科です」雨宮が答える。「二人とも全然関係のないところに就職しましたけれど」

「私は、最初は関係がありました」加部谷が言った。「公務員ですけれど、いちおう建築関係の部署だったから。この人は、最初からマスコミ関係。まあ、多少見栄えが良かったというだけのことでしょうけれど」

「見栄えって、照れるな」雨宮が小声で言った。

料理を適当に注文し、とりあえずビールで乾杯をした。

「それで、その、高いところで首を吊った方法について、なんか考えついた?」雨宮が加部谷に尋ねた。

「全然」加部谷は首をふる。「方法については、だって、現場を見たわけでもないし、状況のディテールがわからないから、うん、深く考えてもしかたがないと思う。でも、哲学的な意味がある、という話にはなっていてね、えっとぉ、超難しいから、純ちゃん、心して聞いてね」

加部谷は、大日向沙絵子が自殺の社会的理解を訴えたのではないか、という仮説の説明をした。

「それ、どこが難しいの？」雨宮の反応は簡単だった。「ようするに、死ぬ権利みたいなもんやろう？」

「うん、まあ、そうとも言うかな」加部谷がむっとした表情で答える。

「わからんでもないけれど、でも、言葉で説明すれば良いことであって、わざわざそんな不思議な演出の死に方を実践しなかん理由がわからん」雨宮は小川の方に視線を移した。「小川さんは、今の加部谷の話に同調されるのですか？」

「私は、半信半疑」小川は少しだけ首をふった。「理屈としてはわかるけれど、でも、そんなことをする人が現実にいるのかなって」

「健康ではない人、若くない人、つまり、死が確実に迫っている人に限られると思います」雨宮が言った。「以前に、そういったことで局が企画した番組があって、私も取材に駆り出されたんですけれど、お医者様から意見を聞いたり、人の命をどう考えていくのか、命というのは個人が自由にできるものなのか、それとも社会的に守らなければならないものなのか、という議論が根底にありますね。ヨーロッパでは、医者の診断が必要ですけれど、静かな死を選択できる権利を認めている国がありますよね」

「よくわからないんだけれど、法律で認めると何が違うの？」加部谷が雨宮にきいた。「自殺はいけないこと、という風潮はもちろんあるし、キリスト教なんかでは否定されているって聞いたけれど、でも、現に自殺する人って、一年に何万人もいるわけだから、結果を見たら、そもそも自殺は自由にできるということでしょう？　それを、法律で認める認めないというのが、私にはわからない」

「私もわからんよ、そんなの」雨宮は苦笑いした。「そんなん、ばしっとわかっとったら、逆に怖いわ」

「たとえばね、首吊りだって、けっこう大変じゃない」小川は話した。「実際にしようと思ったら、まず丈夫なロープを買ってこないといけないし、ロープをどこに吊るすのかって問題もあるし」

「そんなに難しくないですよ。ロープなんて五百円もしないし」加部谷は言う。「かけるところなんか、どこの樹の枝でも良いし」

「それに、あまり死体が綺麗じゃないっていうでしょう？」小川は顔を顰める。「もっと眠るように穏やかで静かに、楽に死にたいと思わない？　どうせならね。そういうときに、これを一錠飲んだら、眠くなって、寝ているうちに死ねますよっていう薬があったら良いなって、考えない？」

「考えます」加部谷は即答した。「便利ですよね」

「危ないな、お前は」雨宮が睨みつける。「考えるなよ、そんなこと」

「そういう薬があったら、もっと自殺する人が増えるよね」小川が話を続ける。「自殺のうち、ちょっとした衝動っていうの？　一時的な思いで死んでしまうのって、どれくらいの割合か知らないけれど、そんな手軽な自殺薬が出回っていたら、本当に、簡単に人間って死んじゃうと思う。だから、社会としては、人の命を救う方向へ考えて、そういった薬の製造や販売を禁止している、というのが現状でしょう？　それが、社会的理解だと私は思うんだけれど、このまえの話は、その社会的理解を覆そう、という主張なんだよね？」

「そうだと思います」加部谷は頷いた。「だけど、そういうのも含めて、基本的には、人によりけりなんですよ。ちゃんと考えて、理屈もあるし、強い意志もあって死を選ぶ人もいるし、そうではなくて、本当に衝動的に人生から逃避する人もいるわけです。それに、どちらの場合も、その考え方というか、認識が間違っていた場合だってあると思います。なんらかの勘違いをしていたとか、病気だって誤診かもしれないし、死んだと思った恋人が、実は人違いで生きていた、なんてことだってあるわけですよ。そういうときに、死を選んでしまうことのハードルが低すぎるのは、安全が確保されていない社会だということになりますよね。やっぱり、きちんと状況を厳しく審査して、たとえば、裁判のように公平な議論をしたうえで、その薬が飲めるかどうかを決めるような安全装置が、社会のデザインとしてなくてはいけないと思います」

雨宮が手を何度か叩いた。拍手をしているようだ。

「今の話なら、私は賛成できる」小川も言った。「立派な考え方だと思う。死を選ぶ権利というのは、そういった社会の安全装置をパスしたうえでの話なんだよ」

「ただ、人によっては、自分の考えが第一で、自分の観察が正しい、という価値観もありますから」加部谷が続ける。「そういう人は、勘違いだったとしても、しかたがない。自分の間違いで死ぬんだから、自己責任だって言うでしょうね」

「自己責任な、そうそう」雨宮が指を差す。「そうなんだよ、今の世の中は、すべてが自己責任だでね、国もお役所も責任を持ってくれんのだ。病院だって、医者だって、責任を取りたくないから、ちゃんと本人や家族にサインをさせるがね」

「あとさ、本人がどれくらいちゃんと考えているか、考える能力があるかっていう問題もあるでしょう？」小川は言った。「死を間近にして、ぼうっとしてしまったり、認知が不充分な人だっているわけで、そういう人に、周囲が余計なことを吹き込まないようにしないと」

「少なくとも、個人としての人格を完全に維持している人でないと、やっぱり駄目でしょうね」雨宮が相槌《あいづち》を打つ。「そうなると、高齢者のほとんどが、だんだん怪しくなってきますよね」

「惨《みじ》めに衰えたくないから、ちゃんと判断できる体力があるうちに人生の幕を下ろそう、という人もいるよ」加部谷が言った。「そういう自殺者って、わりと多いと思う。多くの場合、病気を苦にして、なんて伝えられるんじゃない？　そうそう、美貌《びぼう》が衰えないうちに死ぬとか、人気が絶頂のうちに死ぬとかだって、本人にとっては理屈があるわけだから……」

「その理屈が正しいかどうかだよ」小川は指摘した。「そのとき正しいと思っていても、あとから冷静になって考えてみたら、一時の感情的な判断にすぎなかったなってこと、あるでしょう？」

「死んでしまったら、そういう後悔もできませんからね」雨宮が頷いた。

## 5

食事のあと、雨宮は出版社を訪ねる、と言い、タクシーを拾った。小川と加部谷は駅まで歩き、同じ電車に乗った。乗換えの駅までは一緒である。小川は、今回のインタビューのことを、浮気調査の依頼人である大日向聖美にどう話すべきか、と加部谷に相談した。

「え、話すんですか？」というのが加部谷の反応だった。「浮気調査の一環として、本人にインタビューするって言うつもりですか？」

「いえ、そこまで明け透けなことは言えないにしても……、でも、浮気調査で大日向氏の事務所へ話を聞きにいったのは確かだし、あとは成り行きというか、予期せぬ方向へ話が進んだわけだから、正直に事情を話しても良いかなって、少し考えた」

「小川さん、お人好《ひとよ》しですね」加部谷は微笑んだ。「それを話しちゃうと、大日向氏に不純な動機でインタビューしたいってふうに誤解されますよ。雨宮さんは、そうじゃなくて本気で一発当てようとしているし、スクープだって興奮しているんですから、インタビュアが交代したことで、完全にもう嘘ではないことになったんです。このままイケイケで突っ走れば良いって、私は思います」

「うん、まあ、そうなのかなぁ」小川は口を尖らせる。「その方が誰も傷つかないってことか……」

「小川さんは、大日向夫人に面が割れていますから、インタビューは、雨宮さんと私で臨むことにしましょう。もしも自宅へ来いという話になったら、夫人と顔を合わせる可能性が大きいと思います。波風を立たせない方が良いですよ、絶対に」

「そうだね、小松崎静香が残念がっていたって、伝えておいて」

「それ、演歌歌手みたいな名前ですよね」

「作詞家受けしたかもね」

小川と別れ、加部谷はまた電車に乗る。今住んでいるところは、古いアパートで、駅からも遠い。安いのでしかたがない。両隣は、インド人とベトナム人で、話が通じない。しかも、一部屋なのに何人もいる気配で、いつも話し声が聞こえる。引っ越したいと考えてはいるものの、職が安定してからにしよう、と思ったまま、現在に至っている。

この探偵業は、どうだろうか。安定しているといえるのか。そのまえは、スーパのレジのバイトをしていた。そのスーパに今も買いものにいっている。

幸い、小川の探偵事務所では、仕事がなくて暇だという期間が就職以来長く続いたことがない。想像以上にコンスタントに依頼が舞い込むものなのだな、ということがわかった。やはり東京だからだろう。人が多いし、ちょっとしたことでも、お金を使って人に頼むという文化が、都会的センスのベースにあるように思える。

部屋に辿《たど》り着《つ》き、お茶を淹れてから炬燵《こたつ》に入った。居酒屋で雨宮が話していた内容を思い出した。彼女はしっかりしているな、と改めて感じた。学生の頃から成長著《いちじる》しい。それに比べて、と我が身を振り返れば、惨めな感じが沁《し》みて、泣きたくなる。

それでも、一人で泣く夜は、少しずつ減っているように思う。

端末で漫才の動画を見ながら、炬燵でぬくぬくと過ごせる夜もある。過去のことを思い出さなければ、それほど悪くはない。明日は何をしよう、何を考えよう、何を見よう、とぼんやりと想像しているうちに眠くなる。

自分は運が悪いと思っていたが、病気もせず、仕事もあるし、コンビニで好きなスイーツも買える。そんなに悪くないかもしれない、とときどき思い直そうとする。

そうすると、頭の片隅の闇の中で影が動いて、まだそこに誰かいるのね、と思い出して、全身がぞっとしてしまう。

それでも、その闇の影と、いつも一緒にいられる。

自分は一人ではない、と考えることだってできるのだ。

今は、少し大きな縫いぐるみを買って、それを抱き締めたいという夢を抱いている。具体的に、どんな動物かは決めていない。クマでもウサギでも良い。なにか肌触りの良いふわふわのものに顔を埋《うず》めたい。炬燵の布団や毛布では、今ひとつなのだ。なにか、生きているような匂《にお》いというのか、自分の頭の中でだけでも、反応があるような対象を抱き締めたい。

きっと、子供の頃に犬が家にいたからだろう、と自己分析している。今は、生きているものを飼う余裕はない。これまでの彼女は、自分の躰がほとんどペットのような存在で、それを生かすことで必死だった。

食べなきゃ駄目だ、暖かくしなきゃ駄目だ、と気を遣ってきた。

それくらい、今にも死にそうだった。

本当に、よく自殺しなかったな、と自分に感心している。人前では明るく振る舞っていても、根は暗い。悲観的な人間である。なにか上手くいかないことがあると、自分を責める。後悔ばかりして、反省ばかりして、それでもちっとも事態が好転しない。

周囲にいる人たちが、みんなしっかりしていて、頼りになりすぎる。自分の優柔不断さが際立ってしまう。もっと、いい加減な人間はいないのか、と溜息が出てしまう。

もちろん、しっかりとした人間が好きだ。そういう人を見る目が自分にはあって、しっかりした人と仲良くなる。背伸びをして、頑張ってみせるから、そういう人の仲間にどうにかなれる。それが自分の特徴かもしれない。でも、その反動で、自分が情けなく見える一方だ。

みんな素敵な大人になって、輝くような素晴らしい人生を築こうとしている、と憧れてばかりいるうちに、こんな年齢になってしまった。自分も大人になったはずなのに、大人の生き方がしたかったのに、どうして上手くいかないのだろうか？

先日、久しぶりに雨宮純と二人で話ができたとき、加部谷は、絶対に若かった頃の話になると予想していた。ところが、気がついてみると、そんな話は一言も出なかった。つまり、自分が過去を振り返るほど、普通の大人は思い出さないということなのではないか。

過去のことを考えすぎる。たしかにそのとおりだ。

考えてもしかたがない。取り返すことも、やり直すこともできないのに、どうして考えてしまうのだろう。

こうすれば良かったのではないか、あれがいけなかったのだろうか、と分析してしまう。そんな分析が未来の指針になるなんてことは、絶対にないのに。

まあ、そんなに絶望することもないか、と溜息をつく。

これも、いつものことだ。大失敗といえるほど、致命的な失敗ではなかったはず。

現に、こうして自分は生きているのだ。

ただ、なんとなく、拠《よ》りどころのようなものが欲しい。今は、そう考えている。

しかし、一方では、その甘えが自分の弱点だともわかっている。

一人で生きていく、それが大人ではないかと。

自分が憧れた人、美しい人というのは、きっと一人で生きられる強さを持っているだろう。そもそも、そこに惹《ひ》かれたのに、自分はそこを学ばず、導いてほしい、手を差し伸べてほしいとばかり願っていたような気がする。

なんとか、少しずつでも、軌道修正していかなくては……。

もう少し、少しで良いから、強くならなければ……。

自分を励まし、勇気を振り絞って、頑張りなさいよ、と呟くのだが、自然に涙が流れてしまう。泣いているのではない、と自分に言い訳して、鏡を見て笑ったりする。

もう傷は癒《い》えているはず。

それなのに、まだそこが痛いと思い込んでいて、触れずにいる。

考えない方が良いのかな？

それとも、とことん考えないといけないの？

小川を見習って、音楽を聴くことにしようかな。

いや、それよりも、まず縫いぐるみだな。

今度の週末、絶対に買いにいこう。

## 6

話はとんとん拍子に進み、大日向慎太郎のインタビューが土曜日と決まった。加部谷は、とりあえず大日向慎太郎についての勉強に時間を割《さ》いた。なにも知らないでは、失礼になるだろう。適切な質問や受け答えができるよう最低限の情報を仕入れておく必要がある。

火曜日の夜には、雨宮と会って、二人で勉強会を開くことにした。雨宮から、加部谷のアパートへ行くと提案されたが、それは即座に断った。そのかわり、雨宮のアパートを加部谷が訪ねることになった。夜の七時の約束で、食事は済ませてから来いよ、と言われたので、加部谷は途中でハンバーガを食べてから、端末の地図を頼りに駅から歩いた。

賑やかな街で、大勢が歩いていた。仕事などではなく、ぶらぶらと歩く人が大半だった。気温が低すぎ、風が強すぎだと思えたが、若者たちはそんなことおかまいなしの様子である。

六階建てのビルだった。鉄筋コンクリートだ。これは、アパートではなく、マンションなのでは、と加部谷は思った。雨宮の部屋は、その三階である。約束の時刻より十分ほど早く着いてしまったが、迷わずチャイムを鳴らした。

声が聞こえて、ドアが開く。

「おう、早ないか？」雨宮が言う。

「こんばんはぁ」加部谷は頭を下げた。「駅から近いね。良いところに住んでるんだ」

玄関から入って、ドアを閉めた。

「お前、それ何？　何持ってきた？」

「ああ、これは関係ない。買いものをしただけ」

「大きいな。布団か？」

「違う。縫いぐるみ」

「縫いぐるみ？　くうぅ、恥ずかしいやつ」

「見えないように包装してもらったから」

「そんな大きなもの持って、電車に乗ったんか？　あんまおらんで、そんな」

「おじゃましまぁす」

靴を脱いで、通路を進む。広いリビングに通された。もう一部屋あるようなので、そちらが寝室だろうか。

「広いなぁ。良いなぁ。こんなところに私も住みたい。宝くじが当たらないかなぁ」

「そんなもん、買っとるの？」

「買ってないよ」

「じゃあ、当たらんだろ」

「純ちゃん、今はどれくらい稼ぎがあるの？」

「サラリィマンじゃないでね。あちこちから、下請け的な仕事を恵んでもらっても、大部分はピンハネされてえの、ほそぼそ営業だ。厳しい業界だがね。あんたこそ、給料もらっとるでしょうが？」

「うん、もらってる。でも、きちきち。貯金して、引っ越したい」

低いテーブルの奥のクッションに座った。エアコンが効いているのか、とても暖かい。

「冷たいもの？　それとも温かいもの？」

「いえ、おかまいなく。なんでも良いです」

雨宮は冷蔵庫を開けて、背の高いグラスにソーダらしき液体を注ぎ入れた。それを二つ両手に持って、テーブルへ戻り、加部谷の反対側で、クッションに腰を下ろした。

テーブルの上には、十冊ほどの雑誌などが積まれている。一番上にあったのは、小川がもらってきた大日向慎太郎の歌詞集〈海の詞〉だった。

「これは読んだよ」加部谷は指さした。

「読んだ？　凄いじゃん。読めたもんじゃないわ。俺、駄目だったわ、この手のもんは口にするだけで、ほんなもん脂汗が流れるぎゃ。恥ずかしいったらないでしょ？」

「そう？」

「貴方《あなた》の温《ぬく》もりを夢見て、明け方に窓を開けますってさ、はは、笑わせるんじゃないっての」

「でも、インタビューのときは、そんなんじゃ駄目でしょう？」

「先生のナイーブな言葉たちに、私……、本当に」雨宮は微笑み、一オクターブ高音で、多少舌足らずの口調で滑らかに話した。「いつも頷くばかりです。どうしてこんな女心がわかってしまうのかって、不思議なんですけれど、どのようにして言葉をお紡《つむ》ぎになるのでしょうか？」

「お紡ぎ！」加部谷は拍手をする。「凄い。相変わらずだぁ」

「仕事だでね」雨宮がぶすっとした顔に戻る。「こういうのしとるで、いっこうに女性の地位が向上せんのだがね」

歌詞集というのは、その一冊しかないらしい。しかも、事務所が出版し、無料で配布しているもので、書店で売られているわけではない。雨宮が探してきたそれ以外の資料は、芸能関係の雑誌だった。デビューした頃に特集で扱われたもの、また、幾度か業界や協会から作詞家として賞を受けているが、そのときの記事、ならびに簡単なインタビューなどである。ただこれらは、質問を送って文章で回答したものばかりで、本人の写真などはなかった。デビュー当時に撮影された数少ない写真を使い回しているため、最近の記事でも若々しい風貌《ふうぼう》である。しばらく、それらの記事を黙って読んだ。

「ハンサムなんだからさ、もっと写真を出した方が売れるんじゃない？」加部谷は言った。

「うーん、まあ、それはどうかな。あんまし関係ないで」

「どこにも、お姉さんのことは書いてないね」

「そりゃそうだろ」雨宮は笑った。「普通、そんな個人情報、どうでもええがね。あ、でもな、最初に新人賞を受賞したときに、誰に感謝したいか、という問いに、親代わりで育ててくれた姉に感謝したいって答えている記事があった」

「親代わりで育ててくれた？　ふうん」加部谷は頷く。「両親が早く亡くなったってことだね。そこらへんは、インタビューで是非きいてみて」

「わかっとるがね」雨宮は大きく頷いた。「そこらへんにしか、切り口がないわ」

「親代わりかぁ……、てことは、だいぶ歳上だったんだね」

「見つけた写真が一枚だけあるでね」雨宮は、ソーダをテーブルに戻し、クリアファイルの中から、コピィを取り出した。白黒写真をコピィしたもので、鮮明とはいえない。髪の長い恰幅《かっぷく》の良い男性がいて、その後ろに女性が写っている写真だった。

「誰、これ」加部谷は顔を上げた。

「弓長瑠璃」雨宮は答える。「そんで、その後ろにいるのが、当時の付き人。そう書いてあるだろ？」

写真は、週刊誌に掲載されたもののようだ。写真の下にキャプションがあり、〈記者の質問に答える作詞家の弓長瑠璃、女性は弓長の付き人〉とあった。

「え？　じゃあ、この人が、大日向沙絵子さん？」

「たぶんな」

「美人だねぇ」加部谷は唸った。

「そこまではわからんだろ」

「でも、顔が白い」

「白黒だでな。髪はたぶん黒いわな」

「ふうん、すらっとしてるし、えっと、これいつの写真？」

「二十年以上まえだね」

「だったら、このとき四十代？　へえ、そんなふうに見えない」

「そこまでわからんだろ」

「皺《しわ》とかないし」

「週刊誌の印刷だでね、コピイで飛んだかもしれんし」

「ふうん」加部谷は写真をまじまじと見つめた。「このあと、病気になられたんだ。人生なんて、何があるか、わからないわねぇ」

「どんな話になるか、加部谷、考えた？」

「え？　どんな話って、インタビューなんだから、質問に答えてくれるんじゃないの。だから、質問を考えていかなくちゃ」

「いやいや、それは甘い。そんなんだったら、むこうから指名したりせえへんわ」

「しゃべりたいテーマがあるってことね」加部谷は頷いた。「それは、もう、お姉さんの自殺に関することでしょう」

「このまえの話みたいな展開？　そうなると、日本の法律とか、医療現場の実情とか、少し勉強しとかんと」

「しとけば？」加部谷は言った。

「そこは、あんたに任せるわ」

「え？　ちょっと、それは……」

「社会的理解とか、難しいこと言っとらしたがね」

「全然、そんな、なんにも考えはありませんから、私」

「死を選ぶ権利を認めるような法律が必要だ、と考えとる？」

「考えてない。というか、どういう法律があるのかも知らない」

「うん、俺もそうだ」雨宮は頷いた。「ほんでも、不治の病にかかって、苦しい闘病生活に疲れたら、あっさり死なせてほしいわって、けっこう多くの人が望んどることではないかい？」

「そう、その意見は、たぶん多数派だと思う。小川さんみたいに正義の熱血漢は、否定するかもしれないけれど」

「そういう理想論も、もちろんあるし、常に綺麗なことを言わないといけない政治家や芸能人みたいな人もいるけどな。本心では、自分がその身になったら、楽に死にたいってなると思うな」

「私も」加部谷は頷く。「でも、愛する人が病気になったら、どうだろう？」

「愛する人だったら、苦しまずに死なせてあげたいって思うんでは？」

「そうかなぁ。生きていてくれるだけで嬉しいっていう気持ちもあるんじゃない？」

「そうか、そういうのも、たしかに聞くなあ。どっちだぁ？」

「自分の子供が病気になったとしたら、絶対に生きていてほしいって思わない？」

「いやぁ、子供産んだことないでな」

「私もないけれど、母親って、自分の命に替えてでもって思うって」

「言うなあ、それ。うーん、だけど、目の前で苦しんどるんだで」

「たとえば、意識がなくて、苦しんでいなかったら？」

「意識が戻らないとわかっていたら、難しい問題になるわな。そういうのは、また別のテーマになるか？」

「何十年も意識がなかったのに、眠りから覚めたっていう話もあるし。そうなると、医者が断言しても、望みを捨てない、生きていれば可能性はあるって考えるよね」

「一縷《いちる》の希望ってやつな。あるよなぁ、難しいなぁ。大日向沙絵子さんの病気だって、生きていれば新しい薬とか治療方法が開発される可能性だって、絶対にないとはいえないだろう？」

「そうそう。だったら、自殺は止めるべきだ、という考えには正当性があるってことになるね」

「でも、そこは賭《か》けだわさ。どちらに賭けるかってこと」

「確率でいえば、衰弱していく可能性が最も高い、という場合であっても、確率で判断を下しても良いものかって疑問は残るよね。それに、その確率は、現在の確率であって、未来の確率じゃないし」

「おお、良いなぁ……、こういう議論を事前にきっちりしておくと、当日すらすらと言葉が出てきそうな気がしてくる。うん、ええ感じに感謝だがね。やっぱ、リハーサルっちゅうのは大事だわぁ」

「人の命っていうのは、議論すること自体が難しいよね。たとえば、絶対に第一優先であって、どんな場合でも死を選ぶのは間違っているって言う人でも、自分が老人になって、衰えて、家族に迷惑をかけるようになったら、まあ、そろそろ死んでも良いかってなるんじゃない？」

「なるわな、うん。歳を取らんでも、病気になったりしたら、弱気になる。そういうのを弱いって解釈する。それがそもそも変。ほれ、病気の子供を救うために募金を集めるのもあるがね」

「そうだよね。可哀想だよねぇ。でも、お金で解決するっていうのも、釈然としないし、うん、そんなに大事なものなら、どうして国の制度とかで救ってやらないのって思うし」

「うーん、ちょっと話がずれたな」雨宮は言った。「もう少し絞らんと。えっと、病気とかで衰弱していく人が、ある程度元気なうちというか、ちゃんと判断や行動ができるうちに、つまり、人間としての誇りをもって、自らの死を選択し、実際に自分の力で実行するという行為だわな。これを是とするか非とするかどうか」

「場合によるよねぇ」加部谷は顔を顰めた。「それに、誰が是非を判定するの？」

「社会というか、大勢の合意みたいなもの？　それから、本人が判断したとき、まあ好きにすればええがね、と許容するのか、それとも、第三者が関与して、待ったをかけるのか」

「許容するだけでは、ちょっと消極的じゃない？　もっと、その判断を人権の一部として認めて、寂しいとは思うけれど、立派なことだと見送るような認識が、たぶん、社会的理解というものだと思うな」

「ぬぁるほどぅ」雨宮は唸った。「そうか、許容するだけじゃ駄目なんだな。そこのところが、これまでの概念？　うーん、共通認識では欠けていた部分か」

「そういうのあるよね。えっと、性的少数者の問題とかでも、そうだった」

「あ、そうそうそう、そうだがね。これまでは、社会が認めていなかった。特に、キリスト教が支配していた社会では、自殺は駄目だ。あと、中絶だって駄目だ、同性愛も絶対に許されないものだった」

「だんだん、いろいろ認められる方向だよね」

「そう考えると、自殺についても、もう少し柔軟に考えた方が良いってことに、これからなっていくのかなぁ？」

「今は、まだそうはなっていないよね。自殺する人を救うというのは、自殺を思い留まらせる方向の運動だし、死にたい人を手助けするような運動は、ないよね」

「表立っては、できんがね。実際のところは、ないわけではないと思う、たぶん」雨宮は頷いた。「そうか、そのあたりを調べて予習しておかねば」

「学生のとき、予習なんかしたことないでしょ」

「超真面目になってまったぎゃ」

## 7

小川は、記事を担当するのが安藤順子に交代したことを、大日向のマネージャ、草鹿徳之《のりゆき》に電話で伝えた。平謝りで臨んだのだが、意外にも簡単に承認された。それどころか、大日向慎太郎について書くならば、初めてのことになるので、是非周囲の関係者も取材してほしい、と提案されてしまった。

こちらとしても願ってもないことだ、と小川が答えると、作詞の師匠である弓長瑠璃、それから事務所の社長である村石浩和《むらいしひろかず》が適任だろう、と人選まで押しつけられた。どうも、そういう話がむこうで既に決まっているようだ。事務所を挙げて、大日向慎太郎に再び脚光を浴びてもらいたい、というビジネス的な思惑が透けて見える。

少々あざといな、と小川は感じたけれど、芸能界というのはこうなのかもしれない。丁寧に礼を言い、安藤に伝えておきます、と電話を切った。

小川に頼まれ、加部谷はすぐに雨宮にこれを知らせた。

「ま、そんなとこだろうと思っとったわ」というのが雨宮の反応である。「少しでも隙があれば、そこから蔓《つる》が入り込んで、伸びてくるんだがね。しぶとい奴だけが生き残るって寸法さ」

　その後、今度は雨宮に電話がかかったそうで、加部谷にそれを知らせてきた。

「おい、いきなり明日来いってよ」雨宮が開口一番言った。「加部谷、都合は？」

「大丈夫だよ」彼女は即答する。毎日ほぼ大丈夫である。

「俺は、歯医者の予約をキャンセルせなかん」雨宮は舌打ちした。「事務所で、社長と弓長瑠璃の両方から話が聞けるらしい。きっと長々と話しまくる気だぞ、若い女を相手に、しゃべりたくてしかたがない年代だがね。うーん、酒が入らないことを祈ろう。カラオケに行くとか、夜通し飲み歩くのにつき合わされるのも、はあ、まあ、覚悟しておかないかんだろうなぁ。まだ、あんたと二人だから、多少は心強いが」

「え、心強い？　私が、なにか助けになる？　純ちゃんの方が強いでしょう」

「いやぁ、二人だと違うでな。頼りになるなる。一人だと不安だがね」

「そういうもんなんだぁ」

「ほんと、なめたらあかんで、本当に本当にそういうもんだでね、真面目な話」

　その話を、小川にしたところ、

「嘘でしょう？　なにかあったら、すぐに知らせて。いえ、えっと、録音しておくこと。そんなことがあったら訴えてやるから。我慢する必要ないからね」

「でも、少しは我慢しないと、聞ける話も聞けなくなりますから」

「いいのよ、話なんかどうでも。ちょっとでも嫌な思いをしたら、断固抵抗すること。わかった？」

「はい、わかりましたぁ」加部谷は申し訳なく頷いた。

この小川の指令を、のちほど雨宮に伝えると、

「わぁ、小川さんって、そういう人なんだ。見直したわぁ」とのことだった。加部谷としては、見直すほど見間違えていない。

翌日木曜日の午後三時に、雨宮と加部谷は二人で、音楽事務所を尋ねた。間口の狭い七階建てのビルで、商店街から少し外れた裏道にあった。横は駐車場で、八台のスペース。白い高級ドイツ車が目立っていた。あれは、弓長瑠璃の車ではないか、と雨宮が見立てた。

二階に応接間があり、そこへ通される。

雨宮が名刺を差し出して挨拶をする。彼女の肩書きは芸能ライタである。加部谷は録音などをするアシスタントだと紹介された。したがって、名刺はない。

案内してくれたのは草鹿徳之で、五十代の小柄《こがら》な男性だった。彼が呼びにいって、社長の村石浩和が部屋に入ってきた。この四人でしばらく話をする。途中で、中年の

女性がお茶を運んできた。

　村石は六十代か七十代の長身の男性で、髪は灰色、顔が黒い。日焼けしているように見える。体格も姿勢も良く、スポーツをしていそうな雰囲気だった。

　レコード会社に勤めていたとき、別の部署にいた大日向慎太郎の才能を見出し、独立して音楽事務所を開くときに引き抜いた、と話した。大日向は広報部にいて、コピィライトで目立っていたそうだ。その後、大日向の姉である沙絵子を、弓長瑠璃の付き人に推薦した。弓長は気の利く女性を探していたし、村石は、大日向と親しく、沙絵子の人柄もよく知っていたので、適任だと考えらしい。

「結局、それが縁で、大日向君は作詞をするようになったんだから」村石が自慢げな顔で言った。常に自慢げな顔なので、彼としては自然に話しているだけかもしれない。「そうしたら、あれよあれよという間に、ヒットを連発してね、そう、あの頃は良かったね、心のある歌がまだ愛された時代だったってことだね。それが、今はさ、なんか全然わからない。わからない方が良いものだって、大勢が勘違いしているんだ。心を見失っているんだね」

「沙絵子さんが、亡くなったことをお聞きになって、どう思われましたか？」雨宮が質問した。

「どうもこうもないよ。驚いたし、実に残念だし、そしてなによりも、大日向君が心配になった。そのことで、電話をして、だいぶ話したな。そのとき、取材を受けても良いとね、彼の方から言ってきた。びっくりだよ、そんなの、かつて一度もなかったことだからさ」

「どうして、取材を受けようと思われたのでしょう?」

「いや、それは知らん。彼にきいてくれ。まあ、なにか言いたいことがあったのかな。彼はね、お姉さんを慕っていた。そんな話は全然しないんだけれどね、でも、彼の詩を見ればわかる」

「そうなんですか? では、歌詞に出てくる女性というのは、どれもお姉様がモデルなのですか?」

「それも、大日向君にききなさい。私が答えたんじゃあ、記事にならんだろう」

「大日向さんは、こちらへはよくいらっしゃるのですか?」雨宮が質問した。これは、加部谷から尋ねてほしいと言われていた質問の一つだった。

「いや、ここへは滅多に来ない。というか、彼はどこにも出てこない。家に籠もったきりだ。引き籠もりだよ、ほとんどね。特に、あの家に引っ越してからは、居心地が良すぎるのか、ほとんど外に出ないらしい。だから、仕事は捗《はかど》る。約束よりも早く仕上がってくる。打合せは電話で、それも長くは話が続かないね。はい、はい、では、という受け答えでさ、話を切りたがる。若い時分はそうでもなかったんだよ。一緒に酒も飲んだし、つき合いが悪いとは思わなかったな。お姉さんが病気になられて、その介護をするようになってからじゃないかな」

「大日向さんが、介護をされていたのですか？」

「そうだよ。まあ、もちろん、すべてを一人でしていたというわけじゃないだろうけど、特に、最近になって病状が悪化してからというもの、彼、電話にも出ないことが多くなった。そうなると、必然的に仕事も減るしね、こちらとしても、商売上がったりだよ」

社長がほとんど一人でしゃべっていて、雨宮は頷くばかりで、質問をする隙がなかなか見出せなかった。加部谷も頷くことしかできない。自分は単なるアシスタントなのだ。雨宮も加部谷もメモを取っている振りをしていたが、録音しているし、メモ帳に書いている文字も、あとで読めないような酷《ひど》いものだった。

社長の隣に座っている草鹿は、微笑んでいるだけで無言。途中で何度か電話がかかってきて、部屋から出ていった。おそらく、大日向慎太郎以外にもマネージャを兼ねているのだろう。

その草鹿が部屋から出ていったときに、ノックがあって、入ってきたのが弓長瑠璃だった。

小川から聞いていたとおり、長髪でサングラスをかけている。八十代の老人だが、姿勢も良く、杖もついていなかった。高そうなグレィのスーツに青いネクタイを締めている。靴だけが白くて目立っていた。

全員が立ち上がってお辞儀をした。弓長は、社長の隣の椅子に深々と腰掛け、脚を組んだ。そこは、草鹿がさきほどまで座っていた場所である。

「いいよ、話を続けて」予想よりも高いハスキィな声で、弓長が言った。

「いいえ、ちょうど、私の話は終わったところです。大日向君のデビューまえのことか、まえの会社から引き抜いたこととか。あと、沙絵子さんのことを少しだけ」

「残念だったね」弓長は眉を顰めた。「俺より早く逝《い》っちゃうなんてね、ああ、まあでも、決めたことなんだろう、しかたないよ」

「決めたことというのは、どんな意味なんでしょうか？」少し間が空いたので、雨宮が質問した。

「ん？　意味？　いや、しっかりしていたからね、あの子は。自分で決めて、粛々《しゅくしゅく》と実行した。それだけだ」

「沙絵子さんという方は、どんな方だったのでしょうか？」雨宮が尋ねる。

「頭が良くて、なんでもそつなくこなして、有能」弓長は答える。「あの子が、弟を弟子にしてくれって言うから、大日向慎太郎が作詞家になった。そういう目利きというのか、世間に対しても、人に対しても、いろいろなことを見通していた。そういう才女だった。病気になっていなかったら、もっと大きな仕事ができただろう。その分を、慎太郎君が補っていたわけだから。俺はね、あの子は死ぬと思っていたよ。いつだったか、二年か三年まえに会ったのが最後になったが、そのときに、ああ死ぬつもりだなぁってわかった。先生、さようならっていう顔をしていた。満足そうに少し笑っていて、もう、私はさきにあちらへ行きますよ、先生って、そう言いたそうな顔だった」

「社長は、沙絵子さんに最後に会われたのは、いつですか？」雨宮が質問を振った。

「たぶん、その同じときですよ。あれは、大日向君が賞をもらったときじゃなかったかな。たまたま、彼の家へ二人で行ったんです」

「あの家は、まえは俺の家だったから」弓長が横から言った。

「そうだったんですか」雨宮が驚いた声を出す。でも、彼女はそれを知っているはずだ、と加部谷は思った。

「あのぉ、沙絵子さんが亡くなられた離れも、先生の家だったのですか？」加部谷は弓長に質問した。

二人の視線が加部谷に向く。まずかったかな、とちょっと不安になって、一瞬、加部谷は雨宮を見た。

「あの建物は、新しいと聞きました」雨宮が言った。フォロゥしてくれたようだ。

「知らんな。俺のときは、離れなんてなかったよ。沙絵子が使っていたの？」弓長が加部谷にきいた。

「はい、そうみたいです。裏口の近くにある鉄筋コンクリートの建物です」

「そこで、自殺されたんです」雨宮がまた補足した。

「そちらは、私は行ったことがない」村石社長が言った。「大日向君は、家にゲストを呼ばない人なんだ。あんな豪邸に住んでいるのに、もったいない話だよ、何のためにあんな広いところにって……」彼は、横目で弓長を一瞥《いちべつ》した。弓長は、ゲストを呼んで頻繁にパーティでも開催していたのだろうか。

弓長のために、お茶が運ばれてきた。出ていった草鹿は、戻ってくるのを諦めたのだろうか。ほかにも座る椅子はあったが、大御所の登場で同席しにくくなったのかもしれない。

「大日向慎太郎という才能について、なにか語っていただけませんか？」雨宮が高い声で質問をした。まあ、よくある常套《じょうとう》的、社交辞令的質問といえるだろう。

「それは、敏感性みたいなものかな」社長がさきに答え、弓長を見た。

「言葉で、こうだと言えるような問題じゃない。社長が言ったとおり、彼は素早く社会に対応する。相手に対応する。自分にも対応する。けっして突飛な言葉を選ばず、そうかといって、ありきたりでもない。ぴったりではないが、ずれてもいない。そのバランス感覚が素晴らしい。あれは、天性のものだと思う。若いときには、本も読まなかったそうだし、詩も書かなかったそうだ。ある意味、その無知さが良かったんじゃないの。あの歳になるまで、詩を書かなかったのが、良かったんだよ。若いときから書いていたら、変にすり減ったものになっていただろう。誰にも影響を受けていない、素直さがしっかりと残っている。いわば、子供のような言葉選びだ。これは、意識的にできない。大人になったら、ちょっとやそっとでは戻れないんだ。若いときに書くと、拗《こじ》れてしまうし、受け手を意識しすぎて、小洒落《こじゃれ》たものばかりに目が行く。そういうのが、才能を潰してしまう。綺麗な言葉しか出てこないようになるんだ」

# 8

その二日後の土曜日の夕刻に、ついに大日向慎太郎に会うことになった。加部谷と雨宮は、二人で大日向邸に向かった。駅から歩く間、妙に緊張し、二人とも押し黙っていて、そのうち急に笑ったりした。

「何笑ってるの？」加部谷は雨宮にきいた。

「あんたが笑っとるからだがね」雨宮が答える。

「緊張しているのが、可笑しい」加部谷は笑いながら言った。

「可笑しくない。笑うな」

正面ゲートの前に立ち、加部谷がインターフォンを鳴らした。女性の声が応対し、雨宮が名乗ると、ゲートのロックが外れる音がした。

駐車場の車や、池と芝生がある庭園を眺《なが》めながら、玄関まで石畳のアプローチを歩いた。左手に、沙絵子の離れが見えると予想して注意していたが、結局樹木に遮られ、最後まで見えなかった。

玄関の戸を開けて、年配の女性が待っていた。家政婦の一人である。通いの若い方だ、と加部谷は思った。彼女に導かれ、旅館のような広い通路を進み、庭の反対側が見える縁を通った。こちらは一転、日本風の庭園で小さな池や灯籠《とうろう》が見えた。いかにも錦鯉《にしきごい》がいそうだな、と想像した。

応接間に通される。それほど広くはないものの、革製のソファと暖炉《だんろ》が目立っていた。高いところに窓があって、既に葉を落とした枝木と青く澄んだ空が見えた。壁には絵画が大小三点、部屋の隅にはピアノもあった。誰が弾くのだろうか。

すぐに、大日向慎太郎が部屋に入ってきた。

「本日は、お忙しいところ、どうもありがとうございます」二人はお辞儀をする。

「よろしくお願いいたします」

「どうぞ、楽にして下さい。コーヒーで良いですか？」大日向が明るい口調できいた。

二人がはいと返事をすると、戸口に立っていた家政婦が頷いて、ドアを閉めた。

「素敵なお庭ですね」雨宮が高い声で言った。「手入れが大変なのではありませんか？」

「業者に任せてあります。私は、滅多に庭には出ません」

「そうなんですか、それは、もったいないですね」

「家の中から眺めるだけです」大日向は微笑んだ。

「こちらには、ご家族でお住まいなのですね?」雨宮がきく。この質問も加部谷がリクエストしたものの一つである。

「そう、家族三人と、このまえまで姉が一緒でした。姉は、あちらの……」大日向は方向を指で示した。「離れを使っていました。亡くなったんです。自殺でした」

あっさりと、そして淀《よど》みなく、彼は話した。さすがに笑顔は消えていたが、眉を寄せることもなく、ごく普通、つまり無表情といえる顔だった。とても落ち着いた口調で、響くような発声である。

「今回はこのような貴重な機会をいただき、本当にありがとうございます」雨宮が言った。「あの、失礼かもしれませんけれど、取材を受けても良いとお考えになった理由といいますか、なにか心境の変化がおありになったのでしょうか?」

「そうですね……」大日向は頷いた。「デビューした頃に、数回ですけれど、マスコミや音楽雑誌などから取材を受けました。そういうのは断れないものだ、と思っていたからです。しかし、断っても良いとわかって以来ずっと、拒《こば》み続けてきました。その理由は、私が発する言葉が薄まる効果しかない、と感じたからです。私は、言葉を生み出して、それが私というものを表現する、そういう仕事をしているわけですね。

その中で、インタビューなどで質問にお答えすることは、どのような生産といえるでしょうか。どうも、そこがわからなかった。今もわかりません。ですから、取材に対する私の姿勢は、変わっていません。心境の変化もありません」

「でも、今回は……」雨宮が言いかけると、大日向は微笑んで片手を広げた。

「はい、もちろん、理由はあります。まず一つは、私、大日向慎太郎が、もう作詞家として終わっている、引退しているようなもので、いわば廃業といえる状況だということです」

「いえ、そんなことはありません」雨宮が言った。相槌を打ってはいけない場面なんだな、と加部谷は気がついた。

「引退宣言こそしませんが、ほとんど仕事はしていません。事務所はどう考えているか、私とは違うと思いますけれど、しかし、私はもう自分が作詞家だとは思っていない。そうなると、言葉を生み出していて、その生産品としての言葉を守るために取材拒否してきた理由も消失している、と見るべきでしょう。この理由が一つ」彼は、そこで右手の人差し指を立てた。「二つめの理由は、姉のように、私もまもなくこの世から消えることになりそうだ、と考えているからです」

「え、そんな……」雨宮は腰を浮かせた。「先生、ご冗談を……」

「いや、冗談ではありません。まあ、まもなくといっても、明日とか明後日ではないので、そんなに色めき立つことでもありませんよ。人間誰しも、まもなくこの世から消えるでしょう？　貴女たちだって、そうです。でも、私の方が早く死ぬと、誰もが考えますよね？　違いますか？」

「そういうことですか……、いえ、でも……、それは……」

「そういうことです」大日向は微笑みを湛《たた》えて小さく頷いた。「死が見えてきた。この年齢になると、多くの方がそんな立場になります。私は、詞を書いて、お金を頂戴《ちょうだい》してきました。極めて幸運だったと思います。しかも、私が死んでも、私の生産品は、もう少しだけ長く、この世に存在し続けることになるでしょう。そんなとき、ふと、私という人間の存在は、この社会にとってどのような役目を持っていたのか、と考えます。仕事が役目だったのでしょうか？　それならば、仕事だけしていれば良い。このように取材を受けることは、仕事とは無関係です。ただ、そうではない私も、たしかにいる。仕事だけをしてきたわけではありませんからね。そうなると、私を知らない人たちが多いことに思い至りました。私は、できるだけ人と関《かか》わらないように生きてきた。友達もいませんし、人と話をすることもほとんどない。結婚をして、子供も生まれ、家族もできましたが、私は、妻や息子とも、ほとんど話をしません。彼らは、私ではない。他人といえます。避けているわけではありませんが、やはり、私の内側と外側でいえば、家族も社会も、まちがいなく外側なんです。そうでしょう？」

「ご家族は、先生にとって、他人と同じ存在だ、ということでしょうか？」雨宮が尋ねた。

「そのとおりです。他人ですよ。私ではないのですから。ただ、外側でも、多少は近いところにいる、というだけです。声が届く範囲にいる、という意味です。でも、内側ではない。内側というのは、思うだけで気持ちが通じるような関係です。それは、自分以外にありません」

「たとえば、亡くなったお姉様は、他人ですか？」加部谷が質問した。

急にアシスタントが口をきいたので、大日向は黙って彼女を見つめた。

「あ、すみません。余計なこと言ってしまって」加部谷は頭を下げる。

「そうなんです。その話をしたいと思っていました。ちょっと待って下さいね」大日向は加部谷に優しく微笑みかけた。「まず、人間関係を拒むような生き方をしてきたので、死を意識した老人となった今、ようやくこの自分という存在を少し社会に出してみたい、と考えたということです。この理由が二つめです」

ドアがノックされた。大日向が返事をすると、家政婦が顔を出す。カップがのったお盆を両手で運び、室内のキャビネットに置いてからドアを閉めた。三人の前にそれらを並べる間、加部谷は壁の絵を眺めていた。

一番大きい絵は、女性を描いた人物画だった。リアルな画風ではなく、浮世絵かイラストのようにデフォルメされ、透き通るような色合いで、風に揺れるレースのカーテンに描かれたもののように歪《ひず》んでいた。美しい女性であることは確かで、誰がモデルなのだろう、と自然に発想した。しかし、今そんな質問をしてはいけない、と自分に言い聞かせる。

家政婦が出ていくと、大日向はカップを手にして、口につけた。そのあと、片手で、どうぞ、と促した。話ではなく、コーヒーが冷めないうちに、という意味だろう。

「姉は、そう、私にとっては特別な存在でした。あの人は、私の内側にあったといっても過言ではありません」大日向は、カップをテーブルに戻すと、再び語り始めた。「まず、姉というよりは、母親だった。私が子供のときに、姉は私を生かすために働き、私の世話をし、また、いろいろなことを教えてくれました。自分の人生を犠牲にして、私に尽くしてくれたことはまちがいありません。そのことは、一生かかっても返済できないほど大きな恩といえるものです。なにしろ、実の母ではないのですから」

「ご苦労をされたのですね」

「私ではなく、姉がね」大日向は頷いた。「結局、結婚もせず、ずっと仕事をしていました。私の仕事が順調になった頃、体調を崩して、一時無職だった時期もありましたが、幸運にも、弓長先生の付き人をさせていただきました。でも、そこも結局は病気を理由に辞めることになりました。今思うと、若いときから疲れた、躰が痛い、とよく零《こぼ》していました。たぶん、それも病気の兆候だったんでしょう。ここへ越してきてからは、ほとんど部屋に閉じ籠もっていて、世話をする一人と、あとは私にしか会わないくらいでした。亡くなる少しまえですが、もうそろそろだよ、と何度も口にしていましたよ」

「そろそろというのは？」

「つまり、お迎えが来るという意味だったと思います。ただ、それ以前から、姉は死ぬときは自分で決めるから、と話していたので、お迎えが来るというような受動的なものとして捉えてはいなかったと思います。ようするに、彼女は、自殺するつもりでいたんです。数年まえから決めていたことだと私は考えています。気丈な人でしたし、プライドも高かった。みっともないところは弟に見せたくないとも考えたはずです。なによりも、自分のために多額の治療費がかかり、付添いを雇う金がかかる。迷惑をかけることを嫌ったはずです。労力も時間も金も、弟に負担させなければならない状況に我慢ができなかったことでしょう。もちろん、私はそうは考えていません。姉のためにできることは、喜んでしまました。でも、姉の考えはそうではなかった、ということです」

大日向は淡々と話した。表情も話し方も非常に穏やかで、感情的なものは完全に抑えられていた。それでも、ここで視線を上に向け、しばらく黙った。壁の絵を見ているようだった。

「お姉様の死を、先生はどのように受け止められたのでしょうか？」雨宮がきいた。ありきたりの質問だったが、タイミングはさすがにプロだな、と加部谷は思った。

「もちろん、覚悟はしていましたから、ついにというか、ああ、やっぱりそうなんだな、と思っただけですが、しかし、もう昼が夜になったような反転を感じました。これからは、このままずっと夜なんだなと」

大日向は、微笑んでいた。涙を流すことも、目を潤《うる》ませることもなかった。声も震えたりはしなかった。それでも、なにかほんの少しの息遣いに、絶大な悲しみの一部が滲み出ているように感じられた。加部谷は、自分が涙を流していることに気づいた。

「充分に恩返しができなかったことが悔やまれますけれど、それも、まあ、言葉だけの綺麗事かもしれません。そんなふうには感じていない。あるいは、助けてあげられなかった責任みたいなものも、言葉にはできますが、実のところそんな気持ちもない」彼は、ゆっくりと首をふった。「そういうレベルは、とうの昔に脱していて、むしろそれよりも、少しでも楽に死なせてあげたい、安心して死なせてあげたい、姉さん、ゆっくりとお休み下さい、と声をかけたかった。もう、苦しいことも、気持ち悪いこともない。痛くもならないんです、だから安心して下さいって言ってあげたい。そう、それだけですよ。そういった、なんていうのかな、一種の境界線みたいな場所に至って、そこを通過した、首を吊ることは、その儀式のような、儀礼のような作法だったと考えています。一度きりで良いのです。それさえ過ぎれば、あとは悪いもの、なにもかもが消えて、ほっと安心できる。姉さんは幸せになれた。私としては、今は心からほっとしています。大儀が無事に終わった。姉さんは立派にやりとげた。最後の仕事をつつがなく完了した。そう思いますよ」

大日向は、コーヒーカップに手を伸ばし、それを口につけた。

「少ししゃべりすぎましたか」呟くように言い、雨宮と加部谷を見た。

「いえ、そんなことありません。今のお話は、そのまま文章にしてもよろしいでしょうか？」雨宮は尋ねた。

「もちろん、そのつもりで話しています。でも、今日は初日で、慣れないのか、少し疲れてしまったので、また今度にしましょう。また別の日に、続きを話したいと思います。申し訳ないですが、今日は、これだけで勘弁して下さい」

# 第４章　終わりの海

　完全な自由を明瞭《めいりょう》に思いえがく努力をすべきである。ただし、それに到達する望みをもってではなく、現在の状況よりも些《いささ》かでも不完全ではない自由に到達するという望みをもって。より善き状況は完全な状況との対比でのみ構想しうる。めざすものは理想《イデアル》をおいてほかにない。理想は夢想とおなじく実現不可能であるが、夢想とちがって現実との関連がある。限定／限界としての理想があれば、現実的もしくは実現可能な諸状況を、さまざまな価値の序列にそって並びかえることができる。

# 1

訪問してから一時間にもならなかったが、帰ってくれと言われれば、帰らざるをえない。

ちょうど満月が東の空に上がっていた。それが電球のように明るく、夜道を歩く二人の影を、アスファルトの上にくっきりと映し出していた。

今日は何時間くらいかかるだろう、と二人で話してきたのだ。三時間くらいかな、というのがだいたいの予想だった。それに、今日一回だけのつもりでもいた。あわよくば、二回めもという気持ちはあったものの、そこまで虫の良い要求はできるはずがない、と雨宮が話していた。だから、少ない話をどう膨らますのか、というのが文章にする場合には大事だ、録音を文字に変換して、それを五倍くらいに引き伸ばさないと駄目だろう、とも話し合っていた。

蓋《ふた》を開けてみると、大日向慎太郎がほぼ話しっぱなしで、しかも非常に情報量が多かった。大日向邸を出るなり、雨宮は無言で飛び上がり、歓喜を躰で表現した。

「凄かったなぁ」押し殺した声で雨宮は言葉にしたが、歯を見せて笑っている。こんなに嬉しそうな彼女は久し振りだ、と加部谷は思った。「ああ、これはいける、いけるでぇ！」

「しかもさ、まだ全然話し足りないみたいだったね」加部谷が言った。

「そうそう、明日も夕刻にって言われて、もうびっくりだわさ」

「日曜返上だね」加部谷は言った。

「何？　なんか不満ありゃぁす？　予定なんてなんにもないだろ？」

「はい、ありません」

「俺は、実はデートの予定だったが、そんなもんはうっちゃったるわさ。仕事優先だぁ、ちくしょう！」

「誰と？」

「はぁ？　ああ、デートか……、誰でもええがね、そんなこと」

「月曜日もかも」加部谷が指摘した。「そんな勢いだったじゃん」

「だったねぇ、そうそう。はぁあ……」雨宮は大きく息を吐いた。「話はめっちゃ重かったが、一気に心が軽なったわぁ」

「お姉様のことを慕っていた感じだったね。でも、ジェントルな人で、想像以上。やっぱり、一角《ひとかど》の人というのは、なにか持っているものがあるんだなって」

「まあな……。なかなか理屈っぽいし、話の筋が通っとるし、文法も正しいし、話が外れんのが珍しいわな。黙って聞いとるだけで、話が出来上がってまう」

「頭が切れるみたい。たぶん、お姉様もそうだったんでしょうね」加部谷は言った。

「でもさ、自殺が具体的にどんなふうだったかっていう話は、なかったね。高いところにロープをかけたとか、そういう話がさ」

「そんなこと人に話さんわな、普通」

「そこがこちらは聞きたいのに」

「あんたらが聞きたいのは、浮気の相手だろ？」

「あぁ、そんな方向へは全然行かなかったねぇ、程遠い感じ。浮気なんかする人に見えないよ。あんな老人なら、私結婚しても良いと思ったくらい」

「おいおい、そうやって騙されるんだで、気をつけなって」

「はいはい」

「金は持っとるし、ジェントルマンだし、そこへ来て、どこか寂しげな影がちらりっていうのが、危ないわさ」

「そういうもの？」

「そういうもの」

予想外に早く仕事が終わったので、どこかへ飲みにいくか、という話になったが、明日も仕事になったし、今日はゆっくり休もう、本来は週末でのんびりしている時間なのだ、という話になって、二人はそのまま別れた。

夕方に少し早い夕食を済ませていたので、コンビニでスィーツを買って、加部谷はアパートに戻った。時刻は八時過ぎである。

まだ冷たい炬燵に入って、さっそく小川にメールを書いた。〈大日向氏のインタビュー無事終了〉と送った。すると、すぐに小川から電話がかかってきた。

「どうだった？　どんな感じ？」小川が早口できいた。

「そうですね、良い感じですよ。穏やかで、とてもすらすらと言葉が出てきて、ただただ聞くばかりの一時間でした」

「早かったね。一時間だけ？」

「そうなんです。今日はここまで、続きはまた明日、ということになりました」

「明日？　明日も行くの？」

「そうしてくれと頼まれました。最初から、そう言っておいてくれたら、こちらも心構えができたのに」

「それで、どんな話をしたの？」

「まあ、お姉様の話が中心でしょうか。あとは、どうして取材を受けたのか」

「どうしてなの？」

「えっと、作詞家をほとんど引退しているからってことと、あとは、自分はもうすぐ死ぬからっていうような理由でした。よくわかりませんでしたけれど、それで少しは社会に自分を知ってもらいたいと思ったらしいです」

「死ぬってどういうこと？　大日向氏も自殺しそうなの？　悲愴な感じだった？」

「いいえ、全然そんなことはありません。落ち着いていて、初老の紳士で、格好良いなって思いました」

「へえ、そう……。あと、首吊りの話は？」

「出ませんね。具体的なことはなにも。あとぉ、うーん、浮気の話は掠《かす》りもしませんでした。大日向夫人には会っていません。いたのかどうかもわかりません。顔を見たのは、家政婦さん一人だけです。ああ、そうそう、大日向氏にとっては、家族も他人なんだそうです。お姉さんだけが身内だっておっしゃっていました」

「それは、なんか意味深だね」

「どうしてですか？」

「だって、普通は逆じゃない。そうでしょう？」

「そうですか……」加部谷は想像してみようとしたが、無理だった。自分の環境ではいずれも想像しにくく、比較ができない。

「その話を聞くと、浮気の相手は実の姉ってことなのかって疑いたくなる」

「そうですね。お姉様は、弟にしか会わなかったそうです。つまり、大日向夫人や、甥《おい》の星一郎さんにも会っていなかった。同じ敷地に住んでいるのに」

「え、そう言っていたの？　ふうん、まあ、小姑と嫁はね、仲が悪いのが普通だから、ありえない話ではないな。それで、大日向夫人は、夫に対する不満を浮気調査にぶつけたってところかしら」

「もしそうだとしたら、私たちの仕事って、何なんですか？　不満の捌け口を受け止めるセーフティネットですか？」

「面白いよ、それ」

「とにかく、まだ、いろいろ話したそうでした。今日は初日で疲れてしまったっておっしゃって……。また明日の夕方の同じ時間に、ということになりました。私は休日ですが、文句を言わずに働きます。雨宮さんはデート返上だそうです。あ、そう、雨宮さんは、ジャンプしてました。馬鹿みたいに大喜びでした」

「うーん、出版の内容として、期待できるってことだね」

「売れたら、印税ががっぽがっぽですから」

「そんなこと言っていたの？」

「いいえ、単なる想像ですけれど」

## 2

翌日の日曜日、最寄りの駅で待ち合わせ、二人は大日向邸へ向かった。昨日とまったく同じだった。

「あのさ、お姉様がいた離れが見たいって、お願いしてみてくれる？」加部谷は提案した。

「本に載せたいから、写真を撮らせてくれってか？」雨宮が応じる。「いきなり、自殺現場の離れではな、ちょっと怪しまれるで、まずはインタビューをした部屋の全景な。お気に入りの絵と、なにか本に載せたいようなアイテムがありませんか、ときいてみるか。家の外観はたいていNGだが、室内とか小物ならOKになることが多い。カメラは持ってきた？」

「昨日も今日も持ってきてる。アシスタントですもの」

「昨日の録音、確かめた？」

「確かめました。ちゃんと録《と》れていましたよ。データはパソコンにコピィして、メモリは空けておいたし、バッテリィも充電してきました。アシスタントですもの」

「それ、なんか不満でもあるわけ？」

「滅相《めっそう》もない」

「可愛いアシスタントさんですこと」雨宮は笑った。

インターフォンを押したところで、緊張が戻った。

同じ部屋に通され、同じようにコーヒーを飲むことになった。大日向慎太郎は、昨日はカーディガンだったが、今日はセータである。昨日が黄色で、今日はオレンジ色だ。明るい色が好みらしい。

「どこまで話しましたっけ？」大日向はソファに座るときいた。

「えっと……」雨宮が眉を寄せて、加部谷を見る。

「お姉様の自殺が儀礼のようなものだった、とお聞きしました。先生は、それでほっとされたとも」加部谷が答えた。

「そう……。そういうイベントでしたね、あれは。悲しいとか虚しいとは、感じなかった。避けて通れないものとして、しっかりと受け止めなければならない、というくらいでした」

「昨日、詳しくお聞きしなかったのですが、お姉様の病状はどの程度だったのでしょうか？」雨宮が質問した。よくぞきいてくれた、と加部谷は思った。

「そうか、ご存知ないわけですね。姉は、もう立ったり歩いたりすることができませんでした。幸い両腕、両手は、まだ使えた。あまり力が入らないみたいでしたが、いちおう、それで身の回りのことは自分でできました。それでも一人では風呂《ふろ》も入れないし、着替えもできません。ただ、文字を書いたり、パソコンを使ったりすることはできたから、本人は今のところは不満がない、と話していましたよ。これくらいの不自由はなんでもないって……」

「それなのに、自殺されたのですね？」

「ですから、そういう自由の利くうちに、なにもできなくなってしまうまえに、という考えだったのでしょう。不満があるとか、自分の人生や未来を儚《はかな》んでというような気持ちではなかったはずです。もっと前向きに、そして勇気をもって、最後の儀礼に臨んだ、ということです。私としては、拍手したいくらい、立派だと思いました。誇らしい姉です。ずっと私はあの人のことを尊敬していたし、人生の手本にしていました」

「しかし、今ではそのお手本を失われたわけですから、そのご心境を言葉にしていただければ、と思いますが」雨宮が質問する。

「それは、昨日も言いましたが、ショックでもないし、また残念とか、寂しいとか、そういったマイナス方向の気持ちではありません。ただ、ただ、ほっとしたというだけ。まあ、終わったことで、完了したことで、ほっと一息つきました」

「今後は、どのようにされるおつもりでしょうか？　お仕事とか、人生とかの展望をお聞かせ下さい」

「今後っていったって、もうそんなにありませんよ」大日向は笑った。「私の人生はおおかた終わっているので、これ以上になにか可能性が広がることはありません。ですから、今このように後ろ向きになって、過去を振り返っているわけです。それは、この世に対する未練といえるかもしれません。そうですね、まあ、この程度には不完全な部分が誰しもある、ということでしょう。完璧《かんぺき》にはなりえない。死というのはね、本当に不思議なものというか、特別でもないし、誰にでも必ず一度は訪れる体験ですから、ごく普通のこと、日常の一つであるはずなのに、何故《なぜ》か、いつもは意識から遠ざけられていますよね。忘れているといっても良い。そうでしょう？　朝起きたときに、今日は死ぬかもしれないって考えないでしょう？　夜寝るときに、明日の朝に自分は目覚めると確信していますよね？　これって、どうしてなんでしょうか？　誰もがいつ死んでもおかしくないし、その可能性がある。確率も決して低くはない。それなのに、私のような老人でも、また病気を抱えている人でも、明日も生きているだろうって信じているんです。本当に死ぬ間際になるまで、自分は死とは無縁だと考えている。だから、身近に死が訪れると、とにかく驚き慄《おのの》いて、慌ててしまう。とんでもないことだって思う。実は、全然とんでもないことじゃないのにね。また一方では、死ぬことばかり考えている人もいます。多くの場合、生きることに、なんらかの抵抗や嫌悪を感じている。生き続けることが苦しくてしかたがない。それだから、人生の幕を早く引きたい。この世のすべて、つまり自分の周囲の人たちと、早くおさらばしたい、という欲求です。自分が惨めで、生きているだけで辛くなる。一度そのような考えに取り憑かれると、なにもかもが死へと結びつくようです。そこから抜け出すことができた人から、そういう話を聞きましたけれど、抜け出せなかった人は、誰にも語らないまま死んでいくわけです。死に至った心境を詳しく文章に残す人はいません。つまり、自分の動機を理解してほしいという欲求さえも、虚しさに埋没してしまうのでしょう。それは、おそらく理屈ではなく、感情的な破綻《はたん》なのだと思います。つまり、理性で救えるものではない、ということかもしれません。それはともかくも、本来、死とは、素直に個人が受け止めなければならないものだ、と私は考えています。他者が認めたり、排斥するようなものではない。人はそれぞれ、その人なりの死があって、どのようなスタイルを選択するかも、本人の自由に任されている。したがって、それを自分で考えなければなりません」

大日向は、そこで一呼吸置いて、コーヒーを飲んだ。そのあと、雨宮を見て、そして加部谷に視線を移し、少しだけ微笑んだ。

「こんな話、気が滅入《めい》りませんか？」彼はきいた。

「いえ、けしてそんなことは……」雨宮が答える。加部谷も無言で首をふった。

「普通はね、こんな話は、そう、湿っぽいとか、縁起でもないとかって、忌《い》み嫌《きら》われるでしょう？」大日向は、加部谷をじっと見た。「自殺を考えたことがありますか？」

「はい、私はあります」加部谷は素直に頷いてしまった。

「そう、でも、しなかったんだ。どうですか？　死ななくて良かったなと、今は考えていますか？」

「はい。今はそう思います。でも、そのときは、死が最善だと信じていました」加部谷は答える。

「では、どうして、最善を選ばなかったのですか？」

「はい、どうしてか……、よくわかりません。ただ、なんとなく、怖かったんだと思います。死んだことがありませんから、未経験のことは、なんか躊躇してしまいます。そうしているうちに、死ななくても良いか、と少しずつ、戻ってきた感じでした」

「若い人は、やり直しができますからね」大日向は優しく微笑んだ。「ちょっとした、優しさに触れて、甘えたり、泣いたりできる。感情的な衝動は、感情の反作用によって、縒り戻しができる、ということです。しかし、健康の問題を抱えていたり、確固たる理屈によって築かれた死への熱望というものは、そうは簡単に薄れることはない。むしろ、どんどん熱量が増して、その哲学も洗練されることだってある。たとえば、私が子供の頃に、作家の三島由紀夫《みしまゆきお》が自殺しましたが、あれなんか、そうなんじゃないでしょうか。ご存知ですか？」

「はい、知っていますが、いえ、詳しくはありません。切腹したんですよね」雨宮が顔を顰めて答える。「今の私たちには、考えられない死に方です」

「でも、ほんの百年ちょっとまえまでは、日本人の死に方として存在した儀礼でした。当時は、男性に限られていましたけれど、侍とか軍人であれば、いつでも切腹ができる、その覚悟を持っていたものですし、また、社会もその行為を理解し、多くの人たちが認識していました。それは、けっして忌《い》むべきものではなかった。むしろ立派な姿だと評価されていたのです。まるで、死に挑む勇気を褒《ほ》め称《たた》えているみたいなものだった」

「自殺を決意することに対して、立派だという評価があったのですね」雨宮が言った。

「そのとおりです。だから、死ぬ人間も、ある程度ですが、安心して死ねたというわけです。死というものの特別性のうち最大のものは、自分の死を確認できないこと、また、死んだ自分の躰を自分で処理できないことです。責任のある死を成し遂げたいと考えても、死んでしまったら、弁解はできないし、自らの屍《しかばね》を片づけることもできません。遺書を書くことで、多少は補えるという程度ですが、これは生前に人に考えを伝えるのと同じことで、死んだのちに、議論ができるというわけではありません。さらに、自分の死が、周囲にどう受け止められたのか、と心配しても、それを観測し、確認することができません。社会的にどうだったのか、わからない。したがって、非常に不安定な予測しかできない。かつての切腹のように、この儀礼を経《へ》て死ねば、評価がほぼ確立していた社会においては、人々は安心して生きられたことでしょう。最終的には、それで最悪は避けられる、という救済だったからです」

「では、お姉様の死は、そのような救済を求めたものだった、とお考えでしょうか?」雨宮が尋ねた。その質問は鋭い、と加部谷は心の中で拍手を送った。

「もちろん、姉自身にとっては、救済は完結していたはずです。そして、私にとっても、まちがいなく救済となりました。ただ、社会では、けしてそうではありません。日本の社会は、自殺者を立派だとは評価しません。どのような環境にあっても、どんな個人的条件であっても、自殺は許容できないものだ、という方針が現代社会を支配しています。これは、問答無用だといって良い。重い病気で手の打ちようがない、という人の自殺であっても、せいぜいが、しかたがない、と言われるだけ。それ以上の評価はけっして下されない。病気を苦にして、と言いますよね。あれは、病気に負けた、という意味でしょう? 誰一人、勇気ある立派な死だったとは言わない。そうではありませんか?」

「たしかに、そうですね。忠臣蔵の大石内蔵助《おおいしくらのすけ》のように、切腹してあっぱれだ、とはなりませんね」雨宮が話す。「えっと、これは武士道というものが、過去の特別な社会システムだったから、と考えるしかないのでしょうか?」

「でも、今だって、忠臣蔵のドラマをやっていますよね。大勢の日本人が見ているはずです。そして、切腹した人たちを見て、あんなことをして何になるのだ、とは言いません。そうではなく、立派だ、と感動する。切腹を命じた側も、その恩情が褒め称えられる。違いますか？　それは、単に法律が変わったから、という問題でしょうか？」

大日向は、またコーヒーを一口飲んだ。

「まあ、そうはいっても、日本は、比較的自殺が多い国です。自殺を容認する土壌があったからだ、という指摘もされています。キリスト教の社会では、自殺は強く抑制されていましたからね。いえ、そんな文化としての自殺論は、今の主題ではないのです」

そこで彼は、少し言葉を切った。雨宮も質問しなかった。加部谷は、今日の話はあまりにも一般論で、大日向自身の話題から外れていると感じていたので、いよいよこれからが本題なのか、と感じた。

「姉が自殺した部屋をご覧になりませんか？」彼は、変わらない口調で、突然そう言った。

当然ながら、是非、と雨宮は返答した。加部谷は、写真を撮らせてほしいという話を、どう持ちかけようかと考えていたので、この大日向の提案には、飛び上がるほど驚いた。

# 3

応接間から通路に出た。

「離れにご案内しますが、今は誰も使っていないので、空調が切れています。上着を持っていって下さい」大日向慎太郎は、そう案内した。

家政婦は姿を見せず、屋敷はひっそりとしていた。大日向は、少し待っていて下さい、と言い残し、奥へ入っていった。おそらく、着るものを取りにいったのだろう。

「まさかの展開」雨宮が小声で囁いた。

「本当に」加部谷は頷いた。

玄関ホールに外套《がいとう》掛けがあり、加部谷と雨宮はそこでコートを着た。大日向がダウンのジャケットを着て戻ってきた。三人は玄関から外に出た。

夜空に星が瞬《またた》いていた。周辺はぼんやりと明るかったが、敷地内は比較的暗い。ところどころに小さなライトが灯っているだけだった。

「こちらです。暗いですから、足許に気をつけて」大日向が歩き始める。

入ってきた正面ゲートへのアプローチではなく、建物に沿って、池の近くを歩いた。樹木の間を小径《こみち》が通っている。少しだけ下っていた。真っ直ぐではなく、先は見通せない。途中に小さな木製のアーチがあった。そこを潜《くぐ》り、落葉を踏んで進んだ。照明の光が届く範囲は僅《わず》かで、周囲に何があるのかほとんどわからなかった。ただ、頭上の星はいつも見えていた。樹木のほとんどが葉を落としているからだ。

建物が近くにあることに突然気づいた。闇の中に、背景よりもさらに黒いシルエットだった。照明は一つも灯っていない。

「懐中電灯を持ってくれば良かったですね」大日向は言った。

少し先に塀が確認できる。そちらが多少明るい。どうやら、裏ゲートのようである。だが、手前の庭木なのか、なにものかに遮られて直接は見えない。

玄関は鍵がかかっていたが、大日向が持っていた鍵を差し入れて開けた。その作業に必要な最小限の照度はあったということである。

玄関に入って、大日向は照明のスイッチに手を伸ばした。ようやく、そこの様子がわかった。スロープがすぐ横にある。住宅としては、一般的とはいえない設備だ。奥はまだ暗いが、モダンな建築物で、趣味の良い敷物《しきもの》などがまず確認できた。

靴を脱いで、大日向が棚から取り出したスリッパを履く。彼は、次に通路の照明を点けた。通路を真っ直ぐに進む。ドアを開けて入った部屋は、またも暗闇だった。

暗闇といっても、窓があることがまずわかった。外の方が明るいからだ。縦に長く、高い位置まで窓だった。

さきに入った大日向が、照明を灯した。一瞬で広い空間が現れた。

加部谷は、鷹知の話で天井が高いことは聞いている。それでも、実際の部屋を見て、高いなぁ、と思わず見上げてしまった。

背の高い本棚が、壁に据え付けられている。窓は、その本棚がない場所にある。天井には鉄骨の梁《はり》が見えていて、トラス構造だった。加部谷も雨宮も、建築学科を卒業しているので、この建物が、鉄筋コンクリート造であり、大空間の屋根だけを鉄骨トラスで支えていることを理解した。トラス構造というのは、軽快な印象を与えるものと習ったが、一般の人は鉄骨が軽いなんて思いもしないだろう。

「素敵なお部屋ですね」雨宮が言った。言葉を選んだようだ。

「図書館みたいですね」加部谷は呟いた。書棚があるし、個人の住宅としては天井が高すぎる。

壁は打ち放しのコンクリートで、丸いスペーサの痕《あと》が点在していた。そういった剥き出しのコンクリート面は、しかし僅かしか現れていない。多くは本棚に覆われている。窓は、本棚と本棚の間にある。また、本棚よりも高い位置に横長に採光のためのスリットがあった。その上に、トラスの梁が奥行き方向に二本、横方向に一本架かっていた。それらトラス梁には鮮やかな原色のブルーのペンキが塗られている。

その梁に、ロープが掛けられていたのだ、と加部谷は思った。雨宮にもその話はしてあるから、彼女もきっと同じ気持ちで見上げているはずである。

ようやく、床にあるものに目が向く。ほぼ中央に横に長いデスクが置かれていた。その奥には、背の低いキャビネットがあり、大きなモニタも見えた。モニタの手前には、ゲストのためのものか、ソファが二脚と、低いテーブルもある。だが、対面する部分にはなにもない。奥のモニタの前にも椅子などがなく、充分な空きスペースが取られている。この部屋の主が、車椅子を使っていたからだろう。

「姉はここで、亡くなっていました」大日向は、部屋の中央に立って、片手を軽く持ち上げ、指を一本立てた。上を示していることは明らかだ。

「高いですね」加部谷は、再び天井を見上げて言った。言葉にすることが滑稽《こっけい》なくらい高い。その点について、是非とも大日向に説明してもらいたい、と思った。

「あのぉ、失礼かもしれませんが、そこでお姉様が首を吊られたのですか?」雨宮が尋ねる。彼女は、大日向に近づきながら、顔を上へ向けた。「でも、あの、いったい、どうやって……」

「梯子があったのですね?」加部谷はきいた。方法について説明を促すためだ。「本棚の本を取るためにも、梯子が必要ですよね」

「梯子はありません」大日向は首をふった。「ここの本棚は、ちょっと変わった仕組みになっているんです」

彼は、壁際の本棚に近づき、棚のサイドに軽く触れた。すると、音もなく本棚が沈み始めた。ゆっくりと、床の中に本棚が吸い込まれるように入っていく。ちょうど半分ほどが入ったところで、自動的に停止した。本棚は低くなり、高さは半分になっている。沈んだのは、窓と窓の間の本棚一つだけで、部屋のほかの本棚は動かない。

大日向が再び手を触れると、本棚は今度は上昇し始め、三十秒ほどで元の位置に戻った。本棚が下がっている間は、背後のコンクリートの壁が見えていた。

「スイッチはなく、ここの横を手で触れると、触れた高さに応じて下がる仕組みになっています。姉は車椅子でしたから、もっと本棚が下がって、棚の上の段まで手が届くようになるわけです」

「凄いですね。お姉様は、読書家でいらっしゃったのですね？」雨宮が言った。

「そうですね、経済的に余裕ができて、本が買えるようになってからのことです。それに、多くは本ではなく、映画のビデオや音楽のライブです。あちらのモニタで鑑賞していました。出かけるようなことはなく、ほとんどこの部屋で過ごしていました」

「あの、梯子がないとなると、どうやって？」加部谷は囁いた。それが肝心の話ではないか、と雨宮に目配せした。

「そうなんですよ」部屋の中央に戻って立っていた大日向慎太郎は、そこで微笑んだ。「姉は、あそこの……」彼は顔を上に向けた。「青い梁にロープをかけて、それで首を吊っていたそうです。私は実際には見ていません。出かけていたからです。戻ってきたときには、姉は病院でした。既に亡くなっていました。警察の話では、ロープは短く、姉の頭は、梁から一メートルもなかったそうです。あの梁は約五メートル五十センチの高さがありますから、姉の足の先が、床から三メートルほどの高さになっていたわけです」

雨宮も加部谷も、黙って梁を見上げる。そこに人がぶら下がっている様子を想像した。加部谷だったら、手をいっぱいに伸ばしても、ぶら下がる人の足には届かない。

「どうやって、ロープをかけたのですか？」雨宮が質問する。この場合、当然の疑問といえるので自然であるが、当初より、それを尋ねたいと考えていたので、念願の質問だった。

「私にはわかりません」大日向は表情を変えず、静かな口調で答えた。「警察の方は、どう考えているのでしょう。でも、自殺だという話はしていましたから、なんらかの方法が存在する、と見ているわけですね」

「なんらかの方法？」雨宮は言葉を繰り返した。「それはもちろん、なんらかの方法が存在するはずですが……」

「その方法の痕跡《こんせき》が見つからない以上、自殺ではないという判断になりませんか？」加部谷は思い切って質問してみた。

「それも、私にはわかりません。私は、あれが自殺かどうかを判断する立場にありません。また、自殺かどうかは、私にとって、あるいは姉にとっても、ほとんど無関係といいますか、大きな問題ではないということです」

「では、先生は、この謎について、なにもお考えをお持ちでない、ということですか？」雨宮がきいた。

「私が考えるのは、どうやってという手法ではなく、何故このようなことを姉がしたのか、という理由です」大日向は滑らかに答えた。用意していた回答なのだろう。

「大掛かりなことをして、自分の命を懸けて実行したのですから、それなりの理由があったことでしょう。それを文章に残しても、社会は注目しない。しかし、このように前代未聞の現象を提示すれば、社会は考えるはずです」

「当然、考えますよね。つまり、どなたかが、お姉様の死に関わった、と。お姉様の意思であったなら、それは補助行為になります。自殺幇助です」雨宮が言った。彼女も元レポータである。淀みなく言葉が出てくるようだ。「また、万が一ですが、お姉様の意思でなかったとしたら、これは殺人に分類される事件なのではないでしょうか？」

「そうですね。社会的にはそうなります」大日向は表情を変えず、小さく頷いた。「そうなる可能性があるから、社会に訴えかけるきっかけになる。ようするに、姉が狙ったのはそこなのではないか、と私は考えています。殺人に見えるように自殺すれば、この自殺という行為に、現代の日本社会が認知していない、取り零《とこぼ》している個人の動機がある、という訴えになるでしょう。自殺でもいろいろな自殺がある。個人としての勇気ある行動、考え抜いて決断した、人間としての尊厳を守るための行動、そんな死に方、すなわち死の儀礼が存在するのではないか、という問いを投げかけているのです」

　そこで、大日向は一息ついた。話は終わったようだ。

「あの、今日の話も、すべて文章化し、公表してよろしいのでしょうか？」雨宮が恐る恐るきいた。

「ええ、もちろんです。というよりも、これが今回の取材の主テーマであり、本が出版されるとしたら、主題になることでしょう。私が話したことは、すべてそっくり文章にしていただいてけっこうです。ここで見たものも、すべて書いてもらってかまいません」

「写真を撮ってもよろしいですか？　写真を本に掲載してもよろしいでしょうか？」雨宮が尋ねる。

「もちろん、けっこうです。隠すようなものは一つもありません」

　加部谷はバッグを持ってきた。そこにカメラが入っている。さっそくそれを取り出し、部屋の写真を撮った。途中で、大日向の方へレンズが向いたときに、

「あ、失礼。私の写真はNGです」と片手を広げた。「申し訳ない。これだけは、今まで通してきたことを、全《まっと》うしたいと思います。お願いします」

「失礼しました」加部谷は頭を下げた。

# 4

　この日は一時間半ほどで、取材が終了した。次は、また週末にしましょうか、と大日向が言ったので、こちらとしては、ただ礼を言い、頭を下げることしかできなかった。自殺現場に立ち入るというインパクトのある体験だけで、二人は大満足だったから、なんの不満もない。

「なんで週末なんだよ」大日向邸を出たところで、雨宮が呟いた。彼女には細《ささ》やかな不満があったようだ。

「デートは、平日にしなさいってことじゃない？」加部谷は言ってやった。「まあ、神様のお達しだからね、逆らえないよ」

「いやあ、どういうこと？　とにかく凄い。凄かった」雨宮は、急に笑顔になった。

「信じられんな。これは売れるでぇ。鮮度が高いうちに、早く本を出さないと」

「でも、事件が未解決じゃん」加部谷は言う。

「そんなもん、どうだってええわさ。謎は謎のままの方が、むしろ読者を惹きつけるってなもんよ。ワイドショーなんかで取り上げられて、みんなであれこれ議論をすれば、もうこっちのもんだで」

「こっちのもんって、いえば、さっきのさ、あっちの裏の門から、鷹知さんは入ったんだよ」

「だから、何？」

「門の鍵が開いていたって」

「それは、家政婦さんが出ていったとき、締め忘れたんだろ？　そう言っとらしたがね」

「あのトラスの高さに上る梯子って、五メートルくらいかな。それを玄関から入れるのが大変だと思う。まあ、二段で短くできるタイプだとしても、けっこうな重量になるし、家の中で移動させたら、どこかにぶつけて壁とかに傷がつくよね」

「だから、何？」

「誰かが、そんな大きなものを持って、ゲートから出ていったとして、そのあとは車に載せていったのかなぁ。電車には乗れないでしょう？　てことは、車は大型のワゴン車かトラックだよね。軽トラでも、屋根の上から前に突き出さないと、積めないと思う」

「用意周到な自殺幇助だ、といいたいわけ？」

「しかも、どうも殺人ではないって空気じゃない？　なんていうのか、本人の同意がないと、ちょっとありえない感じ。家族はみんな、アリバイのために外出していたわけだし」

「アリバイは、きっちり証明されとるの？　家にいなかっただけじゃ、アリバイにならんだろ。トラックをどこかで調達して、梯子を運んできたかも」

「違う、そんなことしたら、すぐに疑われるし、誰かに密告されて、警察に目をつけられる。それをするくらいなら、誰か、そう、信頼のおける人に、お願いした方が良いと思うな」加部谷は、そこまで話して、自分でも不思議に感じてしまった。「だけど、人に頼めるようなことかなぁ。頼まれた方だって、そんなこと簡単に引き受けないだろうし、難しいよねぇ」

「友人関係だったら、警察に疑われることまちがいなしだわさ」

「そもそも、沙絵子さん自身が、身内に迷惑が及ぶような方法は選択しなかったんじゃないかな。そういう人だったような気がする」

「気がするだけだろ？　私ら、その人のこと、なんも知らんわけだ。そんなもん、何をどうしとらしたのか、想像もできんわさ」

駅の近くで、雨宮とは別れた。彼女はまた、タクシーで立ち去った。加部谷は家に帰る以外に用事はない。

電車に乗っているときに、今日のインタビューが終わったこと、自殺の現場を見せてもらい、写真も撮ったことを小川に連絡した。すぐに、〈凄い！　明日詳しく聞かせて〉というリプライがあった。

自宅に帰る途中で、またコンビニに寄ってスイーツを買ってしまった。これは、悪い傾向だな、と思ったものの、甘いものを食べないと精神的な疲れが取れない気がした。たぶん、気がしただけだ、雨宮が言ったように。

紅茶を淹れて、チーズケーキを炬燵で食べているときも、大日向沙絵子が首を吊ったあの部屋が、頭から離れなかった。誰かが、有名な建築家が設計したものだと話していたことを思い出した。誰が言ったんだっけ？　たぶん、鷹知ではないか。

ちょっと検索をしてみた。大日向邸の設計者、とキーワードを入れたが、ヒットしない。そもそも大日向邸という文字列が、有効なデータとしてネット上に見つからない。有名建築家なんて、沢山いるだろう。どのあたりからが有名になるのか。

スイーツを食べ終わったところで、どうしても我慢ができず、小川に電話をかけた。

「何？　どうしたの？」小川の突慳貪《つっけんどん》な声が耳に飛び込む。

「すいません、あのぉ、自殺した沙絵子さんの家って、誰が設計したのか知りませんか？」

「ううん、知らない。あの離れのこと？」

「そうです。鷹知さんだったかが、有名な建築家が設計したものだって話していたような気がするんです」

「そうだったかしら。覚えていないけれど、でも、有名っていうのは、つまり名前が出てこない人なんでしょうね」

「それじゃあ、有名じゃないかもしれませんね。うーん、ネットで調べても、わかりませんでした」

「どうして、そんなことが気になるわけ？」

「本棚が、床の中に入っていく仕掛けがあったんです。わかりますか？　本棚が、低くなるんですよ。モータで動くんです」

「なるほど、そういう仕掛けがある部屋なんだ。天井の梁もスイッチを押すと、するする下りてきたりするわけか」

「ちょっと、構造を見た感じ、それは無理だとは思いますけれど」

「君、そういえば、車椅子がぐーんて高くなるって推理していたじゃない。車椅子も、有名デザイナが手がけたものだったんじゃない？」

「それは、聞きませんでした。今度、機会があったら尋ねてみます」

「車椅子は、その部屋にあった？」

「いいえ、今日は、ありませんでした」

「ふうん、用件は、それだけ？」

「はい、そうです、すみませんでした」

「いいえ、全然問題なし。建築家のことは、鷹知さんにきいといてあげる」

「ありがとうございます」

電話を切った。小川は自分の部屋にいたようだ。クラシックの音楽が流れていた。たまたま加部谷が知っている曲の一部だったが、それがどんな題名で作曲家が誰なのかまでは思い出せなかった。しかし、今どき、あんな音楽を流す場所なんて、お店などではありえないだろう。

その後も、コンクリート打ち放し、本棚が動く、トラス梁の書斎、など思いつくワードで検索してみた。画像検索でヒットする部屋の写真を沢山見たが、これだというものは見つからなかった。

シャワーを浴びてから、また炬燵に戻ったところで、端末に小川からのメッセージが届いていた。〈鷹知さんにきいてみた。鷹知さんは友達から聞いただけで覚えていなかったけれど、その友達に電話をかけてくれて、有名建築家が判明〉とあった。そのあと名前が書かれていたけれど、加部谷は聞いたことも見たこともない人物だった。やはり、有名というのは、そういう意味だったのだ。

その名前をネットで検索したところ、彼の作品と思《おぼ》しき建築物の写真が画面いっぱいに並んだ。それをしばらく順に眺めたが、五十くらい見たところで諦めた。大日向邸の、沙絵子の離れらしき写真は一枚もない。つまり、作品として公になっていない可能性が高い。個人の住宅だから、持ち主の承諾が得られなければ、建物の外観や、特に室内などの写真は発表できないのかもしれない。

建築家の名前と大日向慎太郎、あるいは大日向沙絵子の二人の名前で検索しても、それらしいものはヒットしなかった。

これは駄目だな、と加部谷は溜息をついた。しかし、その有名建築家を普通の文字検索した結果の中に、〈死去〉の文字が目に止まった。

東工大の名誉教授だったが、亡くなっているようだ。検索結果のうち新しいものを表示させると、短いニュースとして死亡報告が見つかった。葬儀は身内だけで執り行われたらしい。それが数日まえのことだったので、加部谷は驚いた。

さらに調べてみると、死亡した日は、大日向沙絵子が自殺した前日だとわかる。偶然だろうか。ぼんやりとした疑問が頭の中で渦を巻いて回転しているように感じた。

# 5

月曜日の朝、加部谷恵美は寝坊してしまった。目覚まし時計が鳴らなかったのだ。時計自体が止まっていた。電池切れが原因のようだ。慌てて出勤したが、三十分の遅刻となった。小川に謝りつつ、お茶を淹れた。

「それで、建築家が判明して、なにかわかった？」小川はきいた。「君、建築学科出身だもんね、なにか特別な建築家だったりしたわけ？」

「いえ、そんなことは全然」加部谷は首をふった。「名前を聞いても、心当たりがありませんでした。もっとも、心当たりがある日本の建築家は、そうですね、五人もいません」

「なんだぁ、期待しちゃったじゃない」小川は笑った。

「あ、でもですね……、一つおもしろい事実が」加部谷は、そこで言葉を切った。お茶を淹れていたので、ひとまずその作業に専念し、湯呑《ゆの》みを小川のデスクまで運んだ。「その建築家、大日向沙絵子さんが自殺した前日に亡くなっていました」

「へぇ……」小川は、少し口を開けた。しかし、そのままお茶を飲んだ。「それで？」

「それだけです」加部谷は答える。「そのあと考えているうちに寝てしまい、起きたら目覚ましが止まっていて、あとは、なにも考えられないまま、ここへ来ました」

「あそう……、えっと、それじゃあ、とりあえず、昨日のことを話してもらえる？」

「メインは、あの部屋です。沙絵子さんが首吊り自殺をした部屋」加部谷は話した。自分のお茶もデスクへ運び、椅子に座った。「大日向氏が、離れに私たちを案内してくれて、そこで、あのトラス梁にロープを掛けて、首を吊ったんだよって、話してくれました」

「凄いシチュエーションじゃないの」小川は目を細めた。「彼は、何のためにそんな説明をしたんだろう？」

「それはわかりません。少なくとも、こちらからお願いしたことではありませんでした。最初から、私たちに見せるつもりだったのだと思います」

「どうしてなんだろう？」小川は首を傾げた。「トラスって、鉄骨のこと？」

「いえ、斜め材が入って、三角形の隙間が沢山できる骨組みのことです。でも、あの部屋のトラスは鉄骨です。壁は鉄筋コンクリートで、屋根だけ鉄骨です。打ち放しのコンクリートだし、仕上がりがもの凄く綺麗でした。有名建築家ならではのデザインの建物かと」

加部谷は、カメラをパソコンにつなぎ、モニタに写真を表示させた。小川は立ち上がって、それを見にきた。加部谷は、上下する本棚の話もした。

「大日向さんは写っていないの？」

「撮影禁止だって言われたので」

「そうなんだ」

写真を見せながら、大日向がどんな話をしたのか、大まかに説明をした。もちろん、録音をしているので、のちほど小川もすべてを聞くことができる。

三十分ほどして、鷹知祐一朗が現れた。昨日小川が電話をかけたときに、大日向邸で加部谷たちが大日向慎太郎にインタビューしている、と話したらしい。そのことで、話を聞きにくる約束になったという。小川は、鷹知の顔を見て初めて、それを話した。約束を忘れていたのではないか、と加部谷は疑った。

内緒の話であると断って、インタビューが実現した経緯を小川が簡単に説明した。取材二日めの昨日は、大日向沙絵子の離れに案内された、と話すと、さすがに鷹知は驚いた様子だった。加部谷は、モニタの写真を彼に見せた。

「そう、ちょっと特殊なデザインの部屋なんですよ」鷹知は言った。「でも、写真も撮らせてくれたなんて、信じられませんね。大日向慎太郎は、マスコミ嫌いで有名なんですから」

「取材自体が、異例のことのようです」小川が言った。「向こうからの指名だったの。でも、私は夫人と顔を合わせているから、加部谷さんとお友達にお任せしたんです」

「なるほど。すると、大日向氏は、話したことが書籍になることを希望しているわけですね？」

「そうです。しかも、話題の中心は、お姉様の自殺についてです」加部谷は話す。

「よくわからない、どういう意図があるのでしょうか？」鷹知が言った。

「はい、そこですよね、問題は」小川が言う。

「鷹知さん、お茶を飲まれますか？」加部谷はきいた。自分がお茶を飲んだので、気がついた。

「あ、おかまいなく」鷹知は微笑んだ。

「加部谷さんが、なにか考えていると思います。直接話をきいているし、それに、建築家についても調べようとしているし」

「あのぉ、プレッシャをかけないで下さい」加部谷は苦笑した。「でも、そうですね、大雑把《おおざっぱ》にいえば、私たちが当初から話していたことに、かなり近いんじゃないかと思います。つまり、沙絵子さんの自殺について、社会的な理解を求めたい、という主旨です。自殺を、哀れだとか、可哀想だとか、そういう目で見ないでほしい、もっと勇気ある選択であり、立派な行動として扱ってもらいたい、正確だという自信はありませんが、だいたいそんな感じじゃないでしょうか」

「ということは、大日向氏は、沙絵子さんが自殺されることを、事前に知っていたのでしょうか？」鷹知が言った。「もちろん、知っていたからこそ、家族が全員外出していたのでしょうけれど」

「それどころか、お姉様の計画に協力している可能性もあります」加部谷は話す。「その行為は、自殺幇助で犯罪になりますが、彼は、それを正当化したいのではないでしょうか？」

「でも、正当化しなくても、アリバイがあるわけだから、犯罪として立件できないのでは？」鷹知が言う。「それだけでは不足で、もっと周囲に広く認めてもらいたいということですか？」

「たぶん、そうなのでは」加部谷は頷いた。

「まあ、それはそれとして……」小川は近くのソファに腰掛けた。「じゃあ、誰がアシストしたの？　沙絵子さん一人では不可能だよね。梯子を誰が片づけたの？」

「警察も、その人物を追っていると思います」鷹知がつけ加える。

「でも、誰でもできますよね」加部谷は言った。

「誰でもできる？」小川が身を乗り出した。眉を顰めている。「できるか？」

「物理的には、という意味です」加部谷は説明する。「梯子を家の中に持ち込んで、梁にロープをかけて、沙絵子さんの首にかける。そのロープを下で引っ張って、持ち上げます。高いところまで上がったら、もう一度、梯子を登っていって、沙絵子さん側のロープを、別のロープで一旦縛って仮固定しておき、下で引っ張っていた側のロープを少し短く切ってから、梁に結んで固定する。その上で、仮固定用のロープを切り離し、こちらは取り除く。一番大変なのは、最初の下から引っ張って、沙絵子さんを吊るしたまま持ち上げる作業だと思いますが、沙絵子さんよりも体重が重い人なら、可能です。梁とロープの摩擦の分だけ体重差が必要ですから、おそらくは七十キロ以上の人になります。沙絵子さんの体重を五十キロと仮定した場合ですが」

「それ、君、本気で言っているの？」小川が顔を顰めた。

「いえ、ですから、物理的な可能性について言及しただけです。手法としては、大きな問題はありません。摩擦を減らすために、梁とロープの間に、プラスティックの板を挟むと有利です。あ、それから……、もちろん、沙絵子さんの協力が必要です。抵抗された場合は、難しくなると思います。なんらかの防御創が残る可能性が高いからです」

「誰なの、それをやったのは」小川がきいた。

「私ではありません。私は七十キロもありません」加部谷は答える。「小川さんでもありません。でも、世の中には、それくらい体重のある人は沢山いますから、それで、誰でもできる、と言いました」

「その説明をしていたの」小川が小さく舌打ちした。「じゃあ、警察もきっとそう考えているんでしょうね」

「そうだと思います」鷹知が言った。「ただですね、誰でも可能であったとしても、わざわざそんな行為を実行する人は多くはいません。なんらかの動機がなければできない。たとえば、お金さえもらえば、それくらいのことはする、という人だって、多くはない」

「そう、そのとおり」小川は頷く。「だって、危険すぎる。自分が罪に問われる可能性が高いわけだから」

「でも、途中で見つかる可能性は極めて低かったはずです」加部谷は言った。「誰もいませんし、目撃者というのも、外に出たときくらいです。梯子を車に載せるのさえ、見られなければ、大丈夫かと」

「普通の梯子じゃなくてもできますね。縄梯子だったら、持ち運びは簡単です」鷹知が言った。

「そうか、そうですね」加部谷が手を打った。「ロープを投げて、梁の隙間に通して、それで縄梯子を引っ張り上げるわけですね」

「あ、そうだ」今度は、小川が指を鳴らした。「その人物は、ゲートを通っていないのよ。私たちのカメラに映っていなかったんだから。警察は、きっとゲートから出入りしたと思って調べたでしょうね」

「それは、そのとおりでしょう」鷹知が頷く。

「どこかで塀を乗り越えて出入りしたんです。車も、その近くに駐車したはずです」加部谷は言った。「塀を乗り越えるのにも、同じ梯子か縄梯子が使えますね」

「どこかに痕跡が残っているんじゃない?」小川は言った。「特に、庭園内は舗装されていないから、足跡とか、梯子の跡が地面に付くはず。縄梯子なら、塀に傷が残っているかも。あれから雨は降っていないよね。調べた方が良くない?」

「うーん、でも、それって、私たちは依頼されていませんよね」加部谷は言った。

「君って、どうしてそんなに冷静なの?」小川が指を差した。

「僕も、勝手に調べる権利は持っていません」鷹知が頭に手をやって言った。「警察に相談してみますか?」

「え、誰が?」小川がきいた。

「僕では駄目です。僕は有力な容疑者ですから」

「じゃあ、私?」小川は自分に指を向ける。「でも、依頼人の許可が得られない」

「そのことも含めて、警察に話す手があります。つまり、非公式だということで。正式な証拠として扱ってくれるな、と」

「ああ、なるほど」小川は頷いた。「知合いの刑事さんに、それとなく話せってことね。うん、ある意味、種を蒔《ま》いておけってことか、今後のことを考えて」

## 6

小川令子は、知合いの刑事に電話をかけ、一時間後に警視庁の近くの喫茶店で会う約束を取りつけた。加部谷を連れていこうか、と迷ったが、相手の承諾もなく二人で行くことはマナー違反だろう、と思い至った。駅までは、鷹知と二人で歩き、刑事にどんなふうに話せば良いか、とアドバイスをもらった。

こうした情報をときどき警察に流すことは、探偵業としては珍しくない。のちのち警察の方からちょっとした情報を受け取れる、といったメリットもある。そういう期待を具体的にしているわけではないものの、顔を知ってもらうことは損にはならない。以前、鷹知からそう教えられて、細々とした関係を作りつつある。今の刑事は二人めだった。

大日向慎太郎の姉が自殺した事件だ、と話を切り出しても、刑事はそれを知らなかった。もちろん、大事件とはいえないかもしれない。殺人課では扱われていないのか、あるいは、殺人課も人数が大勢いて、全員が認知しているわけではないのか、いずれかだろう。

「実は、まったく関係のない依頼を受けて、あの屋敷の周辺にカメラをセットしていました。ゲートは正面と裏の二箇所なんですが、どちらも二十四時間撮影していたんです。その映像はお見せできませんけれど、すくなくとも、自殺があった時間に、両方のゲートを出入りする不審者は映っていませんでした」小川は説明した。「そのことを、捜査している警察に知らせたい、と考えました」

の疑問である。

「事件性はなく、自殺として処理されたんじゃないんですか？」刑事が尋ねた。当然

「実は、私の友達が、その自殺者の第一発見者なんです。それで、その自殺現場の様子を聞いたのですが、五メートル以上もある天井の梁で首を吊っていたそうです」

小川は、その状況を説明した。しかも、被害者が歩くことも立つこともできない車椅子の病人であったこと。このため、自殺したのだとしても、それをアシストした人物が存在し、その人間は梯子かなにかの道具を、その部屋に持ち込み、さらに持ち去ったはずである、また、ゲートを通っていない以上、別の場所で塀を乗り越えたはずなので、その調査をしてほしい、というストーリィだった。

「そういうこと」刑事は頷いた。「わかった。担当者に伝えておくよ。それで、今もカメラをセットしているの？」

「いいえ。警察が調べている間は、こちらは自粛しておりました」

「自粛って……」刑事は笑った。「べつに、続けたいなら問題はないでしょう。防犯の役に立っているんだから」

話は十分で終了し、コーヒー代は割り勘になった。店を出たところで、小川は思い出した。新しい名刺があったのだ。

「事務所の名前は変わっておりませんが、私が代表になりました」小川は言った。

「え？　まえの所長さんは？」刑事が尋ねる。

「廃業といいますか、引退されました。それを私が引き継いだ形です。今は、もう一人、女性が働いております」

「へえ、そう。珍しいね、そりゃ」刑事はそう言って、片手を上げ、歩道を去っていった。

何が珍しいのか、と小川は考えながら、反対方向へ歩きだした。そうか、探偵事務所のスタッフが女性二人というのが珍しいのだろう、きっと。

それから、新しいスタッフとして加部谷恵美を紹介しなくて良かった、と気づいた。あの刑事は、以前の事件で加部谷の顔を知っている可能性がある。そうだった、そうだった、と何度か頷いた。人間というのは、過去について素晴らしいスピードで忘却する能力を持っているのだ。この能力のおかげで、毎日がまあまあ安穏と過ごせるのではないか、と思えるほどである。

事務所に戻った頃に、電話がかかってきた。別の刑事からだった。名前を聞いたが、もちろん知らない。初めての人である。

「事情を伺いましたが、もう少しだけ、詳しく教えていただきたいんです」話し振りから、若そうだと感じた。

大日向夫人が、タクシーを呼んで出かけたことは知っていた。大日向慎太郎は、何時にゲートから出たのか、そのあとどこへ行ったのか、と尋ねられた。小川は少しだけ考えて、だいたいの時刻と、駅の方へ歩いていった、とだけ説明した。尾行をして、橋までついていったことは、黙っているべきだろう、という判断である。おそらく、大日向はそのとおり証言しているはずだし、警察はタクシーの記録を調べたはずだ。

「カメラをセットしているってことは、大日向氏を追っていたということですよね？」

「申し訳ありませんが、それはお答えできません」

「証拠を提出しろとか、裁判で証言しろとは言いませんから、ここだけの話でけっこうです。知っていることを教えていただけませんか？　真実を知りたい、という単純なお願いです」

「はい……、おっしゃるとおり、これは証言はできません。ただ、私たちは、出かけた大日向氏をずっと尾行しておりました。どこへ行って、何をされたかは話せませんが、帰宅されるまで、見失うことはありませんでした」

「わかりました。それは重要な手掛かりです。ありがとうございます。それから、そう、ゲートを通っていない可能性についても、ご指摘をいただきました。再度、その方向で捜査するつもりです」

「警察は、今回の自殺を、どう考えているのでしょうか？」

「自殺は、遺体の状況から、ほぼまちがいない、と考えておりますが……、ただ、もちろん第三者が関与したことは確実で、その人物を特定したい。それだけです」

電話はそれで終わった。記録された映像を提出しろ、と言われなくて、小川はほっとした。

「警察は、どんな感じなんですか？　そもそも事件として扱っているのですか？」加部谷がきいてきた。

「いちおう捜査はしているようだけれど、殺人事件とは認識していない感じかな」小川は答えた。「自殺をアシストした人物を特定したいけれど、やっぱり、殺人犯を見つけ出そうという場合とは、勢いというか、力の入れ方が違うだろうね」

「そうでしょうね」加部谷は頷いた。「大日向氏が、姉は自殺をする気でいた、と話しているはずですし、それに、沙絵子さんの遺産を欲しがっている人がいるようにも思えません。物盗《ものと》りの可能性もないでしょうし、周辺の状況からして、疑うようなものがないのかも」

「謎がないわけだよね。一見、不思議な状況ではあるけれど……」

「そうなんですよ。もし不可能な謎を提示したかったら、部屋や玄関やゲートの鍵をかけておくでしょう。密室にしたら、謎が謎を呼ぶ状況になって、警察も本腰を入れたかもしれません」

「密室にしたって、合鍵があれば可能じゃない」小川は言った。

「いえ、ですから、内側にバリケードが築かれていたとかですよ。そういうのが本物の密室です」

「そういう本物の密室って、見たことがないから」小川は笑った。「そうだ、昔のことで思い出したんだけれど、旗を掲げるポールの上に、死体がのっていた事件があったんだよ」

「へえ、それ、凄いじゃないですか。どんなトリックだったんですか？」

「いえ、それは自殺じゃなくて、殺してからのせただけ。まあ、見せしめみたいなものね。大したトリックじゃない。全然参考になりません」

「トリックかぁ」加部谷が感慨深げに呟く。「ああ、なんか、若い頃を思い出しますねぇ。まさか本当に探偵になるとは思ってもみませんでした。あと、探偵がこんなに退屈な仕事だとも思ってもみませんでした」

「そろそろ嫌になってきた？」小川はきいた。

「いえいえ、そういう意味ではありません。退屈な方が良いですよね、仕事なんて」

「そうそう、その昔の事件で、これまた思いついたんだけれど、西之園《にしのその》先生に、一度相談してみてはどう？　ほら、建築家のことでなにかご存知かもしれないでしょう？」

「うーん、どうでしょう。分野が全然違いますから」加部谷は口を結んだ。

「そう？　建築は建築なんじゃない」

「デザインをする人は、建築学のごく一部なんです。計画系といいますけれど。西之園先生は、歴史がご専門です」

「へえ、そうなんだ」

「でも、そうですね。相談しにいきましょうか」加部谷が、急に笑顔になった。

「どっちなの？」

「会う口実としては、わりと正当だと思えますから」

# 7

加部谷がメールを書いて、西之園にアポイントメントを取った。西之園萌絵《もえ》は、都内の私立大学の准教授である。かつて、加部谷が学生の頃、西之園は近隣大学の博士課程の大学院生だった。なにか経緯《いきさつ》があって、加部谷の大学を頻繁に訪れていたのだ。その後、工学博士を取得した直後に、東京の大学で採用された。

先輩と呼ぶには、あまりにも雲の上の人物で、やはり「先生」が相応《ふさわ》しい、と加部谷は感じている。また、小川も西之園と偶然にも知合いになった。探偵事務所のまえの所長が、西之園の知合いだったこともあるし、ある事件で小川を襲った危機から西之園に救われたこともある。その後、小川は何度か西之園の研究室を訪ねていた。

西之園は学会の調査で北海道《ほっかいどう》へ出張中だったが、翌日東京へ戻るので、帰宅の途中で会う約束になった。

次の日の夕方四時に、東京駅で待ち合わせた。人混みの中から、白いスーツの西之園が現れた。同じく白いトランクを軽そうに引いていた。彼女は、加部谷より歳上だが、小川よりは若い。ストレートの長髪に銀のサングラスをかけていた。どこをどう見ても、地味ではない。

「こんにちは、お久しぶりです」小川が頭を下げた。「お忙しいところ申し訳ありません」

「こんにちは」西之園は微笑んだ。「むこうは吹雪でした。飛行機が遅れなくて良かった」

近くの喫茶店に入った。飲みものは、西之園と小川がコーヒー、加部谷がココアを注文した。

「加部谷さんは、どうですか？」サングラスを外した西之園は、小川にきいた。「真面目に働いていますか？」

「はい」小川は頷いた。「本当に助かっています」

「今までの仕事では、一番水が合っている感じです」加部谷は報告した。

「そう、良かった」西之園は加部谷に微笑む。「心配していた」

「大丈夫です。すっかり普通です」加部谷は答える。

飲みものが来たところで、小川は、大日向邸での一件について説明した。浮気調査の依頼を受けて張込みをしていたこと、大日向沙絵子が天井の高い部屋で首を吊って死んだこと、大日向慎太郎が取材を受けると言ってきたこと、また、元東工大の教授だった建築家が、沙絵子が自殺した建物の設計者で、しかも沙絵子より一日早く亡くなっていたこと、などを話した。

西之園は、大日向慎太郎を知らなかったが、建築家については名前だけは知っている、と答えた。話を聞き終えると、彼女は小川に言った。

「以前に、マジシャンの事件があって、あのときと似ていますね。同じメカニズムなのでは？」

「はい、それは少し考えました」小川は頷いた。

「その、東工大の先生ですけれど、私が名前を知っているのは、彼がデザイナではなく、構造設計者だからです」西之園は滑らかに語った。「メカニズムが好きなのでしょうね」

「たしかに、その部屋の書棚は、地下へ沈み込むような機構になっていました。車椅子の人でも棚の高いところの本に手が届くようにです」

「ありそうですね」西之園は小さく頷く。「設計者に迷惑がかかってはいけない、という配慮があったでしょう。しかし、設計者が亡くなれば、その心配も消えます」

「そうか」小川は両手を合わせた。「やはり、なにか仕掛けがあるということですね。それは、どうやったら立証できるものでしょうか？　専門家に調べさせればわかりますか？」

「誰だって、その気になって詳しく調べれば、わかります」西之園は答えた。「警察の鑑識だって、わかると思います。気づくかどうかですが、おそらく、警察は、既に知っているのでは？」

「でも、立件できないということでしょうか？」小川がきいた。

「そうです。設計者本人以外には、責任は問えませんし、また、設計者本人も、別の目的で作ったと証言するでしょう。その用意があるはずです。あるいは、施主から依頼されたとおりに作った、ともいえます。まさか首吊りにそれが使われるとは考えもしなかった、と証言するはずです。したがって、まず立件は無理との判断になるかと」

「なるほど、そうですか……。これで死ねますよって、毒薬を提供するくらいの幇助でないと、駄目なんですね」

「私の認識ではそうです。弁護士に相談される手はあります。ただ、小川さんが、それを証明しても、なんの得もありませんし、誰にも利益がありませんね」

「はい、それは、おっしゃるとおり、そうなんです。単に、真実が知りたいというか、自分が納得したいというだけです」

「それは、ある意味、亡くなられた女性の意思にも類似しています。その方は、いわば自分の欲望を満たす我儘《わがまま》を通されたのです。できるだけ、周囲に迷惑がかからないような配慮をされましたが、その根底にあるのは、社会的な正義ではなく、個人の欲望です」

「ええ、そうですね」小川は頷いた。自分たちがしていることを振り返った。

「あの、でも、誰がどのようにしたのかを調べることは、大事なことではないでしょうか？」加部谷は発言した。

「なによりも大事なこと、というわけではない」西之園は、彼女の方を向き、微笑んで首をふった。「誰かを罰するためですか？　しかし、もう罰する人はいない。そうでしょう？　重要な点は、自分の死を決断した人がいて、その人が自身の欲望のために、可能なかぎりの準備をした、ということです。その舞台装置を裏から暴《あば》くことは、大事かしら？　むしろ小事ではありませんか？」

「弟の大日向慎太郎氏は、それらすべてを知っている、ということでしょうか？」小川はきいた。

「私が聞いた話の範囲では、その可能性が高いと思いますが、単なる可能性ですし、また、それも小事です。たとえ、姉の企《たくら》みを知っていて、それを隠していたとしても、ただ計画を知っていただけです。自分の手で補助をしたわけではありません。知らなかったと証言すれば、それまででしょう？　そもそも、自殺のアシストをした人が、開放されていたゲートを通っていないのは、カメラの記録があることを知っていたからではないでしょうか。ということは、夫人も計画に参加している可能性がありますね」

「あ、そうか……」小川は息を吐いた。「そうですね」

「いいえ、もちろん、すべて私の意見です。事実ではありません。私の意見に従いなさいと言っているのでもありません。小川さん、加部谷さん、ご自身の判断で行動なさって下さい」

「わかりました。有用なご意見に感謝いたします」小川は頭を下げた。

「納得のいかない顔をしている」西之園は加部谷に話しかけた。

「いいえ、そんなことは……」加部谷は慌てて首をふった。「納得がいかないのは、その、なんとなく、その、真実を知りたいというか……、でも、それって、私が子供だからですね。はい、言われてみれば、そうかなって……」

「好奇心が子供の良い部分ですし、全然悪いことではない、と私も思う」西之園は言った。「ただ、それですべてが解決するわけではないし、また、それだけの動機ですべての行動が正当化されるわけでもない。真実というものは、たぶんどこにもないの。そういうものがあると信じて、みんながそれぞれに異なる虚像を追っているだけ」

西之園は、コーヒーを飲むと、店を出ていった。また、会いましょうね、と眩しいほどの笑顔が、加部谷の目に焼きついた。

小川と加部谷は、シートに再び腰を下ろして、ほぼ同時に大きな溜息をついた。

「いつも思うけれど、あの人には、かなわない」小川が呟いた。

「ですよねぇ」加部谷は何度も頷く。「パーフェクトですよね。あぁ……」

## 8

大日向慎太郎の三回めのインタビューを二日後に控えた木曜日、加部谷は、雨宮純のマンションを訪ねた。これまでの二回の取材の反省と、今後の方針、あるいは戦略について打ち合わせるためだった。

加部谷は、録音の文字起こしを担当していて、ここ最近は一日のほとんどの勤務時間をそれに費やしていた。それらは、出来上がった部分を毎日三回くらい雨宮にメールで送っている。雨宮は、それを元に、記事を既に書き始めていた。できるかぎり早く出版したい、という強い気持ちが伝わってきた。

西之園萌絵に会ったときのことを、加部谷はまず説明した。会ったことは知らせてあったので、顔を見るなり、雨宮がそれを尋ねてきた。彼女も学生のときから西之園萌絵を知っているのだ。加部谷は、別れ際に三人で撮った写真も見せた。

「うっわ、やっぱ美人」雨宮はそう言って舌打ちをした。「どんだけ綺麗？　垢抜けとらっせること。歳取らんのとちゃう？　吸血鬼かもしれん。まあ、いやんなるわあ、こんな人がおるというだけで」

「真実を知ることは小事だってさ」加部谷が言う。

「ショージって？」

「大事の反対」

「ダイジ？　ああ、大事な、おお、なるほどなるほど。どうでもええっちゅうわけか、うん、まあ、たしかに、どうでもええかもしれん。ほんでも、どうでもええことを、みんな、知りたがるでなぁ。俗世間の下世話《げせわ》な皆さんがよぅ」

「だよねぇ」加部谷は大きく頷いた。「あと、建物に仕掛けがありそうだって」

「おう、そうそう、もう一回、あの部屋を見せてもらったら、目を皿のようにして探しまくろうぜ」

「何を？」

「なんか、それっぽいやつをだがね」

「うーん、あの梁は動かないと思うよ。壁はコンクリートだから動くような仕掛けが隠せるとは思えない。純ちゃんも見たでしょう？　そうそう、写真も撮った」

加部谷はプリントした写真を取り出し、その中から三枚を抜き出して、テーブルに置いた。

「ほらぁ、なんの疑いもないトラス」加部谷は指差した。

「写真ではわからんのだに。うーん、この真ん中らへんが、トランスフォームして、かしんかしんとなって、垂れ下がってくる仕掛けとかは？」

「現代の技術を使えば、できるかもね。でも、それを証明したところで、なにも得られるものはないのよ」加部谷はわざとらしく言った。「そんな小事に囚《とら》われていては駄目よ。もうおよしなさいって」

「それ、何の真似しとるの？　ドラマ？　アニメ？」

「私、テレビ持っていないから」

「オリジナルかよ。まあ、ええわ、好きなだけやっとってちょう」

「それより、今度はどのあたりの質問をするつもり？」加部谷は真面目なテーマに戻した。

「考えてもよう、無駄ちゃう？　だって、あの人、自分でとうとうと語らっせるでしょう。もう、それをはいはいって聞くだけで本になるし、無駄に質問せん方がええで、きっと」

「お姉様の自殺を、大日向氏は、どうしたいのかな？　脚光を浴びたいわけ？　本で大勢に知ってもらって、有名になりたいわけ？　誰が？　大日向氏が？　それとも沙絵子さんが？　どちらを売り込もうとしているんだろう？」

「たぶん、売り込もうというのとは、違うように思うな。もっと、高く評価されたいのは、そうかもしれんけど、広くではなく、高く評価されたい、という方向だな」

「それって同じじゃない？　自殺を選ぶ権利について、みんなの声を集めて、法制度の改革まで持っていこうとしているようには、どうも見えないんだけれど」

「それは、そう。そうだな、うん。そういうのとは違うわな。それだったら、もっとわかりやすく、説明ができると思う。その種の主張じゃない、あれは」

「難しいよね。結局、何なの、って言いたくなる。何が不満なの？」

「その質問をぶつけてみやぁせ」

「いえ、不満はありませんって、冷静に答えられそう」

「だわなぁ」雨宮は腕組みをした。「なんか、自殺ってもんが、人によって捉え方がえらい違うだろ。自殺を肯定する人と、否定する人がそもそもおらして、両者にとって自殺という行為が、基本的に違いすぎるでぃかんわ」

「急に真面目なことを言う」加部谷は吹き出した。「でも、そうだよね。あと、自殺を他者に見せるためのものと捉えている人と、そうではなくて、単にこっそり死にたい人にも分かれるよね。人に見せるための自殺は、なんか一種の舞台というか、演技っぽい感じがする。そういう自殺ってあるんじゃない？　侍の切腹だって、その一種だと思うな」

「おう、いいな。それはメモしとかなかん」雨宮は、テーブルに広げてあったノートに文字を書き込んだ。「沙絵子さんの自殺は、どっちだったんだぁ？」

「そりゃあ、単に死にたいというだけにしては、手が込みすぎているでしょう？」加部谷は腕組みをして言った。「どうせ死ぬんだから、自分のタイミングで死にたいっていうだけだったら、ああはならないと思う。ただね、本人は単に死にたいだけだったとしても、そこに他者が関与して、見かけ上、まるで違うものになった可能性もあるんじゃないかなぁ」

「その他者って、誰ぇ？」

「まあ、順当に考えて、大日向慎太郎氏だよね」加部谷は言った。

「うん……、うーん、むぅ……、ああ、自身の芸術的精神みたいなものが発揮されたってこと？　つまり、姉の自殺に便乗した、みたいな？」

「言葉にすると、そうなるんだけれど、なんか、便乗では、ちょっと厳しすぎる感じがする。もう少し自然なんじゃない？」

「わからんわぁ、そんな微妙なぁところ……。言うなら、意識高い系というか、哲学的なフィーリング？　うーん、これを文章に起こしてまとめるなんて、俺には荷が重いぞぅ」

「でも、印税ががっぽり」

「そう……。そうだがね、思い出した。それを忘れてはいかんがや」

「大日向氏も、お姉さんの自殺を、言わば売りものみたいにして、印税ががっぽり？　そうはならない？」

「わからん。でも、もしかしたら、そうなるかも。そもそも、印税がっぽりで、大金持ちなんだから、そっち方面はお手のもん？」

「そうか……、そこが、一般人と違うよね」加部谷は、目を瞑り、顔を上に向けて、息をゆっくりと吐いた。ヨガの体験入学をしたことを一瞬思い出した。

# 9

大日向聖美からは、その後連絡がなかった。浮気調査を再開するのかどうか、連絡待ちの状態である。既に、これまでの分は料金が振り込まれているし、調査再開となっても、新たな作業として、せいぜい盗聴器のセットくらいしか思いつけない。これまでどおりの作業で、同じだけ料金が請求できれば、非常に楽な仕事といえる。ただ、気持ち的には気乗りがしない、というのが小川の正直なところだった。

加部谷が休みを取っていたので、小川は事務所で一人だった。そこへ、鷹知祐一朗が突然訪ねてきた。近くに来たから寄った、と彼は話した。

「ここだけの話ですが、大日向沙絵子さんの税理士兼弁護士という人物に呼び出されまして、会ってきました。彼女の遺言で、その、少額ですけれど、遺産相続人の一人に僕の名前があったからです」

「それは凄い。良かったですね」小川は明るい反応をした。

「いやいや、相続というより、事実上は、大部分が仕事に対する料金で、未払いの分があったというだけです。相談に乗って、調査をしたりしていました。それにプラスアルファがもらえるらしくて、もしかしたら、最後のあの首吊り現場を僕に発見させたのも、仕事の一つだったのかもしれません。数十万円のことです。人に迷惑をかけることを極度に嫌う方でしたから、迷惑をかけることを想定して、その処理をした、というわけですね。まだもらえません。受け取りますか、と尋ねられたので、受け取りますと返事をしてきました。正式な手続きや受け取りは、だいぶさきになるみたいです」

「ほかには、どんな方が、遺産を相続されたのですか？　というか、そもそも、沙絵子さんはどれくらいの財産を持っていたの？」

「そんなに多くはありませんが、十億円ほどあるそうです。しかも、不動産はなく、ほとんどが現金だそうです。半分以上が税金になりますね」

「十億円もあるんですか」小川は驚いた。「でも、どうして？　彼女、特に仕事をしていなかったのでは？」

「弁護士さんによれば、大日向慎太郎氏が、仕事に協力してくれたことに対し、お姉様に賃金を支払っていて、それが最大の収入だったそうです。ようするに、財産を贈与していた形ですね。もちろん、多額の税金を払いつつですから、効率の良い贈与ではないそうです。彼女は身寄りがありませんから、財産は慎太郎氏に戻るのか、と思ったら、そうではなく、家政婦さんに少額、これは、給料五年分くらいだそうです。それから、甥の星一郎氏に学費として、一千万円くらい。あとは、僕のような細かい支払いが幾らかあって、そうそう……、あの離れを三十年間維持する費用として基金を設立すること、これは、まあ三千万円くらいだろうとのことでした。それで、残りの大半は、つまり、基金の運用や減り具合によりますから、三十年後になりますが、赤十字にすべて寄付することになっているそうです」

「へえ……、なんか、意外ですね」小川は言った。「離れは、沙絵子さんの持ち物では、ありませんよね？」

「そうなんです。あそこは、土地も建物も、すべて慎太郎氏が所有しています」

「なのに、三十年間、あそこを維持しろというわけですか？」

「そうです。特に、あの仕事部屋というか、書斎でしょうね。蔵書が彼女のものですから、あれをあのまま、図書館というか博物館みたいに保存してほしい、というわけですよ」

「三十年というのは、どういう意味があるのでしょうか？」

「いや、僕にはわかりません。まあ、それくらいは、家族もあそこに住んでいるだろう、ということではないでしょうか」

「でも、土地も家も慎太郎氏のものですから、彼が売ることもできるし、引っ越すことだってできますよね。自分の所有物でもないのに、維持する基金を作っても、法的に有効なの？」

「たぶん、強制力はないでしょうね」鷹知は言った。「弟さんが、お姉さんの遺志を、いつまで尊重するのか、ということでしょう」

「沙絵子さんと慎太郎氏は、おそらくかなり意思の疎通ができていたはずですから、それらもひっくるめて、二人の計画だったと考えた方が良いのでは？」

「大日向さんのインタビューは、どうですか？　もうすべて終わったのですか？」

「えっと、二回会って、話を聞いたり、写真を撮らせてもらったところまで……。まだ、終わっていないはず。今週末に三回めが」

「そうですか。この際ですから、我々がいろいろ推測しているようなことを、ずばり尋ねてみたら良いと思います。つまり、お姉さんの自殺については、事前にどれくらい聞いていたのか。不思議な状況を演出した意味は何なのかって」

「それ、きいているんじゃないかなぁ。とにかく、大日向氏は、自ら語るそうですよ。よほど話したいことがあるのは確か」

「ところで、夫人からの依頼は、どうなりました？」

「全然」小川は首をふった。「今は、なにもしていません。でも、再開することは、はっきりと言われています。時期が来たら、また尾行もしてほしいって……」

「そちらも、不思議ですよね」

「ええ。でも、何を考えているのかは、教えてもらえません。人の気持ちって、そういうものなんだなって思います。みんな、自由にやりたいようにするだけ。私たちは、お金をもらえるなら、そのとおりに動くだけ」

「それで充分だと思います」鷹知は微笑んだ。

鷹知が帰っていったあと、一人で音楽をかけてパソコンを眺めていたら、大日向聖美から電話がかかってきた。

「あの、小川さん、急なお願いなんですけれど」聖美は、いつもより早口だった。慌てているようだ。

「はい、どうかされましたか？」

「主人が出かけました。今日は、横浜で音楽協会のパーティがあるんだそうです。今まで、そんな場には一度も出ていかなかったのに、急に出席するから、服を出してくれって言われて……」

「いつ、出かけられたのですか？」

「ついさきほどです。一人で家を出ていきました。タクシーも呼んでいませんから、駅から電車に乗るつもりだと思います。しかも、出かける間際に、今日はホテルに泊まるから帰らないって」

「そうですか。どこのホテルか、わかりますか？」小川はメモの用意をしながら尋ねた。

「えっと、パーティの案内状は見つけました。始まるのは五時からです。でも、その同じホテルに泊まるのかどうかは、聞いていません。きけば良かったけれど、口出しできない雰囲気だったから……」

「どうしてですか？　なにか、いつもと違う様子でしたか？」

「いいえ、落ち着いていて、あの、特に慌てているとか、緊張しているとか、そういうこともありませんけれど、でも、こんなこと、普段はないから、私の方が驚いてしまって……」

「わかりました。なんとか探して、可能だったら尾行します。電話の用件は、そういうことですね？」小川は確認した。

「はい、そうです、そうです。お願いします」

聖美は、取り乱しているといっても良いほどだった。なんとか、パーティのホテルの名前を聞くことができた。

午後四時を少し過ぎていた。小川は、加部谷に出てくることができるか、とメッセージを送って、支度《したく》をして事務所を出た。パーティには間に合わないが、そのパーティに大日向慎太郎が出席していれば、なんとかその後は尾行ができるだろう、と考えた。

駅へ近づく途中、加部谷から電話がかかってきた。

「加部谷です。どうかしました？」

「大日向氏が横浜のパーティに出席するんだって。今から横浜へ行くつもり。君は、都合つく？」

「大丈夫です」

「じゃあ、横浜へ向かって。新幹線に乗っても良いよ」

「わっかりました」

しかし、彼がパーティに出席する可能性は、どうも低いように思えてしかたがなかった。横浜というのも、嘘かもしれない。その場合、完全に無駄足になってしまう。それでも、妻に嘘をついて、どこか別の場所にいたという証拠にはなるだろう。

それに、こういった場合、嘘をつく人間は、部分的に真実で繕《つくろ》うものだ。パーティに顔を出してから、不倫相手に会う可能性がある。

電車で何度かメッセージをやり取りし、六時近い時刻になって、ホテルで加部谷と合流した。加部谷は本当に新幹線に乗ったらしく、小川よりも早く到着していた。

「大日向氏、会場にいますよ」小川を見つけると、加部谷は開口一番、そう報告した。

「良かったぁ」小川は溜息をついた。小走りでここまで来たので、汗をかきそうだった。

加部谷は音楽協会のパーティの受付にも行き、人を探している振りをして、受付の名簿を確認してきたと話した。彼女は、レンズの大きなカメラを持っていた。

「立席のパーティだから、簡単に会場に入れます。でも、どの出入口も、このロビィに出るしかありませんから、ここで張っていれば、大丈夫です」

パーティが終わるのは七時だそうだ。だが、受付には今もちらほらと新来の客がやってくるし、逆に会場から出てくる人も多かった。ロビィで、ソファに座って話をしている派手なファッションの人々は、パーティに来た関係者のようだ。

尾行することを考えて、防寒は完璧なのだが、パーティの会場に入るには、二人とも地味な服装だった。だが、小川はスーツだったので、コートを脱げば、どこかの関連会社の社員に見られるだろう。加部谷は、普段着だがカメラを持っているおかげで、マスコミの人間に見られるはずだ。呼び止められた場合は、雑誌社の振りをするつもりで、小川は会場入口に近づいた。受付のスタッフはなにも言わなかった。

三百人はいるだろうか。会場は広く、とても一望できない。壁際を歩きながら、大日向慎太郎を探した。奥には金屏風《きんびょうぶ》があり、演台や司会者が立つ場所もあったが、今は誰もいなかった。参加者が談笑するざわつきがスペースに充満している。音楽も流れているようだが、ほとんど聞こえなかった。

奥へ近づいたところで、人集《ひとだか》りができている場所があった。そちらへ近づき、周囲から覗き込むように確かめると、中心に笑顔の大日向慎太郎が立っていた。手にはグラスを持っている。彼に挨拶をしたい人間が集まっている様子である。こういった場所に出てくることが珍しいから、必然的に人が集中したのだろう。現在の彼は、どちらかというと引退に近い。目立った活動はしていないはずだが、今もなおビッグネームだということだ。

小川は、奥のサイドにあるドアから外へ出た。そこは通路になっている。トイレが近いようだ。歩いてみると、加部谷が言ったとおり、ロビイに通じていた。会場の反対側にも同じような通路があることもわかった。

　加部谷は、ラウンジの近くのベンチに腰掛けていた。

「いたいた」小川は報告する。「取り囲まれていたよ」

「近くに、女性がいましたか？」加部谷がきいた。

「男も女も大勢。何？　浮気相手がいないかってこと？」

「こういったパーティには、夫婦同伴で出席するものじゃないですか？」

「そんな決まりはないし、そういうのが嫌な人だっている」小川は答える。

「大日向夫人は、誘ってもらえなかったわけですよね。いらいらしていましたか？」

「ああ、そういうふうには考えなかったな」小川は加部谷の指摘に感心した。「とにかく、慌てていたみたい。突然出かけるって言われたから」

「急にパーティに出たくなったんでしょうか？」

「気まぐれでね」小川は頷く。「インタビューも受けるし、本も出るわけだから、ちょっと顔を出して、思い出してもらおうってところ？」

「突然言われたら、私も行きたいって、言えませんよね。着ていくものとか支度があるから」

「しかも、今夜はホテルに泊まるって言われたって。ホテルの予約は事前にしてあったのかなぁ。奥さんとしては、かっとなるよね。そう、慌てているというよりは、あれ、怒っていたのかも」

「すると、やっぱり浮気は本当でしょうか？」加部谷は首を傾げて微笑んだ。

## 10

パーティがお開きになるよりも早い時刻に、会場から大日向慎太郎が出てきた。数人が纏《まと》いつくように話しかけている。挨拶をしているのか、まだ名刺を渡そうとする者もいた。それらを軽く躱《かわ》して、彼は片手を上げて、階段の方へ歩いた。

小川と加部谷は、既にコートを着ていた。お互いに離れて、階段の方へ向かった。加部谷は、大日向に顔を見られているし、カメラも持っているから、関係者としてパーティの取材にきた、と言い訳ができる。思い切って、階段で彼を追い抜いて、ちらりと顔を見たのだが、大日向は気づいてくれなかった。

そのまま、フロントへ行くようだ。小川は表玄関にタクシーが数台並んでいるのを確認した。今はタクシーを待つ人間はいない。ホテルのボーイがドアの近くに立っているだけだった。

大日向は、フロントで預けてあったコートを受け取り、その場でそれを着た。荷物はなにもない。また、彼の近くには誰もいなくなっていた。小川は十メートルほど離れた柱の近くでこれを見ていた。加部谷は出口の近くにいるようだ。

大日向は、出口へ真っ直ぐに歩いた。特に急いでる様子はなく、どちらかというと、ゆっくりとした足取りだった。ドアをボーイが開ける。

小川は加部谷のところまで来た。

「タクシーに乗ったら、すぐに出よう」小川は言った。

振り返っても、ほかにドアへ向かう者はいない。外に出た大日向は、ボーイになにか話しかけたあと、頷いて右方向へ歩きだした。タクシーには乗らなかった。

二人はホテルから出て、彼の後を追うことにする。

「どこへ行くんだろう？」小川は囁いた。

「ラーメンでも食べにいくんじゃないですか」加部谷が言った。「鞄を持っていませんから、このホテルに部屋が取ってあるのでは？」

「そうだね。その可能性は高いかな」

大通りの横断歩道を渡り、歩道を歩く。太い並木が並んでいる。まだ七時だ。少し先に公園があり、いつも賑わっている場所である。今も人通りは少なくない。尾行するには非常に適した環境といえる。

公園の中に入った。ぶらぶらと散歩をしているのではない。目的があって、そこへ向かっている歩き方に見えた。公園を横断し、別の道の歩道に逸れた。

潮の香りがしている。海が近いようだ。しかし、それらしいもの、たとえば船とか桟橋などは見えない。

「ここ、来たことある？」小川がきいた。

「ありません」加部谷が答える。

「カップルが多い」

「そうですね。観光客も多いのでは？」

「この時間は、食べるか飲むかしているでしょう」

「やっぱり、誰かに会うみたいな感じですね。望遠で撮らないといけません、暗いところで上手く撮れるかなぁ」

「全部自動でしょう？　あとで処理もできるし」

「そうですね」

加部谷は一度立ち止まり、カメラを構えた。前方の大日向の写真を撮ったようだ。練習のつもりだろう。

風が冷たい。だんだん躰が冷えてきた。

前方には、建物が少ない。対照的に、後方には高層ビルが多く、その細かい光が次第に遠ざかっていた。人は少なくなり、また少しずつ暗くなる。

道路もなくなり、どこでも歩ける場所になった。アスファルトだから、駐車場だろうか。車は明るいところに数台見えるだけだ。

それでも、まだ歩いている人はいる。大日向から、三十メートルほどの距離をキープして二人は歩いていたが、間に人が入ることがある。暗くて静かな場所を求めている人間がこんなにいるのか、しかもこの寒さの中で、と不思議に思った。

明かりのない一帯が、どうやら海だとわかった。といっても、対岸の明かりが見える。それらを一部だけ反射しているようだった。海ではなく、川かもしれない。河口ということだろう。

どこかで海を眺めるつもりか、とも想像したが、さらに大日向は歩き続ける。立ち止まらなかった。自動車が走る道路がまた近づいてきて、その歩道は比較的明るかった。

さすがに、人が減っている。もう少し離れた方が良いだろう、と考え、さらに十メートルほど距離を広げた。振り返られても、男女の判別もできないだろう。

歩道に出て、右へ歩く。広い歩道だった。坂道になっていて、上っている。

「橋だ」小川が呟いた。

道路の先はカーブしていて、ライトアップされた橋が斜め前方にあった。巨大な構造物で、まるでSF映画のシーンのように現実離れして見えた。

「また、橋で泣くつもり?」小川が呟く。

横断歩道があった。ちょうど青になったので、大日向は反対側へ。これには、ついていくことができなかった。小川たちがそこに至ったときには、赤信号になった。大日向は、反対側の歩道をさらに先へ行く。

橋以外には、周囲に大きな建物のない場所だった。この先には脇道もないだろう、と考え、二人は道路を渡らず、反対側を同じ方向へ進んだ。道路の幅は二十メートルほどで、距離はさきほどよりも近づいたので、写真は撮りやすくなったといえる。だが、橋の先を見ても、誰かが待っているとは考えられない。

「もしかして、タクシーを呼んだのでは?」加部谷が言った。

「そうかもね。その場合は、完敗。すぐ近くにいても、同じこと」

上りの勾配《こうばい》は緩やかになった。下は、川か海かよくわからない。橋は長く、まだずっと先まで続いていた。小型の船が、橋の下を通るのが見えた。

右手には、都会の夜景が展開し、気の利いたイルミネーションだった。二人は主に、そちら側を見るようにした。大日向がこちらを向いたときに、顔を見られないし、夜景を見物しにきているように見えるだろう、と考えたからだ。

橋を渡る自動車は、途絶えることがない。スピードも出ている。もう、あちら側へ渡ることは不可能だ。中央分離帯は、構造的に離れているようでもある。物理的に渡れないかもしれない。

既に、橋の巨大な構造の内部にいる。気の遠くなるほど高い柱は、見上げるだけで目眩《めまい》がしそうで、怖いくらいだった。

風が吹き抜ける音。自動車の走行音。聞こえるのは、それだけ。

真上にあるはずの空に、星は見えない。近くのライトが空気に拡散し、ぼんやりと雲のように明るかった。

大日向は、海を見ている。こちらへ顔を向けることはなかった。その点では、今までの橋とは違う。ホテルのボーイに、この場所を尋ねたのだろうか。

まだ、橋の中央ではなかったが、大日向が立ち止まった。

小川と加部谷は、そのまま歩き、彼との最短距離の位置を通り過ぎた。

彼は、こちらに背を向けて立っている。

泣いているようには、見えなかった。

ほとんど動かない。

海を見ているのだろう。そうとしか思えない。

橋のむこうには、対岸がなく、暗い海が広がっている。

どこまでも、闇の海だ。

ここまで、彼は何のために来たのだろうか？

明日は、三回めのインタビューの日である。直接理由をききたいところだが、もちろん、それはできない。もし尋ねても、本当のことは語ってはもらえないだろう。

そう、彼は、本当の気持ちを言葉にしていない。

加部谷と雨宮は、先日そんな話をした。

彼が話すことは、どこか空虚で、すべてが作りものに見えたからだ。

綺麗すぎる。

あまりにも綺麗すぎた。

言葉が専門の仕事をしているのだから、言葉にすることが不得意ではないはず。

むしろ、言葉にすることで真実から遠ざかると知っているのかもしれない。

そんな気がする。

録音された彼の話を聴いた範囲では、すべてが歌詞のように優しく、曖昧で、ふんわりと綿で包まれたような抽象性しか伝わってこなかった。

だが、それが言葉の本来の形なのではないか。

彼は、橋の上で一人泣いていた。

そちらこそ、真実。

それがすべてなのだ。

最愛の姉を失って、絶望していた。

否、まさにこれから失おうという時間だったから、よりいっそう悲しみが強かったのだろう。あれを、言葉にすることは、たぶんできない。

できないことを、インタビューで語ろうとした。

結局、姉が首を吊った現場を見せるしかなかった。

あの場所だけが、真実だった。

彼は、あそこでトラスを見上げた。

そこには、彼の悲しみが、まだぶら下がっていたのだろう。

人間の孤独であり、人間の尊厳でもある、黒い闇がぶら下がっていたのだろう。

ロープは、躰が落下するのを妨げる。

人間の自由を妨げる。

人間の生と死をつなぐ代わりに。

大日向慎太郎は、突然金網の柵を上り始め、三メートルほどの高さまで至った。そして、一時の躊躇もなく、音もなく、振り返りもせず、慌てることもなく、滑らかに、そこから消えた。

落下する姿は一瞬だった。

音もしなかった。

数秒間のことだった。

小川も加部谷も、声が出なかった。

ただ、二人はお互いにしがみつくようにするしかなかった。

この世にしがみつくように……。

# エピローグ

　しかるに人間の思考には外部からの侵入や操作はありえない。ある人間の運命が他の人間たちに依存するかぎり、その生はみずからの手をすり抜けるのみならず、みずからの知性をもすり抜けていく。もはや判断や決意はかかわるべき対象をもたない。考案し行動するかわりに、哀願《あいがん》や脅迫にまで身をかがめねばならない。かくて魂は願望と恐怖の底なしの淵《ふち》に沈む。人間が他の人間たちから得られる満足と苦痛に限界はないからだ。

　大日向慎太郎が発見され、死亡が確認されたのは三日後の月曜日のことだった。
　小川令子と加部谷恵美は、警察に対して、パーティ会場から後をつけていたが、取材が目的だった、と供述した。実際、加部谷は半分はそれが事実だったので、間違いとはいえない。小川にしても、その取材のきっかけになったのは自分なので、加部谷の話に合わせた。

だが、小川の顔見知りの刑事が事務所を突然訪れて、詳しく話を聞かせてほしい、と言われた。この刑事は、大日向沙絵子の自殺に関係があるのか、と尋ねたかった様子だった。もちろん、小川にも、それはわからない。なにもかもわからない、というのが正直な感想で、それは瞬発的な悲しさも寂しさも凌駕《りょうが》するほど強い気持ちだった。

大日向聖美は、電話で五分ほど話すことができただけだ。小川が、申し訳ありませんでした、と謝っても、謝られるようなことではない、と言い返された。聖美は、先日の電話に比べて、ずいぶん落ち着いていた。見届けてもらえたことを感謝している、とさえ言った。

雨宮は、最初に連絡をしたときパニックに陥った様子だった。心配になって、加部谷が彼女の部屋を訪ねると、出版社の人間と打合せ中だった。早急に原稿をまとめることになり、加部谷とおしゃべりしている時間もない、と言われてしまった。

「とにかくな、もう修羅場《しゅらば》だがね！」電話で雨宮が叫んだ。

「大丈夫？　最低の気分とか？」

「いや、そうでもない。大丈夫、最高ではないが、最低よりは最高に近い」

「なんだ、心配して損しちゃった」

「人の死で商売しようとしているのは辛い。まあ、なんていうか、毎日誰かかんかは死んどるんだもん。しかたがない。そうだろう？」

「そうだよ。そうだけれど……」

「あれ、あんたの方が落ち込んどれせん？」

「だってさ、あんな光景を見たらさ、しばらく夢に見るよ」

「見た？」

「いや、まだだけれど」

「夢に見るとしたら、カメラで撮り損なったことだろ？」

「もう、それ言わないで！」

「悪い悪い。冗談だって。そんな写真、事実上使えんわさ」

「撮れるわけないよ。あんな瞬間にシャッタを押せる人間なんて絶対にいないよ」

遺体が見つかった翌日に、鷹知祐一朗が小川の事務所を訪れた。午後三時だったので、いつもどおり、彼が買ってきたドーナッツを、紅茶を淹れて食べることになった。そんな仄《ほの》かな日常だけが、いつもより嬉しかった。

「結局、大日向さんは、何がしたかったんでしょうね」鷹知が呟いたが、それは誰もが思っている大テーマだったので、その場の空気を単にテロップにしたくらいの意味しかなかった。

「私は、どうして三度めのインタビューを受けずに逝《い》ってしまわれたのかが知りたいな」加部谷は言った。「もう一回、話を聞けたかと思うと、とっても残念です」

「そもそも、会うつもりはなかったのかもね」小川は言った。「もう、話は終わっていたんじゃない？」

「そうかなぁ、うーん、なにか過去のことで、今回の悲劇につながるような、えっと、きっかけというか、発端みたいなものがあったんじゃないかって……。それを話してもらいたかった」

「誰かを恨んでということもないし、そういった明確な因果はなかったのでは？」鷹知が言った。「これは、沙絵子さんの場合でも、僕はそうだと考えています。それほどご自身の病気を苦にされてはいなかった。もちろん、見かけはですよ。既に運命を受け入れていたんじゃないかって思うんです。だからこそ、計画的に、人生のゴールへ向かって、淡々と過ごされた。おそらく、慎太郎さんも同じだったんじゃないでしょうか。姉弟で、そういった話を何度もされて、お互いに納得されていたんじゃないかなって……。まあ、都合の良い、勝手な想像だけれど」

「そう考えられたら良いのだけれど……」小川は溜息をついた。「やっぱり、どうもね、なにも死ななくっても良いのではって、一般人は考える。普通、そう考えるよね？」

「ですよね」加部谷はドーナッツを頬張《ほおば》りながら頷いた。

「我々一般人にとっては悲劇ですけれど、あの姉弟にとっては、悲劇ではないということですよ」鷹知が言う。「むしろその反対で、人生最後のイベントだったんです。それを恙無《つつがな》く執り行うことができた、とたぶん思われたでしょう」

「死んだら、元も子もないでしょう？」小川が言う。「私は駄目。そんなふうには割り切れない」

「まあ、でも、生きているのは死ぬためだといえなくもないですからね」加部谷が言った。「みんな死へ向かって生きているわけですから」

「哲学ぶらないでほしいな。もっと生きることや、生きている自分を見つめてほしい」小川は言った。「生きているというのは、それだけで輝かしいものなんだからね。すべてが、そこから生まれるんだからね」

「でも、命を懸けて偉業を達成する人だっていますよ」加部谷が反論する。「エベレストに登る人だって、死を覚悟しているじゃないですか？」

「あれは、死ににいってるわけじゃないでしょう？」

「小説家とか、自殺した人が沢山いますし、そうだ、俳優や女優も、最近何人も自殺しているじゃないですか」

「だから？」小川は加部谷を睨む。

「いえ、べつに……」

「そんなの偉くもなんともないわよ。死んじゃ駄目。生きることを諦めちゃ駄目なんだってば」

「大日向さんたちは、生きることを諦めたのではなくて、生きることを際立たせたかったんだ、と僕は思います」鷹知が言った。

「あら、二人とも、そっち側？」小川は口を尖らせた。「いいえ、かまわないけれどね。好きにしなさいって。だけどね、これだけは覚えておいて。私に黙って自殺なんかしたら承知しないから」

「普通、自殺する人は、周囲の同意を得るような、そんな根回しはしませんよ」加部谷が笑った。

「死ぬような理由があるなら、死ぬまえに私に話してほしいってこと」

ようね」

「あ、それは言えますね」鷹知が頷いた。「そういうことができない人が死ぬんでし

小川は、まだ加部谷をじっと見据えていた。紅茶を飲んでいた加部谷は、その視線に気づいて、慌ててカップをテーブルに置いた。

「どうしたんですか？　恐《こわ》い顔しちゃってません？」

小川は、黙っていた。しかし、小さく溜息をついたあと視線を逸らせて、ドーナッツに手を伸ばした。

「私に言ったんですか？　自殺するまえに相談しろって」

「そうだよ」小川は頷いた。

「いやぁ、失礼しました」加部谷は膝に両手を置いてぺこんと頭を下げた。「そうですね、でも、会社の上司にしかそういう相談ができないっていう現状こそが、私としては嘆かわしいと感じています」

「電話で、そういう相談を受け付けているところがあるでしょう？」小川は言った。

「ええ、でも、何度もかけてますけれど、全然つながらないんですよ。だんだん腹が立ってきて、もう死んでやろうかって、何度思ったか」

「あのさ、僕でもいいから、電話して下さい」鷹知が言った。

「え？」加部谷は彼を見て、一瞬フリーズした。

「ちょっと、それは……、どうかと思うな、上司としては……」

# 解説

潮谷験（作家）

この格好良さは、どこから生まれるのだろう？　森博嗣さんの作品を読む度に考えています。

初手から自分語りで恐縮ですが、私は森さんのデビュー作『すべてがFになる』を読んで衝撃を受け、同作が第一回メフィスト賞受賞作であったことから、自分も同じ賞を取ってみたいと思い立ち、およそ二十年後に受賞を果たした人間です。そんな私にとって森さんの作品は憧れであり、理屈を超えた輝きを放ち続けています。

しかしこの度、解説という大役をいただいたからには、すごい、とにかくすごいと繰り返すわけにもいきません。私なりに言葉を尽くして、その格好良さの正体について語らせていただこうと思います。

森ミステリィの愛称で知られる森さんの作品群は、「理系ミステリー」という枠組みで語られることもしばしばです。低温に保たれた極地研の実験室で死体が発見される『冷たい密室と博士たち』、天才数学者が作り上げた館で殺人事件が発生する『笑わない数学者』、外界から隔絶された研究所を舞台にした『六人の超音波科学者』など、いわゆる理系に分類される人々や施設が関わってくる作品が多いためかと思われますが、この呼び方は必ずしも正確ではありません。本作がそうであるように、作品の中心人物が理系分野と離れたポジションにある作品も珍しくないからです。森ミステリィには社会的な規範や常識に囚われない観方をするキャラクターが多く、それらの新鮮な思考方法に当てはめる言葉として、理系という表現が選ばれているのでしょう。複数のシリーズで探偵役を務めている犀川創平《さいかわそうへい》を筆頭に、森さんの作品には特異でありながらまっすぐで鋭い発想を口にするキャラクターが数多く登場します。

膨大な冊数がある既刊の中でも、とくに印象に残っている発想があります。本作にも登場している西之園萌絵《にしのそのもえ》が、犀川と、人の死について語り合うシーンのやりとりです。

「人が亡くなると悲しくなるのはどうしてですか？」萌絵は突然きいた。

「そうだね……」犀川は少し驚いたが、ひと呼吸おいて考えながら答えた。

「一般論を言うつもりはないが……。悲しいという感情が、そもそもパーソナリティの喪失に対して象徴される概念だからだろう、きっと」

「パーソナリティの喪失？」

「そうだ。他人でも自分自身でも当てはまる」犀川が言った。

「失われることが何故悲しいんですか？」

「何かが欠ければ、健康でなくなる、つまり、苦しくなるからだろう」

「そう……、そういえば……」萌絵がコーヒーを飲みながら納得する。「殺人者は、他人のパーソナリティを消滅させる……」

「自分のパーソナリティのためにね」犀川も、美味《おい》しいコーヒーを飲む。

（森博嗣『詩的私的ジャック』講談社ノベルス版２２４ページより抜粋）

折に触れて読み返しているくらい、大好きな一節なのですが、何故大好きなのかを説明できるようになったのは、つい最近になってからでした。

第一に感心させられたのは、悲しさという基本的な、それ以上分解できそうにはない感情を、わかりやすい言葉で分析していることです。

二つ目は、このやりとりが、死から感じる悲しみという状況に加えて、もっと広い事例も説明してくれた点でした。犀川は「パーソナリティの喪失」という言葉を使っていますが、厳密に言うと、これは人間の脳や肉体全体が機能を停止した状態だけを指すものではありません。病気や事故で相手の人格が変貌してしまった場合にも当てはまるでしょうし、さらに拡大解釈するのなら、信じていた相手が想像とは全く正反対の人間だった＝想像していた人格が喪失してしまったケースにも適用できるでしょう。他人に裏切られたり傷付けられたりした際に感じる悲しさについても、犀川の言葉で説明がつくのです。

そして三番目は、犀川と萌絵が、連続殺人事件に巻き込まれている状態でこの会話を繰り広げているというところでした。つまり回答している犀川も、その答えを受け入れた萌絵も、人間が死ぬことのショックやそこから感じる悲しみを実感した上で、冷静にその感情を分析しているのです。

ミステリー小説は、基本的に死を扱うジャンルです。人が殺されない日常的な謎を扱う作品を除くと、一作ごとに謎めいた死体が現れ、探偵たちは死に向かい合うことを強いられます。そう考えるとこのジャンルの中では、トリックや解決方法の他に、「死や喪失というものをどのようにとらえているか」という要素も重要です。連続殺人事件が進行している中、死と喪失と悲しみについて論じている犀川たちの姿から、私は（おそらく他の読者達も）新鮮な格好良さを受け取ったのでしょう。

ここでようやく本作の話になります。

本作『歌の終わりは海 Song End Sea』は探偵事務所を経営する小川令子と職員の加部谷恵美が主要登場人物を務めるＸＸシリーズの第二作目です。

物語の冒頭で、小川は作詞家・大日向慎太郎の妻から、夫の浮気調査を依頼されます。作詞業で成功を収め、富も名声も手中に収めている慎太郎ですが、他人とほとんど接触を取ることなく、基本的に自宅にこもって暮らしており、周囲に女性の影など見当たりません。困惑しながらも調査を続けていた小川たちでしたが、あるとき、大日向邸の離れで不可解な事件が発生します。もはや事態は、浮気調査どころではない状況に発展していましたが、妻は、依頼を取り下げません。戸惑いを感じつつも、小川たちは調査を続行します。

本作の終盤で、小川と加部谷は心を激しく揺さぶられるような出来事に遭遇します。

詳しい説明は省きますが、犀川が説明したパーソナリティの喪失と悲しみに関する考察が、二重の意味で当てはまるような状況が発生するのです。けれども、途方もない喪失を味わった小川たちは、犀川や萌絵のように、特異な思考方法を駆使して事態を分析するような発想に恵まれていません。

これまでのシリーズで探偵役を務めることが多かったキャラクターたちは、社会の規範や常識から解き放たれた発想の持ち主でした。彼らの考え方は、場合によっては事件を引き起こすような人間と交わる部分もあり、そうした感性が犯人の思考を読み解き、解決に導く過程がスリリングでした。

一方、小川と加部谷はどちらかと言えば普通寄りの感性であるために、事件の中心人物が抱いている特異な思想に気づいても、対策を打つことができません。そのせいかシリーズ一作目の『馬鹿と嘘の弓　Fool Lie Bow』では有効な手を打つタイミングを見逃してしまい、結果、避けられなかった喪失に傷つき、悲嘆に暮れています。第三作の『情景の殺人者　Scene Killer』でも、名探偵らしく振る舞うことに失敗しています。

ですが小川も加部谷も、すべてを投げ出したり、探偵業を廃業したりすることはありません。二人は風変わりな事件に巻き込まれる探偵役であると同時に、生活の糧《かて》を得るために日常的な仕事に取り組む、地に足がついた職業人としての探偵でもあるからです。

悲嘆や喪失感を飲み込んで、浮気調査や身辺調査といった地味な依頼をこなし続ける小川たちの姿勢は、たくましく、したたかで、読んでいて好ましいものです。小川たちはそれまでの探偵役に比べて劣っているというわけではなく、悲しみや喪失を前にしても立ち続ける、ジャンルの違う強さを備えているのです。この、小川と加部谷の姿勢を前面に押し出している点が、従来のシリーズにはなかったＸＸシリーズの特徴と言えるでしょう。

長い間、森ミステリィは天才を描く作品だと思っていました。複数のシリーズで重要な立ち位置を占めている天才工学者・真賀田四季《まがたしき》や、彼女を追い掛ける犀川や萌絵のような人たちが物語を牽引《けんいん》しており、小川や加部谷のような登場人物は天才を見上げるだけの立場だと考えていたのですが、ＸＸシリーズではそんな小川たちにスポットライトが当たっています。これは勝手な想像ですが、ＸＸシリーズでは、喪失やそこから生まれる悲しみに対し立ち向かう方法として、新しい格好良さが示されるのかもしれません。

# 森博嗣著作リスト

（二〇二四年七月現在、講談社刊。＊は講談社文庫に収録予定）

## ◎S&Mシリーズ

すべてがFになる／冷たい密室と博士たち／笑わない数学者／詩的私的ジャック／封印再度／幻惑の死と使途／夏のレプリカ／今はもうない／数奇にして模型／有限と微小のパン

## ◎Vシリーズ

黒猫の三角／人形式モナリザ／月は幽咽のデバイス／夢・出逢い・魔性／魔剣天翔／恋恋蓮歩の演習／六人の超音波科学者／捩れ屋敷の利鈍／朽ちる散る落ちる／赤緑黒白

## ◎四季シリーズ

四季　春／四季　夏／四季　秋／四季　冬

## ◎Gシリーズ

φ《ファイ》は壊れたね／θ《シータ》は遊んでくれたよ／τ《タウ》になるまで待って／ε《イプシロン》に誓って／λ《ラムダ》に歯がない／

η《イータ》なのに夢のよう／目薬α《アルファ》で殺菌します／ジグβ《ベータ》は神ですか／キウイγ《ガンマ》は時計仕掛け／χ《カイ》の悲劇／ψ《プサイ》の悲劇

◎Xシリーズ

イナイ×イナイ／キラレ×キラレ／タカイ×タカイ／ムカシ×ムカシ／サイタ×サイタ／ダマシ×ダマシ

◎XXシリーズ

馬鹿と嘘の弓／**歌の終わりは海**（本書）／情景の殺人者（＊）

◎百年シリーズ

女王の百年密室／迷宮百年の睡魔／赤目姫の潮解

◎ヴォイド・シェイパシリーズ

ヴォイド・シェイパ／ブラッド・スクーパ／スカル・ブレーカ／フォグ・ハイダ／マインド・クァンチャ

◎Wシリーズ（講談社タイガ）
彼女は一人で歩くのか？／魔法の色を知っているか？／風は青海を渡るのか？／デボラ、眠っているのか？／私たちは生きているのか？／青白く輝く月を見たか？／ペガサスの解は虚栄か？／血か、死か、無か？／天空の矢はどこへ？／人間のように泣いたのか？

◎WWシリーズ（講談社タイガ）
それでもデミアンは一人なのか？／神はいつ問われるのか？／キャサリンはどのように子供を産んだのか？／幽霊を創出したのは誰か？／君たちは絶滅危惧種なのか？／リアルの私はどこにいる？／君が見たのは誰の夢？／何故エリーズは語らなかったのか？

◎短編集
まどろみ消去／地球儀のスライス／今夜はパラシュート博物館へ／虚空の逆マトリクス／レタス・フライ／僕は秋子に借りがある　森博嗣自選短編集／どちらかが魔女　森博嗣シリーズ短編集

## ◎シリーズ外の小説

そして二人だけになった／探偵伯爵と僕／奥様はネットワーカ／カクレカラクリ／ゾラ・一撃・さようなら／銀河不動産の超越／喜嶋先生の静かな世界／トーマの心臓／実験的経験／オメガ城の惨劇（＊）

## ◎クリームシリーズ（エッセイ）

つぶやきのクリーム／つぼやきのテリーヌ／つぼねのカトリーヌ／ツンドラモンスーン／つぼみ茸ムース／つぶさにミルフィーユ／月夜のサラサーテ／つんつんブラザーズ／ツベルクリンムーチョ／追懐のコヨーテ／積み木シンドローム／妻のオンパレード

## ◎その他

森博嗣のミステリィ工作室／１００人の森博嗣／アイソパラメトリック／悪戯王子と猫の物語（ささきすばる氏との共著）／悠悠おもちゃライフ／人間は考えるFになる（土屋賢二氏との共著）／君の夢　僕の思考／議論の余地しかない／的を射る言葉／森博嗣の半熟セミナ　博士、質問があります！／ＤＯＧ＆ＤＯＬＬ／ＴＲＵＣＫ＆ＴＲＯＬＬ／森籠もりの日々／森には森の風が吹く／森遊びの日々／森語りの日々／森心地の日々／森メト

リィの日々／アンチ整理術

☆詳しくは、ホームページ「森博嗣の浮遊工作室」を参照
(https://www.ne.jp/asahi/beat/non/mori/)
（２０２０年11月より、ＵＲＬが新しくなりました）

■冒頭および作中各章の引用文は『自由と社会的抑圧』（シモーヌ・ヴェイユ著、冨原眞弓訳、岩波文庫）によりました。
■本書は、二〇二一年十月、小社ノベルスとして刊行されました。

|著者|森 博嗣　作家、工学博士。1957年12月生まれ。名古屋大学工学部助教授として勤務するかたわら、1996年に『すべてがＦになる』（講談社）で第１回メフィスト賞を受賞しデビュー。以後、続々と作品を発表し、人気を博している。小説に『スカイ・クロラ』シリーズ、『ヴォイド・シェイパ』シリーズ（ともに中央公論新社）、『相田家のグッドバイ』（幻冬舎）、『喜嶋先生の静かな世界』（講談社）など、小説のほかに、『自由をつくる 自在に生きる』（集英社新書）、『孤独の価値』（幻冬舎新書）などの多数の著作がある。2010年には、Amazon.co.jpの10周年記念で殿堂入り著者に選ばれた。ホームページは、「森博嗣の浮遊工作室」（https://www.ne.jp/asahi/beat/non/mori/）。

歌《うた》の終《お》わりは海《うみ》　Song End Sea

森《もり》 博嗣《ひろし》



講談社文庫
定価はカバーに
表示してあります

2024年７月12日第１刷発行

KODANSHA

発行者――森田浩章
発行所――株式会社 講談社
東京都文京区音羽2-12-21　〒112-8001
電話 出版（03）5395-3510
販売（03）5395-5817
業務（03）5395-3615

Printed in Japan

デザイン―菊地信義
本文データ制作―講談社デジタル製作
印刷―――株式会社広済堂ネクスト
製本―――株式会社国宝社



ISBN978-4-06-535536-7

# 講談社文庫刊行の辞

二十一世紀の到来を目睫に望みながら、われわれはいま、人類史上かつて例を見ない巨大な転換期をむかえようとしている。

世界も、日本も、激動の予兆に対する期待とおののきを内に蔵して、未知の時代に歩み入ろうとしている。このときにあたり、創業の人野間清治の「ナショナル・エデュケイター」への志を現代に甦らせようと意図して、われわれはここに古今の文芸作品はいうまでもなく、ひろく人文・社会・自然の諸科学から東西の名著を網羅する、新しい綜合文庫の発刊を決意した。

激動の転換期はまた断絶の時代である。われわれは戦後二十五年間の出版文化のありかたへの深い反省をこめて、この断絶の時代にあえて人間的な持続を求めようとする。いたずらに浮薄な商業主義のあだ花を追い求めることなく、長期にわたって良書に生命をあたえようとつとめるところにしか、今後の出版文化の真の繁栄はあり得ないと信じるからである。

同時にわれわれはこの綜合文庫の刊行を通じて、人文・社会・自然の諸科学が、結局人間の学にほかならないことを立証しようと願っている。かつて知識とは、「汝自身を知る」ことにつきていた。現代社会の瑣末な情報の氾濫のなかから、力強い知識の源泉を掘り起し、技術文明のただなかに、生きた人間の姿を復活させること。それこそわれわれの切なる希求である。

われわれは権威に盲従せず、俗流に媚びることなく、渾然一体となって日本の「草の根」をかたちづくる若く新しい世代の人々に、心をこめてこの新しい綜合文庫をおくり届けたい。それは知識の泉であるとともに感受性のふるさとであり、もっとも有機的に組織され、社会に開かれた万人のための大学をめざしている。大方の支援と協力を衷心より切望してやまない。

一九七一年七月

野間省一

講談社文芸文庫

坪内祐三
『別れる理由』が気になって
解説＝小島信夫
つＬ２
978-4-06-535948-8

長大さと難解に見える外貌ゆえ本格的に論じられることのなかった小島信夫『別れる理由』を徹底的に読み込み、現代文学に屹立する大長篇を再生させた文芸評論。

中上健次
異族
解説＝渡邊英理
なＡ９
978-4-06-535808-5

共同体に潜むうめきを路地の神話に書き続けた中上が新しい跳躍を目指しながら未完のまま封印された最期の長篇。出自の異なる屈強な異族たち、匂い立つサーガ。

## 講談社文庫　目録

虫眼鏡　東海オンエアの動画が6.4倍楽しくなる本〈虫眼鏡の概要欄 クロニクル〉
森村誠一　悪道
森村誠一　悪道 西国謀反
森村誠一　悪道 御三家の刺客
森村誠一　悪道 五右衛門の復讐
森村誠一　悪道 最後の密命
森村誠一　ねこの証明
毛利恒之　月光の夏
森博嗣　すべてがFになる〈THE PERFECT INSIDER〉
森博嗣　冷たい密室と博士たち〈DOCTORS IN ISOLATED ROOM〉
森博嗣　笑わない数学者〈MATHEMATICAL GOODBYE〉
森博嗣　詩的私的ジャック〈JACK THE POETICAL PRIVATE〉
森博嗣　封印再度〈WHO INSIDE〉
森博嗣　幻惑の死と使途〈ILLUSION ACTS LIKE MAGIC〉
森博嗣　夏のレプリカ〈REPLACEABLE SUMMER〉
森博嗣　今はもうない〈SWITCH BACK〉
森博嗣　数奇にして模型〈NUMERICAL MODELS〉
森博嗣　有限と微小のパン〈THE PERFECT OUTSIDER〉
森博嗣　黒猫の三角〈Delta in the Darkness〉

森博嗣　人形式モナリザ〈Shape of Things Human〉
森博嗣　月は幽咽のデバイス〈The Sound Walks When the Moon Talks〉
森博嗣　夢・出逢い・魔性〈You May Die in My Show〉
森博嗣　魔剣天翔〈Cockpit on knife Edge〉
森博嗣　恋恋蓮歩の演習〈A Sea of Deceits〉
森博嗣　六人の超音波科学者〈Six Supersonic Scientists〉
森博嗣　捩れ屋敷の利鈍〈The Riddle in Torsional Nest〉
森博嗣　朽ちる散る落ちる〈Rot off and Drop away〉
森博嗣　赤緑黒白〈Red Green Black and White〉
森博嗣　四季 春～冬
森博嗣　φ《ファイ》は壊れたね〈PATH CONNECTED φ BROKE〉
森博嗣　θ《シータ》は遊んでくれたよ〈ANOTHER PLAYMATE θ〉
森博嗣　τ《タウ》になるまで待って〈PLEASE STAY UNTIL τ〉
森博嗣　ε《イプシロン》に誓って〈SWEARING ON SOLEMN ε〉
森博嗣　λ《ラムダ》に歯がない〈λ HAS NO TEETH〉
森博嗣　η《イータ》なのに夢のよう〈DREAMILY IN SPITE OF η〉
森博嗣　目薬α《アルファ》で殺菌します〈DISINFECTANT α FOR THE EYES〉
森博嗣　ジグβ《ベータ》は神ですか〈JIG β KNOWS HEAVEN〉
森博嗣　キウイγ《ガンマ》は時計仕掛け〈KIWI γ IN CLOCKWORK〉

森博嗣　χ《カイ》の悲劇〈THE TRAGEDY OF χ〉
森博嗣　ψ《プサイ》の悲劇〈THE TRAGEDY OF ψ〉
森博嗣　イナイ×イナイ〈PEEKABOO〉
森博嗣　キラレ×キラレ〈CUTTHROAT〉
森博嗣　タカイ×タカイ〈CRUCIFIXION〉
森博嗣　ムカシ×ムカシ〈REMINISCENCE〉
森博嗣　サイタ×サイタ〈EXPLOSIVE〉
森博嗣　ダマシ×ダマシ〈SWINDLER〉
森博嗣　女王の百年密室〈GOD SAVE THE QUEEN〉
森博嗣　迷宮百年の睡魔〈LABYRINTH IN ARM OF MORPHEUS〉
森博嗣　赤目姫の潮解〈LADY SCARLET EYES AND HER DELIQUESCENCE〉
森博嗣　馬鹿と嘘の弓〈Fool Lie Bow〉
森博嗣　まどろみ消去〈MISSING UNDER THE MISTLETOE〉
森博嗣　地球儀のスライス〈A SLICE OF TERRESTRIAL GLOBE〉
森博嗣　レタス・フライ〈Lettuce Fry〉
森博嗣　僕は秋子に借りがある I'm in Debt to Akiko〈森博嗣自選短編集〉
森博嗣　どちらかが魔女 Which is the Witch?〈森博嗣シリーズ短編集〉
森博嗣　喜嶋先生の静かな世界〈The Silent World of Dr.Kishima〉
森博嗣　そして二人だけになった〈Until Death Do Us Part〉

2024年6月14日現在